JN260342

# とうさん、友だちできたかな

児童詩25年間のノートから

早﨑郁朗
Hayasaki Ikuro

◉弦書房

目次

# はじめに

犬が死んだ　　　　　　陣駒　優一　三年

ぼくが六才のころ、犬のふくが死んだ。
二才や三才のころ、よく遊んでいた。
一年生のとき、きゅう食のパンをやっていた。
食べてくれていた。
ふくが死んだから、ふとんの上でいっぱい泣いた。
そして、火そう場でふくは焼かれ骨になった。
おじいちゃんがお墓を作った。
レンガで柱を作ってあった。
ぼくは、レンガにえんぴつで「ふく」と書いた。

大人にとっては遠い昔のことであり、入ることのできない世界だろう。私はこんな世界に吸い込まれていくように、日々子どもたちの詩を読み、真っ白な原稿用紙にペンを走らせている。

かわいがっていた犬を亡くした詩「犬が死んだ」は二〇〇八年五月九日に生まれた。子どもが心の奥にある記憶をたどると、こんなに繊細な世界を表現する。この詩を文集で紹介して一週間が過ぎた、ある日の図書の時間だった。本を読んでいる優一君に「あの詩、お母さんに読んでもらった?」と尋ねると、「うん!」という返事。「読んだら、お母さん、目が赤くなりよったよ」と話してくれた。優一君はどんな思いで母親の表情を見ていたのだろう。

二〇〇八年四月七日始業式。受け持った子どもたちは三年生、三五人。その日から詩が生まれた。

私の「一枚文集」は一九八三年に始まる。一枚文集は、毎日生まれる子どもの詩を数編載せ、簡単な私の言葉を添えた日刊の文集だ。子どもと詩を読み合うのは、私にとって一日の中でも一番大切にしてる時間だ。文集を配ると、子どもたちが詩に見入る。一瞬、教室の中が静まる。自分の作品が載っていた時のあの緩やかな笑顔がいい。

例えば、一年生の教室。「準備はいいですか?」の子どもの声と共に、その日の文集に登場した子どもがみんなの前で作品を読む。立ち上がる子どものうれしそうな顔。ある子はうれしさのあまり、からだがブルブル震えることも。毎日、全員の子どもを載せたいと思う。しかし、せいぜい一日に四人くらい。心待ちにしているのか、配った文集に自分の名前を見つけると、文集を見ながらにっこり笑い、胸をなでおろしている。そんな子どもの表情を見ると、私までうれしくなる。子どもたち一人ひとりが教室のかけがえのない宝であるように、一つひとつの詩は、子どもそのもののようにも思える。

全てが優れた作品という訳ではない。特別なものは何もない。ただ、福岡、博多の町で生活する小学生が日々書いた詩を、子ども大好きな教師が年代ごとに整理しただけのものだ。ほんの少しの時間、子どもの世界をのぞいてみて下さい。

# 自然豊かな学校

一九八四年「元岡っ子」三年生・四年生

一九八五年「こひつじ」三年生

一九八六年「みんなの目」四年生

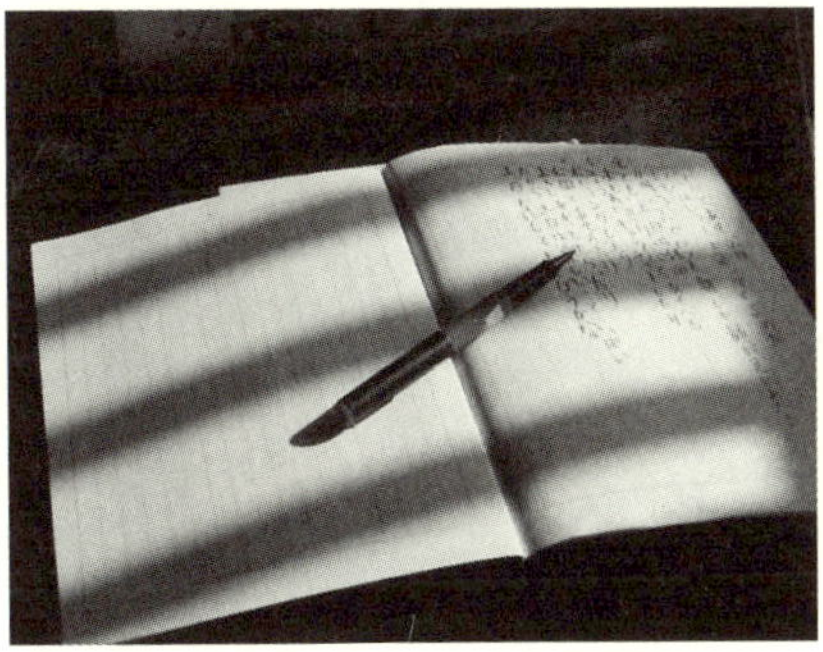

一九八四年

# 「元岡っ子」

三年生・四年生

## 「教師」に育ててくれた子どもと詩

二五年の時間が流れた。私が初めて教壇に立ったのは一九八三年九月。今ふり返る時、初めて赴任したこの学校での三年と半年は、私を「教師」に育ててくれる原点になった。

福岡市の西部、それも一番西側にその学校はあった。学校の前には、佐賀県との県境にある井原山を源にする瑞梅寺川が流れていた。その川は、カブトガニの生息地で知られる今津湾に流れ込んでいた。春先には、川の土手を薄紫色の大根の花が埋め、学校の回りを菜の花、れんげ畑が囲み、その間に白く光るハウスがいくつも見えた。

教師になりたての私といえば、ただ子どもたちと遊んだことを覚えている。そして、初めて「文集」らしきものを発行したのが一九八四年九月三日。もちろん、鉛筆の手書きだ。一枚文集という形で日刊となるのは、一九八五年四月。

教師になるのは遅かった。教師になろうと思い立ったのが二八歳の時。通信教育で免許を取ったのが二九歳。講師として教壇に立った。当時、採用試験は年齢制限が三〇歳であり、採用のチャンスは一回だった。かろうじて合格し、そのまま採用となった。黒板に書く字が下手で、教え方もいまいち。今なら、きっと世に言う「不適格」を受けそうな状態だった。

そんな私が教師としてここまで続けられたのは一つはこの学校での子どもたちとの出会い、そして子どもたちが綴る詩にとことん引き込まれたからだ。

1　夕日　　広住　信枝　三年

真っ赤な夕日が
一面に広がっておりてゆく
一人ぼっちで、帰っている

田んぼに囲まれ、その中にポツンと学校があった。運動場からは西に沈む夕日が見えた。沈む夕日をこんな言葉にする子どもたちに、私自身が、ものを見ること、感じること、さらに、子どものすばらしさを教えてもらうことになる。

2　木から落ちる水の玉　　　浜地　拓也　三年

雨がふっている
木に水の玉がくっついている
枝がかたむいているのを見たら
水玉が前の水玉にどんどんバトンタッチをした
よく見ると、バトンタッチをしているというよりも
くっついている
大きくなるたびに落ちていく

「拓也、どこで見た?」と尋ねると、「うちがたの庭で……」とぽつりと話してくれた。拓也君にこんな詩を書かせているのは何だろう、と考えた。

　沈みゆく夕日のような大きな自然を見つめるかと思うと、他方では、庭先の水玉を題材にする。庭先の木の枝に目を向け、水玉の動きを繊細な心と目で言葉にしていた。こんな詩を子どもたちと読み合う生活は、子どもの内面の細やかな広がりを教えてくれた。

　子どもの目は、自然だけではなく身の回りの人にも同じように向けられていた。

3　そうしき　　　林　祥江　三年

涙が流れる。
泣いたらいけない、泣いたらおじいちゃんが悲しむ。
おじいちゃんとの最後の別れの日だから。
箱の中のおじいちゃんを見るとき、
涙をふいて「さよなら」を言った。

時間がとくとくと過ぎていく。

今、おじいちゃんが骨になっている。

真っ白い骨に。


心からおじいちゃんのことを思うと涙になる。これほどの思いはどこから生まれてくるのだろう。時間が「とくとく」とすぎていく間も、おじいちゃんを見ている。きっと、おじいちゃんから多くの優しさをもらったのだろう。

　こんな詩が毎日のように生まれた。私は夢中で原稿用紙に詩を写し、輪転機を回していた。上手く教えられないのなら、せめて子どもとありのままの自分で接すること、子どもと真っ正直に向かい合うこと。それを助けてくれたのが、私にほんの少し残っていた「子ども心」だ

ろう。

4　先生と初めて会って　　小山田　力得　四年

だれかが、「職員室に、新しい先生が来とう」と大声で言った。ぼくは、急いで階段をおりながら、「どんな先生かいな?」と思った。ぼくは、ドアを開けて礼をして入った。先生はしゃべっていた。遠くから見たら、猪木に見えた。ぼくは、「おもしろか顔の先生やね」と思った。近くによってみると、だいぶん緊張し赤くなっていた。一番顔で目立っていたのは、めがねだった。円めがねで赤くなると、めがねがあるところ以外ものすごく真っ赤になる。職員室を出て思った。あの先生になったら、おもしろかろうや。ゆっくり階段をあがった。教室について、どんな先生かみんなに教えたら、えらい笑った。あのことを思い出すと、ぷっとふきだしてしまう。

「わんぱく」坊主の力得君。みんなから「かっちゃん」と呼ばれていた。どれくらいぶつかっただろう。いたずらをして私が怒ると、全身で私に向かってきた。そんな力得君に底抜けの子どものエネルギーを感じたのを覚えている。力得君と過ごした日々とこの学校から離任する日のことが重なる。

　その日は雨だった。車で校門を出ようとすると、傘を手にした力得が一人で立っていた。「かっちゃん、さようなら」と声をかけると、「先生、これ!」となにやら差し出した。円めがねをかけた私を形どった掛け物の人形だった。それは、以来二五年間部屋にあり、文集を作る私を見ている。

　ここから始まった文集。出会った子どもたちとどれくらいの詩や作文を書いてきたことだろう。私の手元に今でも子どもたちのノートが何冊か残っている。いつのまにかすっかり色が変わってしまった。ただ、私の記憶の中には、ノートに書かれた年代のままの子どもたちが間違いなく残っている。

## 一九八五年「こひつじ」 三年生

### 「詩心」とは

山積みになった文集をめくると、子どもたちの豊かな世界に入っていた。だれにでもある子ども時代。しかし、いつしかその頃のことをすっかり忘れてしまう。ただ、そんな子ども時代に感じ、思い巡らせたことは、大人になった今につながっているように思う。

ふと見たら、校長先生が居眠りをしている。その様子を心に留める。鉛筆を握ったらこんな詩が生まれた。

5　校長先生のいねむり　　柴田　雄一　三年

こくりこくり、校長先生がいねむりをしている
「あっ」
なんか落とした
あわててひろって、またねた
校長先生も、夜おそく起きて仕事をしているから
ねむいんだろうな

背が高く、虫の大好きな子どもだった。居眠りをする校長先生のことを「夜おそく起きて仕事をしているから」と思いを寄せる。そして、その心は同じように父親に向けられ、こんな詩も書かせる。

6　北の空　　柴田　雄一　三年

北の空を見た
こゆい雲
雨がふっているのかな
北の方の玄界島でお父さんたちが仕事をしている
心配だな

7　はじめてかぶったヘルメット　　柴田　雄一　三年

造船場へ行ったとき
お父さんがニコニコしながらヘルメットをかぶせた
ヘルメットは髪の臭いがした
いつもお父さんがかぶっているヘルメット
周りを見ると
作業する人たちは油いっぱいの服だった
さびのいっぱいついた船

そのとなりには
大きな貨物船が修理をうけていた
　みんなしんけんな顔でやっていた

　学校の北に広がる海。その向こうの島で働く父親を思う。そして、父親が働く造船所を訪ねてヘルメットをかぶせてもらった。髪のにおいはお父さんそのものだろう。

8　へその尾（緒）　中村　耕治　三年
赤ちゃんのとき、へその尾をはずすとき失敗して
ひっこまんで、出べそになったとかいな
よう体いくの洋服を着るとき、
「耕治、出べそやん」とだれかがゆう。
失敗するのがいかんったい。
ぼくが、こえんいやなことされて、すかん。
　ひっこめ出べそ。

　雄一とは反対にいつも一番前に並んでいた耕治。思わず笑った。いやなことを言う友だちに怒りをぶつけるのではなく、「出べそ」に向かって「ひっこめ」と叫んでいるところがなんともいえず愉快だ。この楽天さは飛び抜けていた。

9　妹　平野　美紀　三年
先生から牛乳をもらって帰った。
「みおちゃん、先生から牛乳をもらったよ。
おいしいよ」というと、
笑いながら持っていく。
ねむたそうな顔で牛乳を飲んだら、もうねむった。
やっぱり、おいしかったのかな。
ねたときは、きれいな顔だった。

　忙しい母親を精一杯助けていた。面倒をみていた妹の話を時々してくれた。そんな美紀ちゃんが妹の寝顔をとらえている。「ねたときは、きれいな顔だった」と。

10　かたたたき　藤原　和美　三年
お母さんのかたをたたく時
お母さんが毎日仕事でつかれている様子が
うかんでくる
それが、手の中のすみずみまで広がる

肩をたたく手の中で母親を思う。私の考える「詩心」とは、何気ない日常の風景を言葉にする心のこと。

**家族と働く時間を共有する**

子どもたちは、家族と一緒に働いていた。このことは子どもと家族を結びつけるとともに、子どもの発達にも欠かせないように思う。

11　新聞配達　　　水田　美保　三年

くつをはいていると、
「新聞、入れちゃあけん、自転車持ってき」と
お母さんが言う。
自転車を持ってくると、お母さんが立っている。
新聞をかごに入れると、
「気をつけて行ってき」と言った。
新聞をまるめて、ポストに入れる、そのくりかえし。
へいをのりこえて行くところを通り過ぎると、
犬がうるさくほえる。
「もう、やめたい」といつもどこかで必ず思う。
帰って「ただいま」と言っても返事がない。
へやに入ると、「あっ、美保ちゃん、お帰り」
やっと、返事が返ってくる。

遊びたい盛り、きっと新聞配達という手伝いが頭をかすめながら遊んでいただろう。ただ、こうして実際に親の仕事にかかわることで、親のもう一つの姿を知るのではないだろうか。

12　冬の仕事　　　中村　耕治　三年

「ジリー　ジリー　ジリー」と六時のベルがなった。
ごはんを食べていたら
外からトラックの音がしてきた。
お父さんが、「ふみ、行くぞ」と言って、
その後に「こうじ！　しゅういち！」と言った。
急いで行った。
お兄ちゃんもあわてて行った。
「ガタガタ、ゴトゴト、
グーン、グーン、
グングングン」
とトラックの音がひびきわたり、
耳につきあたってきた。
ハウスに行くと、

「はよう、こうじとしゅういちは手伝わんね！」

とお母さんが言った。

「カタカタ」

一輪車でトマトの苗を運ぶ。

13
お母さんの仕事　中村　耕治　三年

夕日がおりてくる。
お母さんがトマトをふいて置いていく。
それから箱を作り、トマトを箱に入れて、
トラックに乗せる。
お母さんは、エンジンをかけトマトを売りに行った。

帰ってくるのは遅かった。

ずっとずっと待っていた。

まだか、まだかと待っていた。

窓が、ピカッと光った。

エンジンの音がした。

ガラガラと玄関のドアが開いた。

「帰ってきんしゃった！」と思わず言った。


いつも笑顔が絶えない「ヒミツ」がこの詩の中にあるように思えた。家族を一つに結びつける仕事。一緒に起きて早い朝食を済ませ、ハウスへ出かける。「トラックの音がひびき」「つきあたってきた」という表現にそのときの気持ちが想像できる。朝の手伝い。きつい仕事なのだろう。にもかかわらず、きつさよりも明るさが伝わってくるのはなぜだろうか。トラックの走る音が妙にリズミカルなのも心に残る。「夕日がおりてくる」頃、収穫したトマトを売りに出かける母親を目にし、そして帰って来るのを心待ちにしている。

二〇年以上の月日が過ぎたが、思い出すのはあの時のままの洟垂れ坊主だった耕治だ。風の便りに「耕治は結婚して、もう子どもがいる」という知らせが届いた。

14
お母さんの仕事　浦　美和　三年

いつも、お父さんから起こされて
怒っているお母さん。
「いやだなあー」といいながら、
うす暗い四時に、
立ったままあわててごはんを食べるお母さん。
お母さんは、ぼろぼろのシャツを着て、
むねのところまでくる長ぐつをはいていく。

私たちのおかずを作っていくお母さん。
ときどき、朝起きてもいないお母さん。
「さびしい」と思う。
お母さんが朝起きていつもいるところは、
いいなあーと思う。

美和ちゃんは気持ちの強い子だった。レンコン畑に出かける朝の様子書いている。朝早くからの仕事にもかかわらず、「私たちのおかずを作っていくお母さん」を子どもは心に刻んで生きていくのだろう。

15　稲刈り　冨山　稔　三年

さとに行くと、もう稲刈りをしていた
はやいなと思った
まだ、水崎はどこも稲刈りをしていない
まだ、稲はできていない
お父さんが、コンバインのしゅうりをしていた

静かな詩だ。稔君は書くことも話すことも、あまり得意ではなかった。ただ、自分の目で見たことを精一杯書いていた。書き出しがいい。「さと」とは、そう「ふるさと」。もうこんな言葉をなかなか見ることはない。自分の住む水崎の稲を思い浮かべると、「もう」という言葉が生まれ、「コンバインのしゅうり」に取り組む父親の姿に稲刈りが近いことを想像させる。

16　赤ちゃん　平野　美紀　三年

お母さんが、夜の十二時に出かける。
これも、わたしたちのためやけんがまんする。
わたしが、いつもみとかないかん。
赤ちゃんの名前は、みおという。
いつも夕方帰ると、
みおが、にこにこ顔でテーブルに立っている。
「みお、ただいま」
みおのお帰りの言葉は、
「あーあ」だけ。

美紀ちゃんは目のクルクルしたからだの小さい子だった。妹の面倒を見るということを通して、母親の仕事を精一杯支える。

17　いちご作り　　　　　　上原　美枝子　三年

「よいしょ、よいしょ」と、いちごの苗を運ぶ。
耕して、肥料をまく。
一番大変なのが、一つ一つ苗を植えていくことだ。
その後、ハウスを作っていく。
おじいちゃん、おばあちゃんの大変な仕事だ。

この地域は有数のいちごの栽培地。美枝子ちゃんはよくいちごを作る様子を話してくれた。祖父母の働く姿を見る。そのことは、畑で栽培されるいちごと一緒に、子どもの成長にとって大切なものを育んでくれるように思う。

### 家族や地域の中で生まれる詩

子どもは多くのかかわりの中で生活している。その中でも、家族とのかかわりは大きなものを心に残しているように思う。子どもが心を弾ませ、心に留めたことを詩としてふり返ることで子どもは成長する。

18　お母さんのたんじょうび　　　冨山　稔　三年

ぼくはお母さんのたんじょうびに
「そら」をプレゼントした。
だけど、その日は、雨だった。
「そら」にどんなプレゼントを思い浮かべていたのか。
お金では買えないプレゼントだ。

19　焼けあと　　　　　三苫　啓郎　三年

見に行った
焼けあと
いもやら……たまねぎの焼けあと
柱の焼けあと
柱のところに花があった
六十さいのおばあちゃんが亡くなった、と聞いた
静かにお参りした

「先生、昨日火事があった」と朝一番に話してくれた。ただの野次馬ではない、命を見る確かな姿がある。

20　小さいころ　　　　　藤原　和美　三年

小さいころ。
私のお母さんは、

一週間に一回だけ仕事から帰ってくる。
いつもさびしかった。
銀行の人が家に来るたびに
「お母さん、おらんけん　さびしかろ」と聞く。
でも、「さびしくないもん」
と胸を張ってこたえていた。
今になると、
なんであの時、そんなことといったのかなと思う。

仕事で頑張っている母親への思い。子どもたちは、小さな胸に多くの思いを抱えて学校にやって来る。だから私は、朝学校にやってくる子どもたち一人ひとりの表情や思いに出来るかぎり目を向けたい。

21　寒い日　　　吉住　哲　三年

「お母さん、きょう寒いから一緒にねていい？」
これは、ぼくの寒い日の口ぐせだ。
「あんた、何年生ね！」と、お母さんは言う。
だけど、けっきょく一緒にねた。
お母さんの布団の中は、いつもあたたかい。
お母さん、ぼくは大好きだ。

子どもはうんと甘えたい。そして、甘えた分だけ心に安心が育つように思う。

22　お線香　　　松浦　千佳子　三年

二本のお線香を二つに折って
ローソクに火をつけ
砂みたいなところに、四本ねかせて並べた
お線香のけむりが、上へ上へとただよっていく
わたしは、毎日お線香をあげている
おじいちゃんのために

見えないものに心を寄せ、手を合わせること。こんな生活風景を大切にすることから、子育ての多くの問題が解決できるヒントが隠されているように思うが、どうだろうか？

**自然を綴る子どもたち**

詩は子どもが自ら対象にはたらきかけて生まれる。だから、その詩の中にある言葉には実体がともなう。水玉を見るために傘をさして外に出なくても、インターネットで見ることはできる。しかし、実際に見る水玉とは違

う。というのは、子どもは水玉だけ見るのではなく水玉が生まれるその時、その場を含めて「水玉」を感じるからだ。「夕やけの顔」では夕やけと対話をする心のゆとりを大いに感じさせてくれる。

身の回りの自然に対して五感をはたからせる。そして、言葉にしていく。このことは、子どものリアリテイ感覚を確かにし、豊かにものを見る感性を整えるように思う。

23　水玉のビー玉　小野　ゆみえ　三年

「パチャン……」あじさいの葉の上に、
雨の水玉がころげ落ちる。
静かに。
とうめいのビー玉みたい。
こんなビー玉、ほしいな。
ガラスみたいに、
わたしの顔がさかさまにうつっている。
ポツ!
ビー玉、落ちた。

24　夕やけの顔　林　祥江　三年

夕やけは、わたしたちを空からながめている。
そして、わたしたちが見ると、
はずかしがっているように顔を真っ赤にさせるんだ。

25　バッタのさんらん　日田　貴子　三年

ギクッとした。
家に帰ってきたら、庭にショウリョウバッタがいた。
おしりの方をよく見たら土の中に入っていた。
「ああ、たまごうんでる……」と思った。
そのましゃがんで、じっと見た。
わたしが学校に行っている間に、
いろんなことがあるんだな。
とても苦しそうな表情をしていた。

三年生から始まる理科の学習。いつ頃、どこに産卵して……というのは教科書が教えてくれる。しかし、バッタの「苦しそうな表情」を感じとるのは詩だろう。

26　すずめ　槇　亜津沙　三年

すずめの巣を見に行った。
へびが、すずめの巣にねていた。
子すずめがいなかった。

大工さんが、巣からへびを落とした。
へびは、子すずめを二羽も食べていた。
子すずめは、一羽になった。
親すずめは、二度と帰らなかった。

「すずめがかわいそうだ」という。しかし、へびだって食べないと生きていけない。そんなことを子どもたちと話した。

27　赤とんぼ　　　深澤　慎一　三年

赤い夕日に赤とんぼがとんでいる
太陽にめがけて
すいすい飛んでいる

太陽と赤とんぼのコントラストがいい。

28　夕日　　　那賀　千鶴　三年

夕方になると、
わたしたちは、
なんだか夕日につつまれているような感じがする。
赤いふとんに寝ているような気がして。

夕日を見て、こんな詩が生まれる。こんな時間を子どもには過ごさせたい。

29　雪の音　　　中条　勝治　三年

耳をすましてよく聞くと、雪にも音ってあるんだな。
「ヒューヒュー」とふく風の中で、
「サランサラン」と聞こえる感じ。
音楽室でピアノの音がしてるけど、
雪の音がよく聞こえる。
あんな綿みたいなのに小さい小さい音がする。

書き出しがいい。「雪の音」というひびき。

30　二月の雪　　　服部　朋美　三年

あっ、二月の雪だ。
「雪の子がいっしょに落ちてきたらいいな」
と思っていたら、
あっという間に、雪がやんだ。
二月の雪はこれだけか。
十二月の雪は、
二月の雪よりもっと楽しそうに

ちらちらおどっている。
二月の雪はさびしそう。
それは、おそうしきみたいだから。

同じ雪でも、十二月と二月では「ちがう」という感性。私にも何となく伝わる。

31　ねこやなぎ　　冨山　稔　三年

ふわふわしているねこやなぎ。
さわってみると、あたたかい。
手ぶくろをはめているより、ずっと、あたたかい。

32　雪の中で　　上村　聖美　三年

雪がふっているとき、つくしが気になった。
雪の中をみると、
まんまる頭を雪の上に出している。
つくしは、寒そうにこごえている。

春と冬が同居する三月の詩。「まんまる頭を雪の上」はその様子を想像するに十分だ。

一年を通して詩が生まれる。私は詩を書くのに特別な技巧はいらないと思っている。子どもが対象（詩を書く題材）に心を寄せるきっかけさえ見つけると、詩は生まれる。

　自然の中でいろいろな感覚的な体験をすると、それまで眠っていた他を思う心、そして何より、その子自身の生命力が輝き始める。そこで生まれた詩を作品と見るのではなく、その詩を書いた子ども自身としてみる。

# 一九八六年「みんなの目」　四年生

## 哲のこと

三年生から四年生へ。持ち上がりで二年目を過ごすことになる。

哲は、高校を卒業して東京の大学に進学した。そのまま東京で仕事を始めた。いつだったか「先生、今、福岡に帰っています」と連絡があり、焼き鳥屋で一杯飲んだ。哲は、仕事のこと、親しい友を亡くしたこと、家族のことなどを話した。哲の話を聞きながら、小学校時代の思い出が行き来していた。

33　かぎっ子　　吉住　哲　四年

「ブトブトブト……」
金魚のエアポンプが静かな家の中でなっている。
顔を上げると薄暗い中に、
ドアがぽつんと一つ開いている。
そんなドアや家具が、ぼくをにらみつけている。
こわい顔に見える。
「こたつにお化けがすわっている」
そんな気持ちが、ぼくの心をおそう。
お母さん、
いつもカーテンを閉めて出かけるからぶきみだ。
部屋に入ると、
すぐにテレビをつけてカーテンを開ける。
そしたら、ほっとする。

母親と二人で暮らしていた。気が強い子ではなかった。しかし、私に正面から向き合ってくれた。

34　お母さんのやつ当たり　　吉住　哲　四年

ぼくはかぎっ子なので、暗い家の中で、ひとりで話し相手もいないので、することはファミコンとテレビだ。早くお母さんに何か話そうと思って、廊下で「おかっ」で、言い切りました。心が、「こわそうだあ。言うな言うな」って言ったからです。五分くらい部屋にいて台所に行きました。静かにドアを開けると、お母さんが夕食を作っていました。ぼくは、「何か話そうかあ」と迷って、テストで百点をとったことを話すことにして、思い切って、「お母さん」と言うと、普通だったらやさしく、「なんね」と返ってくるのに、「なんねっもうっ」といかにもこわい言葉が返ってきました。ぼくは、「お母さん、早く帰ってこんかなあ」とか、「何か話そうかなあ」といううれしい気持ちが、全部吹っ飛んでしまいました。「ふんだっ」「せっかく……」という気持ちが入ってきて、「やっぱよかっ」と言って、仕方なく部屋に戻りました。その部屋は暗く、ただテレビが響いているだけでした。ぼくの心は、「何でかいな」という不思議におそわれました。たぶん「また、会社で何か言われたな」と思いました。「お母さんのやつ当たりかっ。本当にもう。だいたい自分の子にやつ当たりしたって、どうもならんったい。我慢しとき」って言いたいけど、言えるはずないので三十分くらいテレビを見てがまんしていました。

それから、勇気を出して「お母さん……」と言ってみると、「何ね」とやさしくこたえてくれました。「今日、〝角〟のテストで百点とったよ」「そう、よかったね」「ちょ、待っとって」と言って、ランドセルから角のテストを持ってきました。お母さんは、テストを見て「うん、よかっ！」とニコリと笑って言いました。すると、とつぜん、「会社でいやみいわれた」と言いました。そして、お母さんの話を聞きました。「それでねっ、かげでないた。お母さん……」。しばらく、シーンとなりました。「分かった。テレビ見てくるね」と言って、部屋にもどりました。あの短い言葉だけで、ぼくは悲しくなりました。何となくお母さんの気持ちが分かるような気がした。

母親の態度に腹を立てながらも、「勇気を出してお母さん……」と話しかける哲。それに応える母親とのかかわりを書いている。教師になって間もない私だったが、哲の気持ちが確かに伝わってきた。教師の仕事は子どもに勉強を教えること、しかし私の中ではそれに留まらないものが在ることを教えてくれたのが哲たち、私の出会った子どもが書いてくれた詩や作文だったように思う。

35　お母さん　　吉住　哲　四年

「つかれた、つかれた」と、
いつも顔をしかめ帰って来る。
残業する日が多い。

時々、「また、残業？」と聞くと、
「お父さんがおらんけん、お母さんのきゅう料で生活せないかんったい」
と悲しそうに言う。
だけど、ごはんを作るときは、
そんなことなかったように
学校のことや文集のことを聞きたがる。
お母さんは「ねるときが、一番楽しか」
そう言った。

私ができることは、哲の話を聞き、いくらかの励ましの言葉をかけることだけだった。二学期が終わろうとする頃、哲の母親が入院する。

36

入院　　吉住　哲　四年

突然、入院が決まった。
二、三週間おじいちゃんの家でくらすことになった。
いとこもいるし、おばちゃんもいる。
七人家族、ぼくをいれて八人だ。
でも、はじめの一日はふとんの中で泣いた。

哲が書いてきた詩を読み合いながら、周りの子どもたちは自分の思いを言葉にした。

37

さとし君の家　　平田　奈津子　四年

散歩をしていると、
いつのまにか石崎と中間の間に来ていた。
さとし君の家を見ると、車を入れるところが見えた。
茶色の車が入れてあった。
物音も声も聞こえない。
カーテンも全部閉めてあった。
学校では学級委員としてがんばっているけど、
家ではさみしいのかな。

「学校では学級委員としてがんばっているけど、家ではさみしいのかな」と友だちに向けるまなざしをみんなで共有した。

## 詩は心の思いを吐き出すときもある

十月、一枚文集「みんなの目」が一五〇号をすぎ「クラスもやっと落ち着き始めたかな」と密かに思っていた矢先、心無い言葉が一人の女の子へ向けられた。私はみんなの前で強く叱った。その日の詩ノートに綴られていたNO38「今日」という詩。詩は、あるときは心の奥にある思いを吐き出すことによって生まれる。

38　今日　深澤　慎一　四年

くらーくなった
心の底まで、痛むように
一瞬、目が、ぼーとする
今日、あまりしゃべりたくなかった
昨日のことは、よく分からない
こんなことになるのきらいだ
心の中で、泣きたいくらいだ
今も泣きたい
のども、すきっとしない
みんな、みんな友だちだから、
人の悪口なんか言ってほしくない
心ぞうがびっくりする
涙が、「ボロッ」と出そうだ
心の中も、のども泣いている
むにむにする
心の中が、こんなことといやがっている
心の中だけじゃなく、からだ全体がいやがっている
ふつうの倍、心ぞうが早く動いている
「ぐぐっ」心の中がばくはつしそうだ

39　みきちゃんのお姉ちゃんとうちのお兄ちゃん　浦　美和　四年

みきちゃんのお姉ちゃんとうちのお兄ちゃんは、不自由だけど、ちゃんと生きている。
うちのお兄ちゃんは、
左手できたない字だけど書いている。
お姉ちゃんやお兄ちゃんが、いやなことされたら、
みきちゃんも私もいっしょうけんめい泣く。
お兄ちゃんのことやら、

お姉ちゃんのことが言われたら、
ばかにされているみたいに、いやな思いがする。
みきちゃん。
私も同じだから、心配せんでいいよ。

教室では当然ケンカもある。時には、心が痛むような言葉がやりとりされ、大きな声で子どもを叱ることもある。この詩もそんなときに生まれた。この日友達から一方的にいやなことを言われた美紀のことをクラスで話した。美和は、農機具で片腕を切断した自分の兄のことを思い出し詩にしていた。美和は、同じような思いをしたことがあるのだろう。

この詩を読んだクラスの淳子ちゃんの祖母から手紙が届いた。

「二学期も、残り少なくなりましたね。詩を毎日書き続けることは大変だと思います。ところで、この前の詩の中に「みきちゃんのお姉ちゃんとうちのお兄ちゃん」と題してを読んで涙が出るほどでした。てっちゃん（美和ちゃんのお兄ちゃん）は、亡くなった孫の好二と大の仲良しでした。てっちゃんが、片手を切断されたとのこと、本当に残念でなりません。世の中には、身体障がい者の方々がみんなと同じように働いています。てっちゃんには、兄弟がたくさんおられるということは、とっても幸せです。みきちゃん、てっちゃんがんばってください」

実は、「亡くなった孫の好二と大の仲良しでした」と手紙にもあるように、淳子ちゃんは兄を交通事故で亡くしていた。きっと、てっちゃんのことが孫の好二くんと重なってのお手紙だった。

## 家族の中で生まれる詩

ふれあいはほんの一瞬であり、その一瞬を言葉にできるのが詩。すぐに消えてなくなるその時の感情を言葉に出来るのが詩の力だろう。私たちが、喜怒哀楽を感じるのは「一瞬」の出来事であり、その積み重ねの中で生活しているように思う。子どもたちは、その一瞬を詩にすることで、育ちに欠くことのできないことを学ぶ。それは親子の信頼であり、愛情であり、安心感である。また、かけがえのない家族の死という悲しみに遭遇するときもある。

毎日、当たり前のように生活する家族のことを言葉にする。作品を読むと、子どもたちの心の中でどれほど家族が支えになっているのかが伝わってくる。

40　お父さん　　　三苫　智美　四年

きょうは帰ってこない
十五日十六日は帰ってこない
夜、電車の音が聞こえてきた
どの電車で帰ってくるかな……と思っていたけど
きょうは帰ってこない
お父さん、早く帰ってくればいいな

41　お父さんの帰りが遅いこと　　　本多　伸衣　四年

だれもいないテーブルに、
ご飯とおかずだけがのっている。
「おかえり。ご飯食べて。おやすみ。伸衣」
と書いた。
時間割を始めた。
もう十一時近くになっていた。
帰って来ない。
寝よう……としたら、お兄ちゃんが
「あっ！　お父さんが帰ってきた！」
と大きな声で言った。
車の音が聞こえ、窓に赤い光がうつった。
玄関に入ってきた。
なんだか、家の中が落ち着いたようだった。

42　お父さん　　　和佐野　陽子　四年

新幹線なれたかな
大阪弁になったかな
寮の友だちできたかな
あと、二日で終業式だ
その日に、帰ってくる

子どもたちと家族を繋いでいるものは何だろう。それは「見えないものを心で思う感性」だろう。働いている父親の姿を思っている。電車の音、窓に映る赤い光、そして、単身赴任の父親を心待ちにする姿。こんな気持ちを言葉にすることが、日々詩を綴ることの一つの意味だと思う。

43

お母さん　　　　三苫　智美　四年

お母さん、だいじょうぶかな？
私がピアノをしているとき、
お父さんが茶わんを洗っていた。
ピアノがおわると、
すぐにお父さんのところへ行って、茶わんをふいた。
お母さん、すごく痛そうな顔だった。
お父さんが、なべを洗っていた。
なべのこげているところをゴシゴシこすっている。
汚れが落ちていく。
なべの中が光ってきた。
勉強をしているときも、
お母さんのことを考えていた。

44

かそう場　　　　原　智臣　四年

「五番の原さん。かそう場まで、おこしください」
ドアが開いた。
男の人が、はしを貸してくれた。
お母さんが、「この写真を持っといて」といった。
手の一部の骨が太かった。
骨はくだかれたように小さかった。

弟が五つくらい拾った。
ぼくはこわくて一つしか拾わなかった。
死んだらこうなるのか……心臓が早くなっていた。
「死んだらこうなるのか」という言葉は人間の最後を事実として感じさせる。

45

妹　　　　吉住　哲　四年

智臣君の詩を読んでいたら、目に涙がたまった。
今はいない妹のことを思い出した。
生きていたら三才、今年で四才だ。
兄弟がいる人は、よくけんかするといって
「兄弟なんて、すかん！」とか言う。
でも、兄弟はいいなあと思う。

46

かたたき　　　　中村　淳子　四年

手をグーにしてたたく。
はじめは、かたくてもめなかったおばあちゃんの肩から、ぐにぐに聞こえる。
ゆっくりたたくとだんだんやわらかくなった。
後ろを向いてにっこり笑った。

おばあちゃんの顔にしわがよった。

ふり向くおばあちゃんの一瞬をとらえる詩にほっとするものを感じる。

## 子どもの世界・子どもの時間

子ども時代は、大人になるための土台であると同時に、子どもにはその時にしか感じられない子どもの「世界」と「時間」がある。そして、気付かないうちに、詩に書かれた世界をなくしていくことが大人になるということかもしれない。もし、永遠に「子ども心」が続いたらこれほどいいことはない！　と思ってしまう。

47
ねこ　　　　原　智臣　四年
マンガを見ていると、ネコが、すずめをつかまえた
つるんとすべった
口にくわえて、ジャンプ
あっ！　すごい！
ねこのつめって、おそろしい
見に行ったけどもういなかった

「ねこがすずめをつかまえた」という場面を、大人はとくに言葉にしない。目に入らないというほうが正確かもしれない。そのわけは、大人の生きるスピードが、NO47「ねこ」の世界を受け入れる「ゆとり」がないからだろう。そして、もしかしたら今の子どもたちからも「ゆとり」を奪いつつあるのかな……とも思う。ただ、この「ゆとり」は、私たちにとって無駄ではないような気もする。

48
めがね　　　那賀　千鶴　四年
めがねをかけると、鼻と耳がこしょばくなる
初めてのめがね
めがねを上や下に向けると、天才学者になった気分

思わず笑顔になる。うれしくて仕方がないのだろう。眼鏡を上にやったり下にやったり。こんな詩を読んだら、子どもの心の中には「遊び」があることが分かる。

49
一年生　　　古川　宏美　四年
小さな手を青空に高くふりあげて
何も言わずに立っていた小さな男の子。

「鉄ぼうに、さわりたいんだろうな」と思って、
おなかをかるく持って上にあげた。
鉄ぼうにさわらせてやると、
小さな手をじゃんけんのパーにして
鉄ぼうに手があたるとグーにして
鉄ぼうにさわった瞬間、小さくほほえんだ。

詩を書いたひろみちゃん、元気にしているだろうか。背が高くてドッジボールが上手だった。後半四行を読むと、宏美ちゃんの一年生に向き合う様子が伝わる。こんな心持ちはずっと宏美ちゃんの中に生き続けるのだろう。

50　赤ちゃん語　　西野　正挙　四年

お母さんって英語は分からないけど、
赤ちゃんの言葉は分かるんだ。
ぼくが聞いたら、クック、マンマとか
わけの分からんことばっかり。
やっぱり、赤ちゃんを育てたお母さん。

51　みつ　　三苫　啓郎　四年

れんげを一本取ってみつを吸う
一本一本、しんちょうにちぎって
チュッチュッ……と吸う
みつを吸っていると、みつばちになったようだ

れんげ畑はずいぶん少なくなった。れんげ畑といえば絶好の遊び場だった。れんげ畑にうつぶせになりかくれんぼ。夕方、遊び疲れて帰る頃になると、ズボンには緑色のれんげの葉が染み付いていた。れんげで首飾りを作ったりもした。細い茎をつめで半分にわり、もう一本のれんげを通していく。程よい長さになると首に掛けた。

52　川の光　　深澤　慎一　四年

太陽全体、川にうつった
石を投げたら、ばらばらになった
太陽が星になった
何個かの星が、真っ昼間から川に出ていた

53　雨　　三苫　啓郎　四年

川に雨のひとつぶひとつぶが
ポツンポツンと、落ちていって
輪っかが、

一・二・三・四・五・六・七・八・九……
川の表面をひびかせるようにできて
　やがて、消える

「太陽が星になった」と川のさざ波を星の光る様子と直感的に表現する。雨の粒が落ちては広がる輪っかを見ている。広がる様子を「川の表面をひびかせるように」と書いている。「やがて」という言葉が生きている。こんな静かな時間を楽しむ。次の、「しずく」という詩もそうだろう。

54
　しずく　　　　　松浦　千佳子　四年
ガラス窓をとおって、空が見える
雨のしずくが、いっぱいついている
水玉もすきとおっていた

55
　しずく　　　　　平野　美記　四年
朝、学校に行くとき、友だちを迎えに行った。
待っていると、
植木にしずくが葉いっぱいについていた。
さきっちょにも、葉っぱのうえにも。
私が、手をパッと開いて、
しずくを一つ一つていねいに手の平にうつした。
手の平に、しずくがちらばった。

友達を待ちながら、「しずく」で遊んでいる。手の平に散らばったしずくはきれいだろう。
学校の屋上から見わたすと、白いかまぼこのような形をしたハウスが建ち並ぶ。いちご栽培のハウスだ。豊かな自然は、その中で過ごす子どもたちに、多くの詩を書かせてくれた。

56
　いちご　　　　　三苫　啓郎　四年
「風を一分間、においてみろ」と言った。
ずっと、におっていたら
「あと十五秒」と先生が言った。
そのとき、いちごのにおいがしてきた。
「おっ……いちごのにおいがする」と
先生がにこにこして言った。
からだが、むずむずしてきた。
ハウスの前に、
立ちふさがるようにしてのぞきこんだ。

57　毛虫　　　　　中條　勝治　四年

もぞもぞ、ゆっくり歩く
毛虫のかけっこ
右に行ったり左に行ったり
じっと見ていると
背中のとげをピクッ……ピクッと動かしている

毛虫に「かけっこ」という言葉をあてたのが何とも面白い。確かにゆっくりだけどかけっこには違いない。それも人間みたいに一直線じゃないところがいい。走るとき人間は手を動かすように、毛虫は「背中のとげを、ピクッピクッ」と動かしている。

58　カブトエビ　　　　冨田　恭子　四年

カブトエビがさかさまになって、
足を波のように動かしていた。
「元どおりにしてやろう……」
と思って、人さし指を水につけた。
するとゝ、さかさをむいたカブトエビが背泳ぎをして、
半周くらい回って元通りになった。

カブトガニは生きた化石で有名。しかし、こちらは「カブトエビ」。のぞき込んでやっと見える。確かに兜がある。「足を波のように動かしていた」の表現がぴったりな生き物。足下の小さな生き物を見ていたかと思うと、空に向けて揺れる麦畑を見ている。

59　こがね色の麦　　　浜地　拓也　四年

キラッキラッ、と光るこがね色の麦。
一番上に実がついている。
風に揺られて、
その実が重たそうに空を見上げている。
太陽の光で反射して、
それが、小さな波、大きな波と次々に流れていく。

60　ヒマワリのたね　　　浜地　拓也　四年

あのたねの中に、ヒマワリが精いっぱいちぢんで、
ギュウギュウにつまっている。
がまんできなくなると、
土の上にヒョコッと出て背伸びをする。

ただの種もこんな気持ちで見ていると、その中に息づ

くエネルギーを感じる。

61　ねこ　　　上原　かおり　四年

細いへいの上を、のそのそいばって歩いていた。
えらそうな顔をして、じろっと見た。
「マーオー」と言うと、
「なんだ人間か」と言うように。
草の中に入っていった。
また、「マーオー」と言うと、
今度はすばやくじろっと見た。
「なんだ」と言うように、歩いていった。
また、「マーオー」というと、
「うるさい」とばかりにふり向かなかった。

不思議なことがある。子どもたちの詩を読むと、ねこはたびたび詩の題材になる。ところが犬は少ない。なぜだろうと考えた。そしてこの詩にヒントをもらう。「えらそうな顔」「なんだ人間か」……。ねこには、詩になる「表情」があるのかもしれない。

62　すずめ　　　中村　和美　四年

ミミズを一瞬にして黒い口ばしでとった。
ミミズはくちばしの先でも、まだ、生きている。
すずめはそれを頭からのみこんでいく。
ずっと見ている、体中がむずむずしてきた。

「まだ、生きている」ミミズを見ている。その口ばしの先でくねくねとからだをひねるミミズが口ばしから消えるときの自分の感じたことを言葉にする。それだけの詩。同じすずめを題材にした次の詩はどうだろう。

63　子すずめ　　　中村　淳子　四年

からすがつっついていた。
見ると、子すずめだった。
頭のほうはふさふさ毛がついていたけど、
その下は、血がにじみ、
長いものがゆっくり出てきていた。
骨が見えていた。
上にはからすがずらりと飛んでいる。
子すずめは、気持ちよさそうに死んでいた。

短い詩の中に事実をきっちり書いている。ものを「観る」というのはこういうことだろう。最後の一行に自分の思いを入れる。

64　自然　　小野　由美恵　四年

元岡の広々とした自然。
十年後、どうなるのだろう。
あの山々、田んぼどうなるのだろう。
大人はみんなが住みよくなるようにと山を崩し、
川を埋め立てる。
でも、本当に住みよくなるのかな。
緑がなくなり、鉄の国になったらどうなるのだろう。
元岡の自然どうなるのだろう。
自然公園とかあるけど、
それは本当に自然なのかなあ。
本当に緑、自然は守られているのかなあ。
先生、教えて。

二〇年後の今、この学校がある場所は、大学移転を契機に大きく変わろうとしている。時折、学校を訪ねる。れんげ畑だった田んぼの中を広い道路が縦横に走り、子どもたちと泳いだプールは道路拡張のためにその場所にはない。遺跡の発掘が進められている丘陵には大学の高層ビルが建つ。変わらないのは学校の前を流れる瑞梅寺川、正門前にある大きなクスの木と二宮金次郎の像。

# 大きな川が流れる
# 街中の学校

一九八七年—一九八九年

「こひつじ」「ぺんぺん草」一年生・二年生

特別支援学級

## 一九八七年―一九八九年
# 「こひつじ」「ぺんぺん草」
特別支援学級　一年生・二年生

### 子どもたちと一緒に過ごすことから

千枝ちゃん、大ちゃん、くみちゃん、和君、よし君、美穂ちゃん。この学級を受け持ち初めて出会った子どもたち。今思えばずいぶん無理なことを考えたものだと思う。専門の勉強をしたわけでもない私は、ただ夢中だった。しかし、今、教師の仕事をふり返るとき、小さくないものが私の中に残っている。

その時のことを数年後の文集に、「ふりかえるということ」として次のように記録している。

「もう、一〇年以上も前のことになる。私は障がいを持つ子どもたちと過ごしていた。初めてのことで、戸惑うことの連続だった。その子どもたちも、この三月、それぞれの学びの場から新しい職場へと巣立つ。

よし君との思い出は、今も確かに心に残り、ときどき思い出される。あれは、よし君のいたずらに私が叱った時のことだ。知的にハンディを持つよし君は、私の方をじっと見てひどく泣きじゃくり、パニックになった。「悪いことは、悪い」と話したが、彼はそのわけを理解できなかった。しばらくしてパニックもおさまり、よし君は、いつものように教室にあるトランポリンで遊んでいた。

私は腰をおろし、笑顔で遊ぶよし君を見ながら、強く叱ったことを後悔していた。どうしてゆっくり時間をかけて話しかけることができなかったのかと。いたずらをもう少しゆとりを持って見ることができなかったのかと。この時のことは、なぜか私の中に忘れられない思い出となり、その後、多くの子どもとかかわる私を戒めてくれる」

子どもとかかわる時、どのような個性があり、どう配慮をすればいいのか、有効な手立てはなど、いろいろと想定できることを前もって学んでおくことは大切なことだろう。しかし、実際に子どもとかかわること、一緒に生活すること程大きな学びはないように思える。

一緒に過ごすことは、子どもを知ること。ただし、「一緒に過ごす中身」を問われるのが様々なハンディを持つ子どもたちとの生活だろう。なぜなら、子どもたちの表現手段が限られているからだ。よし君に対するかかわりの反省も、彼のことを理解できていないことが原因だった。

### 目の前の子どもの「今」を知る

ここでの三年間は、子どもとのかかわりで大切なことを学んだように思う。表現手段としての言葉が十分でない子どもたちには、言葉以外のその子なりの表現を私自身が見つけることだった。それは、子どもの仕草であり、心の在りよう、さらに表情であり、短い話し言葉であり、無造作に書かれた文字や絵であることも。

いつも鉛筆とメモをポケットに入れていた。子どもたちの言葉やふとした表現を書き留めるためだ。

運動場をみんなで散歩していた時のこと。私がペンペン草をみつけクルクル回していた。私を見た美穂ちゃんが「先生、どうしたらまわるの？」と声をかけてきた。「あのね、この指とこの指に挟んで……」と話すと、早速、手にとってクルクル回していた。「美穂ちゃん、どんな音が聞こえる？」と尋ねると「シュッシュッ」と、顔にしわを寄せて教えてくれた。メモして、また散歩。子どもの障がいを固定的に捉えないで、個々の子どもの今に添って見ていくこと。文字として言葉にはならなくても、子どもの中にある何かしらの表現の芽を大切にしていきたかった。

いつだったか「これ、だれの？」と、千枝ちゃんが大きな声で話しかけてくれた。私は、すぐにメモした。というのは、入学した四月に出会って、終始笑顔を絶やさない千枝ちゃん。しかし、私の前でこれほどはっきり自分の言葉で話してくれたのは初めてのことだった。子どもの日々の様子をみる。そして、発せられた言葉が、子どもの成長という視点から見た時どのような意味があるのか確かにしておきたかった。

入学して間もない頃、千枝ちゃんの母親から手紙をいただいた。

「入学して一週間が過ぎました。毎日、お世話になっています。おかげさまで毎日学校に行くのを楽しみにしているようです。学校から帰ると、「明日の用意」のことを「あした、あした」と言います。通信、有り難うございます。先日、千枝のことが書かれていましたね。朝、千枝を教室まで送ったとき、先生の机の上に「具島千枝」と描いた絵があったのですが、びっくりしました。今までに描いたことがないようなはっきりした力強い絵でした。私も心の中で、千枝がんばれ、と言いました」

学校が大好きな千枝ちゃんだ。母親の話によると、「病気で休んだ時も、しきりに友だちのことを話している」という。

千枝ちゃんの握ったクレヨンはすいすいとは進まない。友だちのかず君を大きな目で見ながら少しずつ描いていた。私が、横から「かず君、めがねかけているよ」と言うと、クレヨンの入っている箱をじっと見て、しばらく考えた後クレヨンを握った。

## 一本の線からできあがる文字

見えているけど、気がつかないこと。「あ」という字は、三本の線が組み合わさってできている。線を引くには、腰をおろし、指で鉛筆を握る。鉛筆を握るということも簡単ではない。さらに、決まった方向に線を引いて文字が出来上がる。真っ直ぐな線もあれば、丸い線もある。こんなことを考えると、一つの文字を書くことは大変な作業のように思われる。

私の教室にいる六人の子どもたちのことを、美穂ちゃんはこう書いている。

65　べんきょう　しました　あらまき　みほ　二年

みんなで　べんきょう　しました。
だいちゃん　はやさきせんせい　くみちゃん
かずくん　ちえちゃん　みほちゃん　よしくんです。
みほは　こくごの　べんきょうを　しました。
ちえちゃんは　いろぬりを　しました。
かずくん　よしくんは
こくごの　べんきょう　しました。
くみちゃんは　いろぬり　しました。
はやさきせんせいは
かずくんに　こくごのべんきょう　おしえました。
だいちゃんは、あそびました。

教室に三〇人くらいの子どもたちが席に着き「はじめます」の挨拶で始まる授業風景とは異なる。この詩の最後の一行、「だいちゃんは、あそびました」は、まさに、その通りだった。

一年生のだいすけ君は、まだまだ思いっきり遊ぶのが勉強だった。毎朝、お母さんと一緒に学校にやって来てブランコをしたり、すもうをしたり、かけっこをしていた。ブランコで遊ぶことは鉛筆を握るために必要だった。思いっきり走ることは、いすに腰を下ろす力をつけた。私と相撲をすることは、私とだいすけ君の大切なコミニュケーションになった。

一九八七年五月十日の文集には「だいすけくん、よくかけたね」というタイトルで書いている。だいすけ君が、点と点を結ぶ学習をしている。上から下へ、下から上へ、右から左へと線を結んでいる。だいすけ君は懸命に結ぼうとするが、なかなか難しい。まっすぐに一本線を引けたら「うまいぞ！」とほめる。点結びができたら、次は点線で書かれた○の形をなぞる。まるや線を引く練習をした後、「先生を描いてくれる」と声をかけた。鉛筆を止めるのが難しく、顔の形を描いた線は飛び跳ねていたが、「先生、できた」と元気よく教えてくれた。

こうして、一つひとつ積み上げていった。限られた集中する時間を出来るだけ効果的に使いたいと思った。もちろん、その時の子どもの様子を確かめながら学習を進めた。

## 子どもの気持ちの中にある文字を

「さっちゃんの『さ』かくよ！」と大きな声で話しかけてきた。さっちゃんは、だいすけ君のお姉ちゃんだ。子どもたちと話していると、その子が今書きたい、覚えたい文字があることに気がつく。だいすけ君にとっては、「さ」だ。だいすけ君にとっては、特別な言葉だった。私が、「さ」の形に点を書いていく。それを順に結ぶ。これを何度も繰り返した。だいすけ君がそれを見ながら、「さ」と言いながら、指で押さえた。何度か繰り返しながら一つひとつの文字を覚えていった。

よし君の学習は鉛筆や消しゴムという物だけではなく、

動作や感覚を具体的に文字にしていく。「あける」「しめる」「いたい」「かゆい」「おいしい」など、動作と言葉を結びつけながら学習をしていった。一度学習した字を忘れないために、同じ言葉を口にしたときは鉛筆を握って文字にした。

**花の声が聞こえてくるよ**

一つひとつの文字を生活の中から覚えた。美穂ちゃんは、出会った時は二年生。花が大好きで、絵を描くことが好きだった。天気のいい日には外に出て、花の絵を描いた。画用紙に描いた絵を見て話をしながら文を作った。美穂ちゃんには大好きなおばあちゃんがいた。詩を書く時、「大好きなおばあちゃんに詩を書いて読んでもらおうか」と声をかけると、「うん」と、鉛筆を握った。こうして、たくさんの詩を書いていった。

66　まらそんとばら　あらまき　みほ　二年

みんなで　まらそん　してる。
いちにて　はした。（一、二って　はしった）
つかて　ました。（つかれました）
ばらの　はなが　みほを　みました。
ばらの　はなが　みほに　あそぼて　いました。

クラスみんなで運動場を走る。裸足で走った。マラソンの苦手な美穂ちゃんは、いつも後ろの方からマイペースで走っていた。教室に帰ってマラソンの様子を画用紙に大きく描いていた。その絵を見ながら、校門の横に咲いているバラのことを話して「まらそんとばら」の詩を書いた。

67　すいとぴいのはなを　かきました　あらまき　みほ　二年

せんせいと　すいとぴいのはなお
かきにいきました。
あかいろの　すいとぴい　です。
かぜふいた。
おはなが　さむいといた。
みほが　えを　かいてたら、
らんどせるを　せおって　ぼうしおかぶていた
いちねんせいが　きた。
だいちゃんが　きた。
だいちゃんの　おかあさんが　きました。

みほに　じょうずねて　いいました。

絵を描いている時、だいすけ君がお母さんとやって来た。その時の声かけが心に残っていたのだろう。

子どもの気持ちは、書かれた内容ではなく、字の大きさにも表現される。

68　みずあそび　　あらまき　みほ　二年

ぷる（プール）のえをかきました。
ゆみちゃんと　はやさきせんせいと　みきちゃんと
さいとうくんと　だいちゃん
と　いきました。
はじめに　しゃわあ　しました。
たいそ　しました。
みずにはいったら　きもちい　です。
みほは　ぷうるに　はいって
ぎゃあと　いいました。
みずが　つめたかった　からです。

プールに入って遊んだことを一つ一つ書いている。話をしながら書いていく。「ぎゃあ」の字が一際大きく書かれていた。楽しい気持ちがそのまま文字の大きさになった。

69　くつ　　あらまき　みほ　二年

みほちゃんが　くつをはいているところです。
おばあちゃんから　かってもらた。
くつやさんでかいました。
おともだちから　かわいいね　ていいました。
みほは　うれしかた。
みほのくつは　ぴんくです。

「かわいいくつね」と、友だちから言葉をかけられ、「うれしかった」と、自分の気持ちを言葉にすること、これは友だちとのかかわりがそうさせてくれるのだろう。

70　みほのえ　　あらまき　みほ　二年

ちえちゃんが　みほのえを　かきました。
あかのいろを　かきました。
ようふくの　いろです。
みほのかおのいろは　はだいろです。

千枝ちゃんがクレヨンで絵を描き、それを見ながらみほちゃんが詩を書いていく。

三月。出会って一年が過ぎた。昨日までの寒さが去り、春の暖かさが戻ってきた。ノートと鉛筆を持って校門の横にあるバラを見ながら詩を書いた。

71　ばらのはな　　　あらまき　みほ　二年
ばらのはなは
きのなかに　ねとう
ばら　はやく
さいて

バラについた芽を見ながら書いた。「バラの花は　木の中に　眠っている」と、咲く前の花をこう表現する美穂ちゃんの詩。こんな詩も生まれた。

72　ゆき　　　あらまき　みほ　二年
さむいです
ゆきがふってきた
つめたい
ぽとぽと　おちよう
よしくん　ところに　ゆきがきた

名残雪だった。雪が舞う運動場を子どもたちと走った。よし君は、両手を上げて、空から降ってくる大きなぼたん雪を追いかけていた。美穂ちゃんは、そんなよし君を見ている。

73　しろいとり　　　あらまき　みほ　二年
ないている
うん　うん　うん　うん　うん
みずのんでいる
しろいとりが、とんでった
かわは、とりさんの　いえです
かわの　いえです

春の光が届くようになった。学校から歩いて近くを流れる室見川に出かけた。春の室見川といえばシロウオ。福岡の風物詩の一つだ。川の中に「やな」が仕掛けられたら、春が来たな、と思う。その上を白い鳥が賑やかに飛んでいる。美穂ちゃんの詩から「うん　うん　うん」と白い鳥の声が届く。

# 電車の音が聞こえる<br>街中の学校

一九九〇年「たいようのこ」一年生

一九九一年「ひとむれ」五年生

一九九二年「千の花」六年生

一九九〇年「たいようのこ」　一年生

## お母さんのあたたかさの中で育つ心

子どもたちの詩を読んでいると、子どもにとって母親（お母さん）は大きな存在であるということが伝わってくる。生まれて最初に出会うのがお母さん。気持ちを受け取り、返してくれるのもお母さん。心をつくる内側のことばを一つ一つ伝えてくれるのもお母さん。一年生の子どもたちの詩には、お母さんの心がいっぱい詰まっている。

74

お母さん　　　　たけ　あゆみ　一年

お母さんにだっこしてもらいました
きもちよかったです
ふわふわしていました
なんだか目をつぶると
子どものときを思い出しました
あまえているような気がしました
それに、なんだかねむくなりました
ちょっと目を開けてみると
お母さんのにおいがしました
いいにおいでした
とっても、うすいにおいでした

一年生のあゆみちゃんが書いている子どもの時って、どれくらい小さいときなのだろう。母親のことを「うすいにおいでした」と表現する。それにしても、あゆみちゃんの感性がこぼれてきそうな詩。子どもはこうして母親の愛を心の中に蓄えていく。

75

お母さん　　　　まきやま　けいこ　一年

わたしのお母さんのおなかに、赤ちゃんがいます。
三月に生まれます。
けいこは「うそでしょ」といいました。
お母さんは、「ほんとよっ」といいました。
たのしみです。
朝おきたら、「赤ちゃん、おはよう」といいます。
お腹にいる赤ちゃんのことを思いながら、母親との対話が聞こえてくる。最後に赤ちゃんに話しかける。まだ見えないけど、心にははっきり見えている。

76　おこられたこと　かみいけ　これたか　一年

ぼくは、ずっと前おこられました。
外に出されました。
ぼくは「いいもん、ここにおるけん」といいました。
ドアを「ガタン」としめました。
下を見ました。
「いいな。みんなは外であそんで」と思いました。
りょう手でじゃんけんをしました。
おなじのばっかりでつまらなくなりました。
しばらくすると、お母さんがきました。
ぼくは、「いいもん」と、またいいました。
「くらくなっとうけん、はいんなさい」
といいました。
「いや」といいました。
なきませんでした。
しばらくすると、またきました。
「もうはいる」といいました。

なきました。

小さなからだで母親に意地を張る。退屈さを紛らわすために、両手でじゃんけんを始めた。つまんない！　そして、最後にひとこと、「なきました」と書いている。ガマンしていた気持ちがほっとしてはじけた。

77　朝　ふくい　かおり　一年

お母さんが「さきに行っていいよ」といった。
わたしは、ひとりで行きました。
おうだんほどうについて、目をかくされました。
わたしは、「だれかなあ」と思って、
手をはなしました。
そしたら、お母さんでした。
わたしは、ちょっとなきました。
お母さんが
「しんごうわたるまで、いっしょにいてあげる」
といいました。

78　お母さん　にしだ　あかね　一年

ずっとまえお母さんが、にゅういんした。

いつも　おみまいにいっても
いっしょにねれないからさびしいです。
でも、さみしくありません。
お父さんが、いっしょうけんめい
ごはんを作ってくれるからです。

やっぱり、母親が一番だ。こっそり横断歩道まで来てくれた。子どもが安心を感じる瞬間だろう。そして、入院している母親を思う。「でも、さみしくありません」と我慢する健気さを読む。

一九九一年一月十七日午前三時。多国籍軍がイラクを攻撃、湾岸戦争。ＮＯ79「せんそうのこと」の発行日は一月十九日。平穏な生活の中にも、テレビを通して世界の出来事は飛び込んでくる。「せんそうって、どうしてあるのかな」と。一年生の子どもには分からない。でも、母親の表情や言葉は、戦争の怖さを子どもに伝える力がある。

79　せんそうのこと　　ごとう　さとみ　一年

わたしは、きのうヤマハに行くとき、ラジオをきい
ていたら、
「せんそう」といいました。わたしが、
「ほたるのはかとおなじのがあったと？」てきくと、
お母さんは、なにもいいませんでした。
よる、七じまえ十五ふんだから　すぐ　しゅくだい
をして　ハーイアッコですを見ようとしたら、
せんそうがあっていました。
わたしは、せんそうを
七じはんぐらいまで　見ていました。
七じはんになったら　おふろに入りました。
そして、こころの中で、
「せんそうって　どうしてあるのかな」
とおもいました。
「わたしは、せんそうがあったら
どうやって　にげるのかな」
とおもいました。

「あったと？」は福岡の方言だ。「ほたるのはかとおなじのがあったの？」と、母親に尋ねている。不安なことを相談するのもやはり母親。心のつぶやきは、戦争というニュースに対する自分の不安だろう。

80　せんそうのテレビ　　ながさき　りょう　一年

七じにせんそうのテレビを見ていると、
「アル・フセインっていうミサイルを
はっしゃして　おおくの人がしんだ」
って、いってました。
お母さんが、
「このまま　つづいたら　お父さんたちも
せんそうに行くのかな」
といいました。
「先生のいったフーセン大とうりょうがわるい」
とおもいました。

81　せんそう　　かとう　ゆき　一年

わたしは、テレビを見ました。
しんけんに見ていました。
星みたいなものが　おちました。
お母さんが「せんそう　やめてほしいね」
そういうばかりで、
せんそうのはなしをきかなくなった、
見なくもなった。

星だったらいいが、ミサイルだ。母親の「やめてほしい」という語りかけの後、戦争の話はしなくなった、という一行に余韻を感じる。

82　月　　青田　しょう子　一年

わたしは、夜、月を見ました。
星と月がむかいあっていました。
わたしは、星も見ました。
星と星もむかいあっていました。
わたしが、ごはんをたべて、ねるまえ月を見ると、
月がにっこりわらって、
星がキラキラひかっていました。
お母さんが「ベランダですわって見ていいよ」
といった。
わたしがすわると、
お母さんが「きれいね」といいました。

月と星が向かい合って、昌子ちゃんと母親が向かい合っている。こんな小さな時間が子どもの心にいつまでも残り、「お母さんっていいな……」という心持ちが生まれていくように思う。

83

お父さんのとまり　　　　　　　　　　　　よだ　ふみこ　一年

ずっと、お父さんが帰ってくるのをまちました。
お昼になって、おばあちゃんが
「お父さん、とまりやろ」といいながら来ました。
おひなさまを出しているときも、お母さんが、
「お父さん、はやく帰ってきてほしいね」
といいました。
でんわがかかってきました。
お母さんが「夜中に帰ってくる」といいました。
たっくんが「わっわっわー」といいました。
夜になってねむると、
ゆめにお父さんがでてきました。

もちろん、父親のことも待ち遠しい。その気持ちは「夢」になってしまう。

**六歳の子どものどこから詩が生まれるのだろう**

入学したばかりの子どもたち。朝、教室に入ると自由帳を広げて、たいてい思い思いの絵を描いている。女の子は自分の似顔絵、校舎に大きな太陽、そしてチューリップにはチョウがとまっている。男の子は、鉄棒の絵、流行のアニメ。それに、覚えたばかりの文字で自分の名前を書いている。

少しずつ学校の生活に慣れてきたころ、国語の授業と平行しながら、詩の芽が出るように心の耕しをやっていく。ただ、最近思うのは、「詩を教える」というのは違うような気がする。詩は、教えて生まれるのではなく、子どもの中にある詩の心（詩の発想というのだろう）を解いてあげるというのが正しいのかなと思う。だから、教師がすることは、子どもの中にある詩の心を一緒に見つけて楽しむことかなとも思っている。

84

とこやさん　　　　　　　　　　　　えとう　やすたか　一年

家で　お父さんから　かみをきって　もらいました
おかしくなったので
ぼくと　お父さんと　お母さんと
大はしえきの　とこやさんに　いきました
とこやさんで　きってもらいました
ぼくは　一休さんに　なりました

「せんせい……」と、黄色い帽子をかぶり、両手で帽子をおさえた江藤君が職員室の入口に立っていた。「どう

したの？」と尋ねると、「ぼく、教室行かれん」という。帽子をとり、頭を見てすぐに分かった。「先生が、みんなにお話するから……」というと安心したのか教室へ入った。最後の一行が光る。
次の詩は、「先生、わたしの声を聞いてください！」という抗議の詩だろう。

85
とびばこ　　青田　しょう子　一年

わたしは、とびばこを　しました。
先生が「スピードをあげなさい」
となんかいも　いいました。
わたしは、とびばこが　もう　いやになって、
うちにかえると、お母さんに　いいました。
「ねえ、つぎの体いく　休んでいい？」
お母さんは、「だめ」といいました。
いやだったです。

月よう日になると、また体いくがありました。
わたしは、心の中で「いやだなあ」とおもいました。
わたしは、「体いくなんかきらい」と心の中でおもいました。
体いくがおわると　きがえました。
また　体いくがありました。
わたしは、そのとき、
体いくがきらいだから　けんがくをしました。
先生が、「けんがくは　あそんだらいいかん」
といいました。
わたしは、体いくの人を　ずっと　見ていました。
おわると、あけみちゃんと　ゆうこちゃんと
かえりました。

そして、きょう。
体いくのとびばこは　おわって
おにごっこゲームになりました。
わたしは、もう　けんがくはしません。

「先生、もっとゆっくりおしえてよ」という、お願い。
詩を読んで、「ごめんね」と謝った。「わたしは、とびばこが　もう　いやになって」という昌子ちゃんの気持ちが分からない自分自身の鈍感さに気づかされた。詩は、子どもたちの心の声だ。「子どもたちの心の声を聞き取

れる教師になりなさい」と教えてくれた詩。

86

あかねちゃんのめがね

平川　じゅん子　一年

きょう、あかねちゃんが、
めがねを　もってきていました。
男の子が、「とんぼ　とんぼ」といっていました。
とっても　かわいそうでした。
先生が　やってきて、
「わる口をいった人は立ちなさい」といいました。
いった人は、しょうじきに立ちました。
「えらいなあ」とおもいました。
わたしは、ほっとしました。

じゅん子ちゃんは、色が白い子だった。友だちのあかねちゃんが悪口をいわれることに心を痛めていた。「ほっとしました」という言葉がじゅん子ちゃんの気持ちを伝える。

いつだったか、信号待ちをしていると、セーラー服を着た女の子が車に向かって手をふる。見ると、高校生になったじゅん子ちゃん。私にとっては、いつまでも、「あかねちゃんのめがね」のじゅん子ちゃん。

87

とびばこ

あみ中　さやか　一年

「つぎ」と先生がいいました。
わたしは、かけていって「ぴょん」ととびました。
先生が、「もう一かい」といいました。
わたしは、また　かけていって
「ぴょん、ぴょん、ぴょーん」とはねました。
先生がまた、「もう一かい」といいました。
わたしは、せなかを　おされました。
あしを、パッとひらくと、
とぶばこがふねになりました。

跳び箱を船に変身させる感性。そしてもう一つ「遊び心」から生まれた詩。朝、教室に行くと机の上にサヤエンドウが置いてあった。尋ねると、さやかちゃんが持ってきた。「これはおもしろい」と思い、詩ノートを配った。詩を書くタイミングを逃さないように、教師にも「これは子どもたちに書かせてみたい、これなら題材になるぞ」という、詩の題材を見つけるアンテナが必要だ。

88　えんどう　　　　　　　きよはら　やすまさ　一年

ぼくは、えんどうまめを　みました

まめは、きょつけを　していました

89　ねこが　ねずみをたべていたこと

　　　　　　　　　　　やなぎや　ひでゆき　一年

ねこが木の下で、

ねずみの赤ちゃんをたべていました。

おなかからたべていました。

ぼくが見ているのをみて、ねこがにげました。

ぼくが、ねずみの上にすなをかけて、かためました。

次の日、ねずみをうめているところを見ると、

あながあいていました。

ねずみもいませんでした。

「ねこが、ほってたべたのかな」と思いました。

よく見ている。「ねずみの赤ちゃん、おなかからたべていた、すなをかけてかためた、あながあいていた」と。

90　のぼりぼう　　　　　　くろき　けんた　一年

のぼりぼうをしました。

あしは、かえるみたいにしてのぼりました。

でも、一かいめは、のぼれませんでした。

二かいめは、きつかったからできませんでした。

　でも、三かいめは、できました。

二行目の「あしは、かえるみたいにしてのぼりました」という表現をみんなの前でほめる。こうして子どもたちは、表現の幅を広げていく。

91　えんぴつのけんこうかんさつ

　　　　　　　　　　　たかしま　まさふみ　一年

あさのかいのとき、先生に

「あたらしいえんぴつもってきた」といった。

そしたら「なまえ　かいてやる」といった。

先生は、

なまえをかいた鉛筆にばんごうをつけてくれた。

先生が、「これでえんぴつのけんこうかんさつしなさい」といった。

あのね、「つかったえんぴつは、つかれたえんぴつ」

「おれたえんぴつは、けがしたえんぴつ」「つかっていないえんぴつは、元気なえんぴつ」といった。

そういうと、「うん、毎日やる！」といって大喜び。子どもにはこんな声かけが楽しい。

92　こころの中のとびばこ

かみいけ　これたか　一年

頭の中　とびばこだらけだよ。
心の中　できるだらけだよ。
手の中は、力だらけだよ。
おしりは、いたいだらけだよ。
ぼくは、本当にとびばこすきだよ。
もう、なんかいも　なんかいも
れんしゅうしたからな。
だって、とべなかったから。
本当にいましたいんです。
ぼくは、はやさき先生みたいになりたいです。

一年生の子どもと跳び箱をやっていると、私でも子どもの「あこがれ」になれる。こんなときは、大いに「いばる！」

## 絵本の世界は子どもの想像力を豊かにする

「先生、きょうは、はやさきげきじょうしないの？」という声。早崎劇場とは、給食時間にする本の読み聞かせ。絵本には詩の世界がある。ただ読むのではなく、場面の展開に沿って子どもの気持ちに届くように読む。時々、じっと絵本に見入っている子どもの表情を見る。その一直線の眼差しがいい。

　子どもたちが私の前に座ると、だまって読み始める。子どもは「力のある絵本」なら何も言わなくても、絵本に見入るようだ。その証拠に本の世界に入り込むと、ぶつぶつつぶやく。「こすずめのぼうけん」を読んでいる時のこと、脇浦さんが、こすずめを休ませない他の鳥たちのことを「いじわるね」とつぶやいている。また、「モチモチの木」を読み終え、「どうして、モチモチの木にあかりがついたの？」と尋ねると、高島君が「せんせい、豆太に勇気があったからだよ」と。

　一年生が終わる三月。一枚文集最終号（NO二二八）には、早崎劇場全七九冊を紹介した。それらは子どもたちの書く力を支えた。

93　いやいやえん　　　　　ながさき　りょう　一年

せんせいが　いやいやえんを　よみはじめたら
目を　とじました。
十びょうだけ　とじました。
一びょうから十びょうまで心の中のテレビに
そのけしきが　うつりました。

読んだことは、記憶として子どもの心に映っている。そして、心の中の風景として生き続けるのだろう。もうすぐ二年生という三月の作品。

94　雪の音　　　　　あみ中　さやか　一年

じっと、耳をすますと
「シャラランキラキラ」と聞こえます
もしかすると
雪の小人がならしているのかもしれない
「ピッチン　キラキラ　ラララララ」ときこえた
それは
雪のおひめさまが歌っているのかもしれない

**一年間だけの「たいようのこ」たちとの出会いだった**

一年が終わる時、子どもの中に詩を書いたことの何かしらが残ってくれることを願う。そして、成長する中で詩を書いたり読んだりするきっかけになったらと思う。

95　作文と早崎先生　　　　　青田　昌子　一年

二年生になって早崎先生といっしょじゃなくても、
先生のことわすれないよ。
作文かけなくても、家でたねを見つけて書くよ。
たくさんの思い出ができたから、
先生のことわすれないよ。

あのNO85「とびばこ」の詩を書いた昌子ちゃんだ。今どうしているだろう。

96　早崎先生　　　　　田ぞえ　かなみ　一年

春　入学。
わたしの前に先生が立った。
どっきん　むねがはりさけそう。
おひげを見て　こわそう。
でも、目を見てやさしいと思ったよ。

先生となれたころ、いろんなお話をしたね。
それは、どうしても　どうしても
話したかったんだよ。
たいようの子　ありがとう。
さいしょは、
たけさんと　まのくんの絵がのったよね。
それが、どんどん　どんどん　作文やしになって、
わたしは、しょうじょうもらったよね。
早崎げきじょうありがとう。
あそんでくれてありがとう。
作文、たいようの子ありがとう。

## 一九九一年「ひとむれ」　五年生

### 心に残る二つの家庭訪問

藤棚に薄い紫の花が開く頃、五月は家庭訪問。弘子には母親がいないということは聞いていた。家を訪ねると、祖母が迎えてくれた。古い家が立ち並ぶ中に弘子の家があった。腰を降ろすと、四年生の三学期に転校してきたこと。その時から、学校になじめず不登校を口にしていたこと、両親の離婚のことなど話してくれた。

祖母の話を伺いながら、受け持ってから毎朝のように職員室にやって来ては私に話しかける弘子のことを思い出した。「なぜだろう?」と思いつつ、私はただ弘子の話を聞くだけだった。祖母が「先生、有難うございます。私が毎朝、無理に起こして学校にやっていましたが、自分から学校に行くようになりました」と安堵の顔で話を続けた。

家庭訪問も終わり、それからひと月ほどたった詩の時間。弘子が私の所へやって来た。「先生、離婚の〝婚〟

ってどう書くんですか?」と言う。黒板の隅っこに小さく「婚」と書くと、詩ノートに向った。

その日、弘子は「お父さんとお母さん」という題をつけて両親の話し合いという名の「けんか」のこと、母親と姉妹で母親の実家に帰ったこと、そして、父親との生活、離婚……と綴られ、最後に「さみしい」という言葉で結ばれていた。

わずかノート二ページほどに、一〇歳の弘子が経験したことを淡々と書き記していた。きっと、弘子の心の奥底にいつも見え隠れすることだったのだろう。

確かその日の掃除時間だった。弘子は、クラス変えのことを何気に話しかけてきた。「先生、五年が終わったら、またクラス変わる?」と。私が「弘子! また、先生と一緒になるか?」と冗談交じりに話すと、「うん」と言いながら、掃除を始めた。

もう一つは、美紀ちゃんのことだ。話を終えて玄関を出ると、「先生、食べて!」と美紀ちゃんがアイスを手に外に出てきた。それも、一〇個ほど入ったボールの形をしたアイスだった。五月の青空の下、四人のささやかなパーティーになった。

97

アイスクリームパーティー

大熊　美紀　五年

家庭訪問が終わって、先生が外に出ると、
わたしは、先生にアイスクリームをあげた。

でも、先生は、「とけるから、あなたたちで食べなさい」と言った。

わたしが「食べて」と言うと、
先生は、「じゃ、みんなで一つずつ食べよう」

と言った。

先生は、わたしの妹に「かよちゃんからね」

と言って、アイスを渡した。

「次、もうひとりの妹、ゆきちゃん」

「次、美紀ちゃん」

「次、先生」

先生は、みんながアイスを持つと、

「美紀ちゃんががんばるように、かんぱーい」

と言った。

みんなアイスを食べた。

生まれて初めての
とってもとっても楽しい家庭訪問だった。

毎年の家庭訪問。短い時間の訪問だが、子どものことを話すには大事なひとときになる。弘子の訪問のように心の悩みを受けとめ、その後の生活に配慮することもあれば、時にはアイスで乾杯！　というようなハプニングもある。

**言葉にすることは、人を結びつけること**

今でも忘れることができない。研一が母親の棺の前で握り拳をして座っている姿。白い開襟シャツに黒いズボンをはいていた。目を真っ赤にはらした研一を見ていると、かける言葉もなかった。研一の横には、母親を助けてきた姉が座り、その横に弟のこうちゃんが座っていた。

研一はからだの小さい子だった。いつだったか、私と意見が対立した。私の言葉も届かず、「先生、それは違う」と抵抗し自分の意見を通した。真っすぐな子だった。研一は、母親、そして家族のことを卒業するまで書いた。そして教室で読み合った。

生活を言葉にすることは、そこで生活する人を結びつけるのではないだろうか。なぜなら、研一の詩を読んだ子どもたちは、「先生、私は……」と自分の思いを言葉にしていく。この学校で出会い、二年間過ごした子どもたちは、研一の悲しさを支えながら、研一への思いや自分たちの生活を言葉にしていった。

98　お母さん　　松永　研一　五年

ぼくのお母さんは入院している。
今、とてもひどい。
しゃべることがやっとで、
歩くことがなかなかできない。
お母さんは、放射線というものを当てている。
それを当てると、ガンの細ぼうを破壊するからだ。
死にそうになったことも何度かあった。
ぼくが会いに行くと、
母さんは「がんばるよ」という。

99　お母さんの花　　松永　研一　五年

ガガガガガ……ことごとくお母さんの花が壊される。
ぼくのお母さんは、花が好きだった。
だから、庭いっぱいに花を植えていた。
だが、それももう数本しかない。
隣にマンションが建とうとしている。
それには、庭いっぱいに茂っている花が邪魔なのだ。

お母さんが植えた花には、今、リボンがついている。
そのリボンには
「お母さん、がんばって」
と書いてある。

100　小さなお母さん　　松永　研一　五年

「研ちゃん、早く食べなさい」

「研ちゃん、早く寝なさい」

「研ちゃん、早く起きなさい」

と、毎日のように言われるぼく。

勉強と家の仕事をするお姉ちゃんはすごい。

家の仕事だけでも大変なのに。

ご飯まで作ってしまうお姉ちゃんは、
小さなお母さんだ。

101　松永君へ　　竹之内　雅也　五年

まっちゃ。
今度、学校にきたら、精一杯遊ぼうぜ。
まっちゃや　ぼくが笑い話をして精一杯笑えば、
空の上で、お母さんも笑っているかもよ。
元気出して、まっちゃ。

新しいクラスになって間もないとき、研一の母親が亡くなった。友だちの竹ノ内君が、クラスの代表として葬式に参列した。その日に書いた。

二〇〇八年の元旦の朝。玄関先からチャイムが聞こえる。ドアを開けると、「先生、覚えていますか？」と言いながら二人の青年が立っている。一七年前の教え子、竹之内君と小川君だ。しばし言葉が見つからない。記憶を遡らせるのに時間がかかった。元気者の竹之内君は、立派に成長していた。函館に始まり、熊本、今は東京で勤務していること。小川君は、家の仕事を継ぎ、「トラックに乗っています」とのこと。

研一を支えた子どもたち、その中心が竹之内君だった。

102　松永君のお母さんがなくなったこと　　奥田　絵美　五年

「お母さん、おなかがすいた」と言った。

すると、お母さんが、

「だめ！」と、私に向かって言った。

「松永君のところはそれどころじゃないのよ」

と言った。

「頭をけがしたとき、松永君のおばちゃんにめんどうみてもらったでしょう」
と、お母さんが言った。
私は、思い出した。
私は「かんぴょうしてくれて、ありがとう」と、
心の中でお祈りした。

研一と同じビルに住んでいた絵美ちゃんの詩。

103　松永君　　河野　哲士　五年
松永君は、ぼくが転入してきたとき、
すぐに声をかけてくれた。
そのとき、なんかほっとして気持ちよかった。
五月七日の朝、聞いた。
「まっちゃのお母さんが死んだとよ」と。
「うそやん！」と言った。
信じられなかった。
前、先生から聞いたことがあった。
「松永君のお母さん、
ちょっと　具合が悪そうです……」と。
朝の会のとき、先生が話した。
「松永君のお母さんは、
五月六日に亡くなられました」と。
松永君、すごく悲しいだろうなあ。
元気だして。
お母さんも　天国で見ているよ。

## 別府君、君との約束守っているよ

夏だった。あれは東北、青森県の八甲田山を歩いている時だ。携帯が着信を知らせる。教え子からだった。「先生、突然ですけど、別府歩君が亡くなったこと知っていますか。仕事中の事故だったということです」と。言葉がなかった。学校を出た後、お父さんの仕事を手伝っているということは聞いていた。
電話の後、五、六年と二年間過ごした時の別府歩君の顔を思い浮かべていた。

104　ぼくが生まれたとき　　別府　歩　六年
十二年と三ヶ月前、ぼくは九州中央病院で生まれた。
ぼくは、大きすぎて
お母さんのおなかから出にくかったそうだ。
お母さんは、生まれて一週間後に

ぼくの顔を見たそうだ。
ぼくは、しわくちゃの顔だったという。
そしてまるですもうとりのようだった、という。
ぼくは、これからもしっかり生きていきたい。

「先生、おれ、勉強あんまりできんけん」と言いながら精一杯のツッパリを見せていた。しかし、根っからの人の良さからそのツッパリもかわいかった。とにかくはずかしがり屋。顔いっぱいで笑う顔が何といっても印象的だった。教師として、教え子を亡くすのは初めてだった。詩は、今も別府君の笑顔を思い出させてくれる。
運動会の組体操の練習のとき、別府君と逆立ちの練習をした。何回か練習を繰り返し、やっと私の手に足が届いた。

105　逆立ち　　別府　歩　五年

先生と逆立ちをした。
先生が、「思いっきり、バンと、とべ」と言った。
思いっきりとんだ。
ぼくは、できた。
まだ、完ぺきにはなってない。
でも、最初はぜんぜんできなかった。
今度は、できるようになる。

父親の現場にいって手伝いをした時のことを書いている。時々、父親の仕事のことを楽しそうに話してくれた。

106　お父さん　　別府　歩　五年

「ド　ド　ドド　ド……」
大きな機械のドリルの音だ。
それを使って、大きな石をこわす。
ぼくは、お父さんの手伝いをした。
「鉄筋をまげて!」と言った。
終わって、「パン　パン　パン……」と、手をはたいた。
白いほこりが出た。
「終わったよ」というと、「石を運んで」と言った。
大きな石が何個もあった。
夕方、もう一つの現場を見た。
お父さんは、「明日しよう」と言った。
自分が詩に書いた通り、別府君はしっかり生きていった。父親を支えて。

107　おじいちゃん　別府　歩　六年

ぼくのおじいちゃん、前、病院にいたがもういない。
やさしかった。でも、もういない。
ぼくのおばあちゃんは、三十六才でいなくなり、
おじいちゃんは六十五でいなくなった。
今、二人は仏壇の中だ。
時々、お姉ちゃんが来てお線香を上げる。
もういない。
おじいちゃん、おばあちゃん生きていればなあ。

別府君の六年生、十月の作品だ。別府君は、二〇歳半ばで生涯を終えた。次の詩は別府君が卒業するときに私に贈ってくれた詩だ。

108　先生　別府　歩　六年

ぼくたちに、しっかり、やさしく
勉強を教えてくれた。
先生、ほかの学年の先生になっても、
詩を書かせてください。
先生、ひげをそらないでください。
しかったり、やさしくしてくれた先生のことを
絶対に忘れません。
奥さんともけんかしないでください。

別府君、あまりにも短い一生だったね。先生、君が贈ってくれた言葉の通り、詩を書いています。天国からずっと見ておいてください。先生の仕事を。

**詩はその年の歴史を伝える**

毎年、子どもたちと詩を綴り合っていると、その年の歴史を刻んでいくことになる。

一九九一年は、雲仙普賢岳が一九八年ぶりに噴火した。今でも、テレビに映し出された住民が逃げまどう姿が思い出される。社会的な出来事もできる限り詩の題材にした。事実を自分の目でとらえて、自分なりの感情表現を促した。

109　雲仙岳噴火　　　川田　香織　五年

噴火して逃げる人。
火砕流に巻き込まれて重体の人。
安全な場所に逃げようとして被害にあった人。
灰が気管に入った人は水を飲んではいけない。
灰が固まって窒息するそうだ。
噴火を調べに来て行方不明になった人もいる。
避難してはぐれた人もたくさんいるだろう。
夜もゆっくり眠れないだろう。
中にはあきらめる人も……。
小さく逃げないで、大きく逃げたらいいのに。
この地を離れたくないのだろう。
タクシーも、人も、
百キロ以上の速度で押し寄せてくる火砕流に、
　逃げる場はない。

川田さんの詩を読みながらものすごい勢いで流れ落ちる火砕流の姿を想像する。被害の様子を目の当たりにして「重傷の人は助かるだろうか。助かって欲しい」と案じている。

110　雲仙岳のニュース　　　内田　享輔　五年

朝起きてテレビをつけると、
大きく雲仙岳が映っていた。
黒い煙がもうもうと上がっていた。
アナウンサーが「雲仙普賢岳で大規模な火砕流が発生し……」と伝えていた。
学校の体育館に大勢の人が避難していた。
昨日、一人が亡くなったという。
今日になると、五人も亡くなった。
先生の話では、火砕流はおよそ百キロのスピードで
下りてくるということだった。
ぼくは、少し遠くにいても逃げられないんだなと思

った。
戦争で爆弾を落とされたりするのはやめようとすればやめられるけど、
自然の噴火や地震は避けようとしても避けられないからもっとこわいと思った。

111　列車事故　　内田　享輔　五年

本を読んでいると、お母さんが、大きな声で呼んだ。
「ちょっと、来て享輔。テレビですごい事故が映っとうけん」
見ていると、むごかった。
毛虫と毛虫がぶつかったみたいに、グニャグニャになっていた。
原因は、片方の信号が壊れていたからだった。
中で動いている影が見えた。
そして、パトカーやヘリコプターがきた。
次々に、死んだ人が見つかった。

一九九一年五月十四日に起きた「信楽高原列車衝突事故」。四二名の死亡者を出す大惨事となった。子どもの表現からその惨劇がストレートに伝わる。

112　事故　　峯崎　恭輔　五年

「あっ！　火事や」お父さんが言った。
「本当や、けむりが……」ぼくは、窓から顔を出して見た。
車と車がぶつかり燃えているのだ。
煙は、白から黒に変わった。
みんな車から出ていた。
事故現場を見に行った。
後ろに車がずらっと並んでいた。
「おそろしいね」おばあさんが言っていた。
消防車、救急車、パトカー、白バイが到着し片づけを始めた。
一時間ぐらいして、通れるようになった。
半分、真っ黒な車と全部真っ黒な車が見えた。
すごい！ぼくは驚いた。
その跡は、白い泡でいっぱいだった。

## 家族の中で生まれる詩

綴られた詩は、その時のその子の思いをそのまま残してくれる。NO113「二人乗り」に書かれた「あたたかさ」と「広さ」は、お母さんそのものだろう。家族の中で生まれた作品を読んでいると、子どもたちの心が動く「その時」が伝わってくる。小さなこと些細なことの中に、大切なものが詰まっているように思う。

113　二人乗り　濱本　圭子　五年

「寒いなら、しがみつきなさい」と
お母さんが言った。
あったかい！
お母さんの背中はとてもぽかぽかしていた。
お母さんは小さいのに、背中はとても広い気がした。

ストーブであたためた座布団を置いてくれるおじいちゃんの詩。おじいちゃんの運転する自転車に乗るだけでもあたたかいのに。

114　おじいちゃん　福田　祥子　五年

「よし、乗った！」

おじいちゃんが私を自転車の後ろに乗せてくれた。

「やっぱ、さっちゃんは軽いね」

おじいちゃんは笑いながら言った。

「右、よし！　左、よし！」

おじいちゃんは、道路に出ると言う。

私は、少し笑ってしまう。

私は、おじいちゃんと自転車の二人乗りをするのが好き。

おじいちゃんは後ろに乗せてくれるとき、
いつも座布団をしいてくれる。

その座布団はストーブであたためたもの。

私は、
おじいちゃんに、もっともっと長生きして欲しい。

115　お母さん　本越　華奈子　五年

「ジャブ……ジャブサー」

何か音がする。

台所の方から。

私が台所行へいった。

すると、お母さんが、たくさんの皿を洗っていた。

私は、「はやく寝り」というと、

「あと、せんたくものがあるけん」という。

そして、「あした起きれんやろ」とお母さん。

だけど、私は眠れなかった。

お母さんが寝るまで。

どんなに忙しい仕事があっても、母親はやはり子どものことを考えている。「明日、学校でしょう。早く休みなさい」との母親の思い。「はい」と寝床につくも……母親のことが気にかかり、なかなか寝付けない。お互いが相手のことを思いやる。
　次の山形さんの詩も、母親の仕事場に足を運び、そこで忙しそうに働く母親の姿を目にする。

116
お母さん　　　　　　山形　真弓　五年

お母さんは看護婦です。毎日働いています。
この間、家のカギがないので病院に行って、
お母さんにカギをもらおうとした。
受付でお母さんを呼んでもらおうと思ったとき、
白衣を着て、手にファイルをかかえて走ってくる
お母さんが見えた。
「お母さん、家のカギをかして……」
と言い終わらないうちに、
「今、いそがしいから」
といって走って行ってしまった。
お母さんは、家ではお母さんだけど、
病院では看護婦なんだな。

117
おじいちゃんの手　　　　　澤田　絵美　五年

わたしのおじいちゃんの右手には指が二本しかない。
私が生まれる前、
おじいちゃんは大工の仕事をしていた。
木を半分に切っているとき、
「おじいちゃんの指が三本とんでいった」
とおじいちゃんが教えてくれた。
今、その右手はとてもやわらかい。

二本の指をやわらかいと書く中に、おじいちゃんをやさしく見る目を思う。

118
竹馬　　　　　　小川　秀和　五年

冬休み、じいちゃんの家に行くとじいちゃんが、竹馬を作ってくれた。
最初は乗れなかったけど
練習してだんだんうまくなった。
はでにこけたこともあった。
毎日練習して今では階段も上れる、
急な坂も上れるようになった。
ぼくは、心の隅で

「竹馬のオリンピックがあればいいなあ」と思った。
おじいちゃんが作ってくれた竹馬で遊べるって最高だろう。

119　パジャマ　　森藤　美帆　五年

パジャマに大きな穴があいていた。
買い物に行ったとき
「ねえ、お母さん、
パジャマ買おう。やぶれとうけん」
お母さんは何も言わなかった。
結局、買ってもらえなかった。
家に帰って、パジャマを見てみると、
あいているはずの大きな穴は、
きれいにふせてあった。
はいてみると、片方だけ短かった。
だけど、とてもあたたかかった。
短くなったけど、とてもあたたかい。
私は、このパジャマが気に入った。
もう、買ってもらおうとは思わない。
このパジャマよりあたたかいものはないだろう。
世界に一つしかないパジャマ、
ずっと、ずっとはけたらいいな。

このごろふせてある服は見かけない。あたたかいのは母親のやさしさのおかげだろう。

120　仕事　　福田　祥子　五年

プルルルルッルと、いつものように電話がかかってきた。
お店の人からだ。
お母さんは、何かメモ紙にメモした。
メモ紙を破いて、タタタタタッ階段を下りて、
玄関の戸を開けて外へ出た。
「ばら、だんご、チーズ……」
小さな声だったけど聞こえた。
タクシーが来た。
お母さんは店に行ってしまった。

焼き鳥の店を経営していた。「先生、おいしいから食べに来て」と、祥子ちゃんがよく話してくれた。なんと言っても一番忙しいのは夜。店から連絡を受けて材料を

届けるときのことを綴る。

121
お母さん　　　大熊　美紀　五年

夜、カチカチカチ、時計の音。
ギュッギュッ……マジックの音。
十一時だ。
お母さんは、
いらない紙に「大熊」と何回も書いている。
手はふるえている。
お母さんが「もうねなさい」と言った。
わたしは、「お母さんがねたら、ねる」と言った。
お母さんが、布団に入った。
わたしも入った。
いつのまにか、わたしはねていた。
朝見ると、お母さんは、
体操服のゼッケンを下にしてねていた。
わたしは心の中で「ありがとう」といった。
　ギュッギュッとマジックの音。何度も練習する母親を見ている。

122
お母さんが病気　　　深牧　宣光　五年

学校から帰ってくると、お母さんが寝込んでいた。
ぼくは起きようとするお母さんに、
「寝とかないかんよ。家事はぼくがしとくけん」
といい、台所に向かった。
山のように茶わんがあった。
ぼくはエプロンをして、袖をまくり洗い始めた。
ていねいに、ていねいに洗って三十分で終わった。
次に、洗濯物を取り込んでたたんだ。
いきなり自分でぜんぶたたむのはむずかしい。
だが、一生懸命たたんだ。
あとは、お母さんが治ってくれるだけだ。

123
雲　　　林　郁美　五年

夜、ベランダに出てみた。
雲が流れていた。
左右に流れてきた雲は、ドッキングしていた。
しばらく部屋の中に入って今度はお母さんと見た。
「あれはカニに似ている」私が言った。
真ん中の雲を見ていると、りゅうにも見えてきた。
お母さんも「あれ、りゅうに見えるね」といった。

左から流れていた雲は、どこかへ消えてなくなった。
真っ暗な空に白い雲がくっきりうつっていた。
やがて、りゅうは消えてしまった。

家族の話し声が聞こえてくるような詩。子どもは、こんな家族との「ひととき」の中で、自分の心の居場所をつくっているように思う。

124　子ねこ　斎藤　めぐみ　五年

ガチャ……学校から帰って、
子ねこの入っているダンボール箱を見た。
一匹いない。
すみに小さな袋が置いてあった。
私は、その袋の中に子ねこが入っているのに
気が付いた。
子ねこの親の「チエ」は、
一匹いないので気が立っていた。
子ねこは、もういない。
死んだのだ。
袋から出してやると動かない子ねこを、
チエはなめていた。

ねこを通して子を思う親の心が伝わる。

## 赤ペンと子ども

子ども心は、いつも右に左に揺れている。その揺れる思いに心を合わせることが、ほんの少しでもできる教師でありたい。日々、子どもたちの生活を見ていると愉快なときもあれば、悲しみの中に頭が垂れるときもある。その揺れる気持ちを子どもたちは言葉にしていく。教師は、そんな子どもの言葉に、赤ペンで返事を書けたらいいと思う。

125　赤ペン　西坂　ゆう子　五年

ホームランをとって、目立つ気はない。
けど、先生の赤ペンは結構楽しみだ。
先生の赤ペンが適当だったら、
こっちの気持ちも適当になる。
言葉でくどくど言われるよりも、
ノートに強く赤ペンを書いてくれるほうがうれしい。
そんな気持ちになってくる。
赤ペン一つで気持ちが変わる。

詩の内容より赤ペンも多岐にわたる。子どもの悩みには内容に添って赤ペンを書く。

126　先生　　山下　貴樹　五年

先生は、どこで生まれましたか
先生は、何月何日に生まれましたか
先生は、何月何日に就職しましたか
先生は、おねしょしたことがありますか
先生は、今、立派な先生ですね
先生の素顔は
リンカーンの顔にすごく似ていますね
先生は、すごく運動神経がいいですね
ぼくは、明るくてそんな先生が大好きです

恥ずかしい気がする。ただ、こんな詩に出会うとうれしい。もちろんこの日の文集に私は返事を書く。やはり、子どもの正面からの問いには、正面から向かい合う。

127　一枚文集「ひとむれ」　斎藤　めぐみ　五年

「ひとむれ、配ります」といって、
いつも先生は指につばをつけて配る。
毎日毎日、書いている。
みんなの書いた作文や詩をもとにして。
家に「ひとむれ」を綴ったものがある。
黒ひもで結んである。
おばあちゃんがとっている。
その綴りも、もうすぐ結べなくなる。
おばあちゃんが、「もうそろそろ、新しいのに変えようかね」という。
それだけ書ける先生もすごい。
二年たったらどれくらいたまるのかな。

「先生、おばあちゃんが文集楽しみにしています」と話してくれた。読んだ文集は「黒いひもで結んである」と。ありがたいと思う。

128　思わず泣いてしまった　河野　哲士　五年

前の学校でぼくはけんかをして怒られた。
親にはだまっていた。
ビンタをくらった。
ほっぺたがふくれた。
でも、涙をこらえた。

転校してきたある日、ぼくは机に名前をほった。
早崎先生から怒られた。
でも、先生は手を出さなかった。
口で叱られ、ジワージワーと、涙が出てきた。
今思うと、なぜたたかれて涙をこらえられたのに
口で言われて、泣いてしまったのだろう。
先生に怒られて泣いたのはこの時が初めてだった。

「河野君へ。」という返事を書いた。人が変わるのは、「力」ではなく、君自身の「心」だと思う、と。

**子どもの無心さが詩を生む**

無心に見る。簡単なようでなかなかできない。毛虫というと、からだ全体を動かしてのらりくらりと動くと思っている。しかし、まっさらな目で観察すると違う。

129　毛虫　川田　香織　五年

早足で、スススッスーと、歩いていく
のそのそ歩いていなかった
毛虫の行く先を木でさえぎってみた
首を横にふってよけて通った
玄関のカーペットの上にのぼろうとしたけど
のぼれない
毛虫を木で上に乗せると
「自分で行くだ！」というように、下の段におりた
毛虫は、横をつたってカーペットの上におりたった
首をふりながら歩いていた

まじめに毛虫と遊んでいる。「自分で行くだ」という毛虫の声が聞こえる。この詩の後に、こんな言葉を載せた。「何かしら、ほのぼのとしてくる詩です。大人はバラの花につく毛虫を見つけては、殺虫剤でシューとやっちゃうのかな」

130　二つのたまご　林　郁美　五年

飼育小屋の中に、
うす茶色のたまごが二つころがっていた。
チャボは、ぜんぜんあたためていなかった。
私はたまごを持って、両手であたためた。
放課後、給食のパンが入った袋に
広場の草を細かく切って入れて、
たまごを持って帰った。

お母さんに、
「たまご、チャボのかわりにあたためる」というと、
お母さんは、びっくりしたような顔をして
「綿、持っておいで」と言った。
チャボの温度と同じになるように
電球を照らしてあったかくした。
「うまれるといいな」

ただチャボのひなをかえしたいという無心さに応える母親。

131　金魚　内田　享輔　五年

水槽に、金魚を二匹ぶちこんだ。
二日後、水槽を見ると緑色の物が水中に漂い、
水を半分緑色に染めていた。
金魚の死がいが一つ、プカッと浮いていた。

次の日、水槽を見ると全滅だった。
ぼくは、金魚を袋に入れてほっておいた。
金魚の目は、ぼくをにらんでいるようだった。
その日、ぼくは祭りへ行った。
夜、家に入ると、プーンと変な臭いがした。
金魚に、びっしりうじがわいていた。
「うへっ！」といって、それを捨てた。
今、ぼくの頭には、
まだ、金魚の目つきがこびりついている。

自分の体験をリアルに書いている。

### 社会の出来事に目を向けて

「お年寄りは大切に」「体の不自由な人に席をゆずりましょう」などの掲示を見かける。ただ、子どもの目に届いても、心にまで届いているか分からない。子どもの詩がいくらかその力になればいい。

132　ピンク色のギブス　安恒　知子　五年

私が着替えて、鏡の前に立っていると、
女の子とお母さんが入ってきた。
すぐにイスに座り、
お母さんに靴下や洋服を脱がせてもらっていた。
その子は、少し人目を避けるようにしていた。
ふと、私は、後ろをふり向いた。

すると、その子は、お母さんに抱かれていた。
その子の足は、まっすぐのびたままだった。
ロッカーの上にはピンク色のギブスが二足そろえて
置いてあった。

133　障がい者　　西田　愛　五年

バスに乗ると足が不自由な人が乗ってきた。
私が、ちらちらと何回も見ていると、
横に座っていたおばあちゃんが
「あの子がんばっているね」
と小さな声で話しかけてきた。
私は「はい」と言って、
早く家に着かないかな、と思っていた。
やっと、着いたと思っていたら、
足の不自由な人も降りようとしていた。
私は、じっと見ていた。
その人が降り始めた。
一段二段三段降りていった。
そのとき転んだ。
私は、両手で起こしていた。
にっこり笑って、あめを二個くれた。

自分の心の動きをそのまま言葉にしている。どうかかわっていいのか……というもどかしさがあるが、「私は両手で起こしていた」、つまり自然に行動できるやさしさを読み合う。

134　電車の中で　　深牧　宣光　五年

六年生の人がまごついているのを、
ぼくはじっと見ていた。
「たばこを吸うのをやめてください」と、
少し大きめの声が響いた。
一瞬、あたりがシーンとした。
たばこを吸っていたおじさんは、
いやいやながらやめた。
六年生の人は、
汗がついているおでこを袖でふき取っていた。
「えらいな」と、ぼくも汗をふき取った。

135　たばこ　　峯崎　恭輔　五年

下校中、黒い車を見た。
その中の男の人がたばこを吸っていた。
「あっ」吸っていたたばこを、窓から捨てた。

ぼくは、カッときた。
ぼくの目の前でやるから、もうたまらない。
「ふざけるな！」と、言おうとしたが、やめた。
信号が青になり、車がいっせいに走りだした。
ぼくは、火のついたたばこを、
ぐりぐりと、踏みつぶした。

自分の思いを、やりきれなさを「ぐりぐり」が表す。

136

面相かき（博多人形）　西坂　ゆう子　五年

冷たい床に座布団をひき、絵師は次々に色をぬる。
手馴れたものだ。
一秒も無駄にしない集中。
絵師に質問した
「面相がきで失敗したらどうするんですか？」
絵師は、
「目を書き入れるのをまちがえたら、
一からやり直す」
とこたえた。
一本の筆と、一人の手で
人形の心が生まれているようだ。

時折、自分の生き方について問うものがある。この子の生き方はこの詩そのもの。信念の子だった。

# 一九九二年「千の花」　六年生

## 手書きは時代遅れかな

近くの文具店で一〇〇円の国語ノートを買う。マス目なしの縦罫一七行のノート。あと鉛筆があれば、書くということはできる。間違ったら消しゴムを手にとる。こんなごくあたりまえの風景が「書く」ということだろう。私は、こんな子どもたちの姿をずっと見てきた。

ところが、時代が「書く」ということを変えつつある。書くことにノートや消しゴムがいらない時代がやってきたようだ。書くことは、指先でボタンを押すこと。消すことも同じ。携帯やパソコンでの電子メールのやりとりのことだ。確かに書くということに変わりない。ただ、私は表現を生みだす過程の違いは、生まれるものに違いを与えるのではないのだろうかと、一九九二年の一枚文集を読み返しながら、そんなことを考えた。

子どもたちがノートに文字を残す。その文字を文集という形にする。それも私の読みづらい手書き。その一枚の紙を毎日のように手元に置く。そして、教室という場所で文字を読む。書いた子どもの声であり、私の声であることも。今の情報化時代からすると、こんなに手間隙かかることは、「無駄」と言われるかもしれない。ただ、無駄なことは子どもたちを何らかの形でつなぎ、生きる糧になっていくように思える。

「手書きのプリントなんて時代遅れだよ」という声も聞こえてきそうだ。パソコンやデジカメならきれいなカラー写真だってかなえてくれる。しかし、私はやはり手書きが好きだ。

## 書くことは他を思う感性を育てる

「書くことは、他者に向ける感性を育てる」、そう思えてならない。子どもによって、他者は様々である。子どもたちは作品を通して表現される「他者」と出会いながら、自分の思いと重なるものを見つけ、何かしらの生きる力に変えていくように思える。

137

お母さん　　江越　加代子　六年

朝、頭が痛くてたまらなかった。
昼になり熱をはかると、三七度七分だった。

私は、お布団にいって寝た。

お姉ちゃんが、水枕の代わりにビニール袋に氷を入れて冷やしてくれた。

うれしかった。

お母さんから電話がかかってきた。

「お母さん、加代子泣いてるよ」

と、お姉ちゃんが言った。

でも、お母さんは帰ってきてくれなかった。


夜、「ただいま」とお母さんが帰ってきた。

「熱、はかりなさい。すぐ水枕買って来るからね」

と、息切れた声で言った。

ピッピッピッ、三九度二分あった。

お母さんは、三九度二分と言いながら買いに行った。

お母さんは、コートを脱いで氷と水を入れていた。

私は、お母さんと思い……涙が出てきた。

どうしてだか分からなかった。

私は、このことで胸がいっぱいだった。

ありがとう。


忙しく働く母親のことはよく分かっている。でも、やっぱり帰ってきてほしいと思う。仕事から帰るなり、水枕と氷を買ってきた母親の姿に涙が出てきた。そして、ただありがとう、と書く。短い詩の中に、親子の思いが丹念に表現されている。もう一つ、母親とのこんなひとときを書いている。

138　無題　　江越　加代子　六年

私は虫を見た時、
「虫の命は短いのに
どうしてこんなに頑張るのだろう」と思う。

母は、時々言う。

「人間はね、地上に修行をしにきているのよ」と。

私は、何も言えないまま……。

母は続けて「立派に地上に出て頑張って、そして死んだ時にまた元の世界にもどるの。悩み事はいくつもいくつも他にいっぱいあるんだから、小さいことで悩むんじゃありません」と言った。

私は、虫のことを思いだした。

「虫もそうかな？」と思い、

地上にいるとき頑張らないと、と思った。

六年生になると友だちとのかかわりで悩むことが多くなる。そんなとき、母親との対話がどれほど心強いことか。

139　なつかしの道　松永　研一　六年

「今日は、外で食べようか？」

ちょっと腹がへった時お父さんが言った。もちろん、ぼくたちは「それがいい」と言った。早速、車に乗った。（中略）

その時だった。ぼくが気づいたのは、この道はお母さんが入院していた「九州ガンセンター」に行く道だった。ぼくは、すぐに「どうしてこの道通るの？」と聞こうとしたがやめた。ぼくは、お父さんの気持ちが分かるような気がした。

お母さんがいなくなって一年五ケ月くらいたった。その間、お父さんはすごくがんばってきた。たまに家族のアルバムを見ていた。そのお父さんが、この道を通りたくなる気持ちも、ぼくにはよく分かったのだ。しばらく走り車が何台かある駐車場で止まった。そこはぼくたちにとって見慣れたところで、一生心に残り続ける「九州ガンセンター」だった。着いたとき、お姉ちゃんがすぐ車から降り「なつかしいね」と言ったきり、みんなだまってしまった。そしてぼくはあることを思い出していた。それは、お母さんの棺おけに入れる手紙に書いたことだった。

「お母さんへ。とうとうお別れですね。この十一年間ありがとう。ぼくは、一生お母さんのことを忘れません。研一」

ぼくは、部屋の片隅に動かしたタンスの横で書き、この一つの手紙をお母さんの顔の横に置いた。

思い出すだけで涙が出てしまった。ぼくは涙をこらえて、「帰ろう」と言って車に乗った。

前の年に母親を亡くした研一君だ。そのあと父親が体調をこわし、姉弟三人で乗り越えていく。研一君は、二年目のクラスでそのことを書いていった。もちろん、周りの子どもたちは、ずっと研一君のことを見守った。家族がお互いを思いやる。そのことを言葉にする。そのことで子どもたちは多くのことを考え、身につけて自分の中にしまい込んでいくように思う。

140　歩けたお父さん　　　　松永　研一　六年

夜、八時。
「病院に行ってくるけん、片付け頼むね」
とお姉ちゃんが言った。
「うん、大丈夫」と言うと、お姉ちゃんは出かけた。
ぼくと弟は、風呂を洗い、せんたく物をほし、
お茶わんふきをすませた。
お姉ちゃんは、十時半ごろ帰ってきた。
「今日、お父さん歩きよったよ」と言った。
ぼくたちはおどろいた。
つい前までからだ中がけいれんして
寝てばかりだった。
よかったな……。
弟も、そう思っているようだった。

同じ教室の中でクラスの仲間が書いた詩や作文を読む。それを聞いた子どもたちは自分のことをふり返る。松永君の作品を読んだ澤田さんは、亡くなった自分の兄のことを文章にした。遠いところにいる誰かではなく、目の前にいるクラスの仲間がこうした状況にあることを文章を通して読み合う。そして、自分の今を見つめる。

141　お兄ちゃん　　　　澤田　絵美　六年

目が覚めると、
医者が手を合わせて、
大好きだったお兄ちゃんの前にいた。
私は、お父さんのひざの上にすわっていた。
私は、すぐにわかった。
お兄ちゃんがいなくなったことを。

次の日、お兄ちゃんは棺おけに入っていた。
お兄ちゃんは、花で包まれていた。
おばあちゃんは、カセットを入れていた。
泣きながら……
お母さんも泣いていた。
二人の兄妹が一人になった。
外に出ると、れいきゅう車が待っていた。
火葬場に着き、
棺おけに入っているお兄ちゃんを焼くとき、
急にさびしくなって涙が出てきた。
私は、大声で「お兄ちゃん　お兄ちゃん」
と言いながら泣いた。
涙が止まらなかった。

お母さんたちが、骨をはしでとっていた。
私は、それを見ていただけ。
お兄ちゃんは、
生まれて一回も歩けないままいなくなった。
私は、今でも覚えている。
お兄ちゃんが笑っていた顔を。

### 感情を言葉にする

一九九〇年代後半から相次いで起きる言葉を見つけられないほど残忍な事件。佐世保では、小学校の教室を現場とした事件。いつも私たちがごく普通に生活する場所で起きたことにショックだった。極めつけは、二〇〇八年の秋葉原の事件。自分の痛み（物事が自分の思い通りに進まないことへの苛立ち）は、細かいところまで感じる。裏腹に、他の人の命、痛みはみじんも感じない。このギャップは何だろうと考えた。

142　鳥　　西坂　ゆう子　六年

登校中、電柱のかげに鳥の死がいみたいな物が
ちらりと見えた。
「死んでいるものを見たくない」
と思って通り過ぎようとした。
でも、気になり電柱のほうを見た。
それは、すずめみたいだった。
死んではいなかった。
首をかしげたりしていた。
人が近付いたら逃げるのに、じっとすわっていた。
「飛べないのかな」そう思った。

下校中、朝の鳥が気になって
鳥のほうに歩いていった。
けど、その鳥はいなかった。
「だれかに拾われたのかな、
それともねこにつかまったのかな」
そう思うと、
そこにいたとき助けておけば、とも思った。
でも、これが自然なのかもしれない。

登校中に見かけたすずめに対して巡らす感情を言葉にしている。「かかわる」とは、ある事物に対して、何かしらの自分の感情を震るわせることではないだろうか。何もしなかった自分のことをふり返りつつも、これは自

然のことなのかもと結ぶ。私は目にした対象に何らかの感情を働かせるということに意味を見つける。

143

障がい者　　　諸熊　祥子　六年

私が二年のとき、南福岡病院に入院した。
私の病棟の向かいに「こばと」という病棟がある。
そこには、身体障がい者の人たちがいる。
そこで、一緒に遊んだゆき姉ちゃんのこと。
ゆき姉ちゃんは、六年生で言葉がしゃべれなく、
自分で歩くこともできない。
でも、私はゆき姉ちゃんが大好きだった。
いつも散歩に行ったり、ボール投げをしたり、
とても障がいがあるとは思えない。
はじめて「こばと」に行ったとき、正直こわかった。
うまく自分のことを伝えられない人もいれば、
看護婦さんと遊ぶ人もいた。
不思議な感じだった。
けれど、だんだん慣れてきて、
いっしょにしゃべったり、
遊んだりするようになった。

季節の変わり目は祥子ちゃんにとってつらかった。喘息の発作に必死で耐えていた。そんな時、入院した時のことを思い出した。「はじめてこばとに行ったとき、正直こわかった」という感情を自分の中に見つめる。そして、かかわる中で自分の中に変化を見つける。自分の感情の移り変わりを丁寧に言葉にする。

144

夜　　　徳永　敬介　六年

夜、お父さんに呼ばれテーブルの所に行った。

悪いことをしたので、
こっぴどく怒られると思っていた。

しかし、お父さんは、

「悪いと思ったことはするな。これからはおまえのことは、もう何も言わん。自分で考え行動しろ」

と言い、怒らなかった。

ぼくは、布団に入ってそのことを深く考えた。

「何も言わないということは、ぼくを大人と見ているということだろうか？」

今まで悪いことを何度もしてきたけれど、
その大半は言わずじまいだった。

いっそのこと謝ってしまおうかと何度も思ったが、

その勇気がなかった。
ぼくは、夜の二時くらいまで布団の中で考え込んだ。
朝、はっと目を覚ますと、
お父さんはもういなかった。
お父さんの言葉でぼくは、目が覚めた。
あの夜の結論はまだ出ていない。

悪いことをしたら親から叱られる。誰にでもあること。しかし、その時の自分の感情や考えたことを整理して「あの夜の結論はまだ出ていない」と書いている。結論が出るかどうかではなく、自分の思いを巡らせることが必要なこと。

145　花火　斉藤　めぐみ　六年

「花火しよう」おばあちゃんに言った。
「バケツに水をくみなさい……」
裏庭でやることにした。
灰皿にローソクを立て、マッチで火をつけた。
ジュッ、花火に火が付いた。
パチパチ……色が変わったり、音が変わったり。
近くにいたねこの「チエ」は、
屋根にあがってすわっていた。
パチパチ……ジュー、
花火が終わりバケツに投げ込んだ。
花火が終わって辺りが暗くなったように思えた。

ねこと二人の花火。花火の音が聞こえる。静かな花火。「花火が終わって辺りが暗くなったように思えた」という一行に繊細な感情が読み取れる。

## 父母祖父母を書く

子どもの自立とともに親との対話が少なくなり、いつしかそのかかわりは少なくなっていく。まして祖父母とかかわるということは一緒に生活していない限りさらに少ないだろう。生活の形態が変わってきたというのが大きな理由だ。書くことを通して身近な家族を見つめさせたい。

146　お母さん　安恒　知子　六年

「お母さん！」
横になっているお母さんの腰をポンポンとたたいた。

「あっ、いたたた……」

お母さんが痛そうに言った。

「ともちゃん、ちょっとここをやさしくもんで」

小さな声で言った。

私は、軽くお母さんの腰をもんだ。

しばらくして「もういい？」と尋ねたが、
返事がない。

そっとお母さんの顔を見た。

お母さんは眠っていた。

147

## 花

松永　研一　六年

オルガンの上に彼岸花が飾ってある。
その花を見ると、お母さんを思い出す。
とても花が好きだったお母さんは、
毎日水やり草取りをして育てていた。
「どこがそんなに好きなの？」と尋ねると、
「花は、何もしゃべらないけど、
最初から最後までりっぱに花を咲かせるから
好きなの」
と小さいころ言われた。
それから、ぼくは彼岸花が好きになった。

148

## ひいばあちゃん

内田　享輔　六年

病院にお見舞いに行った。
今、腰を折って入院している。
ひいばあちゃんのことを、
ぼくは「たかばあちゃん」と呼んでいる。
何度もひいばあちゃんの家に
遊びに行ったことがある。
昨日、お母さんにひいばあちゃんのことを聞いた。
その話は、はじめて知ることばかり。
たかばあちゃんは、産婆の仕事を八十までしていた。
それまでに、
たくさんの赤ちゃんをとりあげたという。
ぼくは、そんなことを少しも知らなかった。
早く治ってほしい。
また、元気な顔を見たい。
今年で、九十二才。
母親から聞くひいばあちゃんの話に改めて回復を願う。

149

おじいちゃんとおばあちゃん

本越　華奈子　六年

おじいちゃんとおばあちゃんは、
私が生まれる前に亡くなった。
母のおじいちゃんは、母が中学生のとき。
おばあちゃんは、母が生まれてすぐだそうだ。
父方のほうも。
だから、私にとって、思い出は一つもない。

一、二年生のときの敬老の日。先生に
「おじいちゃん、おばあちゃんに手紙を書こう」
と言われたときは、いやだなと思った。
とにかく、手紙を書いては捨てた思い出。
悲しい思い出だ。
ある時、母が「おじいちゃん、漁師だったよ」
と言った。
私は、おじいちゃんが魚をとっているところを
思い浮かべた。
母が「今度、おじいちゃんが魚をとっていた場所に
つれていく」と言った。
佐世保から船で一時間余りという。
私は、休みに長崎に帰るとき、
おじいちゃんやおばあちゃんのお墓に行く。

人間の記憶というものの深さに驚くことがある。人には年齢に関係なく心のひだにこびりついて離れない記憶というものがある。敬老の日の作文の時間が「いやだった」、という思い出がはっきり残り言葉になる。こうして自分の心に在る事実を表現することにより、子どもたちは自分のあいまいな内面をはっきりさせ、さらに乗り越えていく自分をつくっていくのでないだろうか。

150

弁当

山形　真弓　六年

弁当のふたをとった。
一段目には私が頼んでおいたそぼろご飯。
二段目にはおかずが入っていた。
もう一つには、デザート。
どれから食べよう、私は迷った。
右を見ても左を見ても山ばかり。
山しか見えない。
そんな山に囲まれての弁当は最高だった。

その弁当はお母さんの味がした。
朝早くから起きて作ってくれた私と妹、
二人分の弁当。
私は、
この空気をお母さんに持って帰ってあげたかった。

母親が看護師として忙しいのは百も承知。だからこそ、母親への感謝も格別。山の空気は、一番のおみやげかも。持って帰れないけれど、母親には詩を通して感謝の気持ちを届ける。

151
山登り　　深牧　宣光　六年

「天山」という山に登ったことがある。
そんなに高くない山だった。
だが、頂上に着いてみると、景色の美しいこと。
言葉には言い表せないくらいだった。
しばらくするとお昼になり、
弁当を出して父と母と僕の三人で食べた。
どんなごちそうよりおいしく、自然な味がした。
食べ終わると、三人で山の上を散歩した。
いろいろな話をしながらゆっくり歩いた。

涼しい風が、
「ビュンビュンーーー」僕のからだにふきつけ、
まるで空の上を歩いているような気持ちだった。
日がオレンジ色になっていた。
僕たちは、駐車場に向かって元の道を歩いた。
車に乗って走り出すと、
だんだん山が遠くなっていく。
ちょっと、寂しい気持ちになってきた。
僕の服には、
まだ、はっきりと草花の匂いが残っていた。

家族っていいなあと思う。ごくごく「あたりまえ」の風景だ。でも、とても新鮮な気持ちになるのはなぜだろうか。ひとつは、家族にとってこんな時間が少なくなってきたからだろう。

**いつもそこには詩があった**

まだ土曜日にいつも通りの授業があったころだ。子どもたちはとことん書いた。私も、とことん文集を書いた。いつもそこに詩があった。パワーのある子どもたちで、その源は、教室の中にあった。自分たちで自分たちの生活を楽しもうというエネルギーだろう。そのエネルギーは、松永君の気持ちを励ました。

152

父さん　福田　祥子　六年

お父さんがよって帰ってきた。
十二時。
ふと、お父さんがいなくなった。
私は、部屋を出て外へ行ってみた。
川の橋のところに、お父さんがよりかかっていた。
「お父さん、入ろう」というと、「うん」と言った。
鼻が赤くなっていた。
私は、肩を持った。
「だいじょうぶ？」というと、
「みか～んの花が、さ～いている～」
と、歌い出した。
私も声をそろえて歌った。
風が気持ちよかった。

のんびりした祥子ちゃんが父親を支える。思わず私も口ずさむ。

153

銭湯　内田　享輔　六年

めずらしくお父さんが早く帰ってきた。
「銭湯、行こう」
ぼくは用意をして、下に降りて行った。
自転車で行くと、結構近い。
「清水屋」と、古ぼけた看板。
入口に、『女湯』『男湯』と書かれたのれんがあった。
中でシャンプーを買った。
風呂場に、ボココココーーー
ジェットみたいな泡が噴き出ている風呂ある。
二、三人、おっさんがはいっていた。
上のほうは女湯とつながっていて、
声も聞こえてきた。
お湯に入ると、泡が気持ちよかった。
あがって、風呂上りのジュース。
なんだかしみわたるようだった。

もうしばらくすると「銭湯」という言葉はなくなるのではないだろうか。銭湯といえば、その地域のふれあいの場所だった。詩は、親子のふれあいの時を綴る。

154　ねこ　　本越　華奈子　六年

寒い日。
ねこが、さっぷうけいな自転車置き場にいる。
寒そうだな、と思いながら家に入った。
「キーカタン……」お母さんだと思い、外に出た。
お母さんは、わらをネコのすわっている所にのせた。
ねこは、ねそべっていた。
あったかそうだった。

さっぷうけいな自転車置き場と、わらを置いてあげる母親の対比。「冷たさ」と「あたたかさ」を感じる。

155　さんぱつ　　峯崎　恭輔　六年

「短く切ってもらいなさい」といわれて、
『スーパー理容』へ行った。
お母さんが言った通りに言うと、
めちゃくちゃ短く切っていた。
「すぐのびるからいいや」と思って、目をつぶった。
終わって目を開けると、
『サザエさん』のカツオの頭のようになっていた。
外へ出た。

156　先生　　山形　真弓　六年

先生は、自分の意見を持っている。
授業の中でも、いろんなことを話してくれた。
一番覚えているのは「ＰＫＯ活動のこと」を話してくれた時のことだ。
あの時、私は先生と違う意見を持っていた。
先生は、あまり私たちを怒らなかった。
ガラスを割った時、その他いろいろ……。
同じことを繰り返したのに、
みんなが謝れば「許す」という感じだった。
私は、そういうところは好きじゃなかった。
先生の好きなところは、
人をけなさない、というところだった。
当たり前のことを、当たり前と思っていない。
本当に頑張れたことがいくつもあった。

「あの時、私は先生と違う意見を持っていた」とは自立の言葉だ。こうして、子どもは自分の道を歩いていく。

# 海と山のある分校

一九九三年—一九九六年

「海の詩」「千の花」「浜辺の詩」一年生・二年生

## 一九九三年―一九九六年
# 「海の詩」「千の花」「浜辺の詩」
## 一年生・二年生

### 分校のこと

福岡市の西部にある分校だ。ここにはいくつかの地域があり、そのひとつに生活する一、二年生の子どもたちが二年間通うのがこの分校。「岡」、「浜」と呼ばれる二つの地域からなっている。岡は、花の栽培が盛んで、一年を通じて季節の花を育てていた。浜は漁業が中心だった。子どもたちは、年間を通して親の働く姿を見ながら成長し、そのことが子どもを豊かに育てていることは子どもたちが綴った詩から伝わってくる。私が分校で生活した四年間、子どもたちと詩を読み、詩を書いた。その詩を「自然」「家族」「親の働く姿」「愉快な子どもたち」というテーマで紹介する。

### 自然の中で育ち、一〇〇％輝く子どもたち

担任教師と思っていたが、希望はかなわなかった。しかし、周りにはいつも子どもたちがいっぱいで、絶え間ない笑いを届けてくれた。毎日子どもと遊び、そして詩が生まれた。その詩も格別だった。それもそのはず、分校の裏の松林を抜けると、砂浜と真っ青な海が広がっていた。そしてその向こうには、能古島、玄界島、志賀島。夏は、思いっきり海で泳いだ。冬になると、磯のたまりには数え切れないくらいの海の生き物が姿を見せてくれた。

分校はぐるりと緑で囲まれ、その緑に季節ごとの小鳥がやってきた。耳を澄ますと、海鳴りが聞こえてくる。子どもたちは一〇〇％自然の中での生活だった。ここで生まれた多くの詩を読むと、子どもは自然であり、自然の中にとけ込んでいくのが子どもなのかな、と思う。

157

すずめ　　草野　たくや　二年

親すずめとはなれた子すずめがいた
目からなみだが出そうだった
つかまえたらふるえていた
すがあったけど高かった
ぼくは、子すずめをぼうの上にのせて
そっと、すの上にかえしてやった
すると、親すずめがやってきて

子すずめをおこるように帰っていった

158　からすのかぞく　　けさまる　のりこ　一年
わたしは、きのうのかえりに、
からすのすを　見つけました。
おかあさんからすが、えさを口にくわえて、
すにもどってきて、
赤ちゃんたちの口の中に、えさを入れてやりました。
しばらくして、
おとうさんからすが、すまで、もどってきました。
おとうさんからすも、口になにかくわえてきて、
赤ちゃんに食べさせていました。
「いいかぞくだなー」と、思いました。

からすやすずめは、「鳥」ではなく「友だち」。そんな目線に立たないと、こんな詩は生まれません。

159　さる　　宗　なおき　二年
けーちゃんちの物おきで、
さるがなすびを食べていた。
そこに、おばあちゃんがきた。
おばあちゃんが「おまえが、食べる物じゃない！」
といった。
あぶなそうだった。
さるは、でぶかった。
はしごのところで、おしっこをした。
さるは、物おきに入った。
ぼくは、すをつくっているのかな、と思った。

「おまえが食べるものじゃない」というおばあちゃんの言葉がおもしろい。おばあちゃんもどことなく、さるに愛着があるのだろう。

160　赤い雲　　宗　けいいちろう　二年
きのう、赤い雲を見た
雲のまわりが赤くなっていた
でも、だんだん赤い色が消えていった
そして、空が赤くなってきた
ハウスのビニールが赤くなってきた
とてもきれいだった
ぼくは、夕日かなと思った

ハウスの中は一年中、色とりどりの花が栽培されていた。ガーベラ、バラ、ストックなど。夕方近くになると、沈む夕日がハウスを照らしていた。小高い丘から見ると、夕日に輝くハウスとその向こうに玄界灘の海も同じように夕日の光を受けていた。それは見事な景色だった。

161　たいようと雲　　宗　とおる　二年

夕方、じてん車に乗ろうと思って外に出ると
たいようがうかんでいた
黄色と金のきれいなたいようだった
白い雲は、ふわふわだった
ぴっかぴっかのたいようは、雲にかくれた

162　青虫　　しばた　なおあき　一年

青虫を見つけた
青虫を　にわとりにやった
くろいにわとりが
すばやく　口ばしを上にあげて下におろした
もう、青虫は、にわとりの口の中だった

一瞬の動きを捉えた詩。次の「てんとう虫」同様、よく見ていないと生まれない詩だろう。

163　てんとう虫　　しばた　なおあき　一年

ぼうでつつくと、しんだふりをした。
しんだふりをしているとき、
足がまがって、からだについていた。
ぼくがもう一回つついてみても、
てんとう虫は　うごかなかった。
ぼくは、「しんだふりが　うまいなあ」
とおもった。

164　すず虫　　宗　えり　二年

すず虫が、なすびを食べていた。
ありみたいな　食べ方でした。
じっと、見ていると、
小さいからだなのに、
どこからか　きれいな音色を出す。
まるで、すず虫が、歌っているようだ。

季節になると、分校の玄関にはすず虫のかごが置かれ、子どもたちは毎朝のようにじっとすず虫を見ていた。分

校には、そんなゆったりとした時間流れていた。

165

ひこうき雲　　　草野　たくや　二年

体いくのとき、ひこうきが飛んでいた。
高く高く、上がっていた。
ひこうきのすぐ後ろに、ひこうき雲があった。
ひこうきは、
字をかくように、どこかにとんでいった。

166

ひこうき雲　　　たかもく　えりか　一年

たいいくのとき、空をひこうきが　とおった。
はやさきせんせいが
「みんな、あつまれー」と大きな声いった。
よく見ると、せんろのようだった。
かみなりの子どもが、
きしゃにのってあそんでいるのかも。

一年生は見つけた対象に自分の世界を重ねる。雲の上にいる雷の子どもが飛行機雲に乗って遊ぶんだと想像する。

167

ひよこ　　　しばた　なおあき　一年

ひよこを　だっこしたら、
あたたかかった。

168

つくし　　　宗　たかなり　二年

つくしをとりに行きました。
どこに行くのか楽しみでした。
ぼくは、わくわくしました。
行ったところは、ともこさんちのハウスでした。
ぼくたちは、つくしをたくさんとって、
ぶんこうにかえって、
はっぱみたいなのをとりました。
つぎの日、つくしをたべました。
上にたまごがのっているつくしをたべました。
春のあじがしました。
ぼくは「もう春なんだなあー」と思いました。

つくしとりは、子どもたちにとって年中行事だった。みんなで列になって野道を歩いた。すぐ前の海にはあたたかい潮が流れ、いち早く春を連れてきた。つくしは、「春のあじ」を教えてくれた。

169
かすみそう　しばた　ともみ　二年
わたしは、がっこうのかえりに
かすみそうをひろいました。
かすみそうは、花びらが小さかった。
下をむけてまわしてみると、
かぜみたいにまわっていた。

ハウスからとび出したかすみそう。帰り道も子どもたちにとっては遊び場だった。信号機は一つもなかった。手に持ってクルクル回しながらの帰り道。

## ぼくと家族のこと

父親がとってきたアラカブが食卓に並ぶ。それは、「一ぴきでみんなのおかずになりました」。家族っていいなと思わせてくれる詩。子どもは、家族の中で育つ。やはり、ここが何と言っても育ちの源だろう。だからこそ、家族の中で豊かなかかわりを体験させたい。もちろん、いたずらをして怒られることもあるし、兄弟げんかもある。そんなことすべてが子どもの成長の糧になる。

170
あらかぶ　しばた　たつろう　二年
きのうの夜ごはんは、
口も　みも　大きいあらかぶでした。
目もすごく大きくて人げんより大きかったです。
一ぴきでみんなのおかずになりました。

171
おばあちゃんのせなか　木戸　みな　二年
「おばあちゃん、せなかを　こすっちゃあか」（こすってあげようか）
わたしが、タオルにせっけんをつけて、
はじめにこすってやった。
おばあちゃんのせなかは、
あせもみたいに赤くなっていた。
おばあちゃんが「ここ、こすって」と言った。
わたしは、しっかりこすった。
せ中から、手と足もこすった。
おばあちゃんが「もういいよ」と言った。
こんどは、おばあちゃんがわたしのせ中をこすった。
わたしは「気持ちいいな」と思った。
おゆでながしてくれた。
わたしは「よかったな」と思った。

ある年の彼岸過ぎの休日。分校にほど近い農産物を扱う店に出かけた。車を降りると、まっすぐに私を見ているにこやかな女性がいる。私の方にやって来て「先生、覚えていますか?」。「……」言葉が出ない。「先生、木戸みなです。分校でお世話になりました」と。一五年ぶりの再会だった。記憶を戻すのに時間がかかったが、その表情はあの時のままだった。みなちゃんのやさしさは、こんなふれあいから生まれた。

172

お父さんのめがね　　木戸　のぞみ　二年

お父さんがめがねをかえた
もっと、もっとやさしい顔になった
「お父さん」ってよんだら
風船のような顔がこっちを見て笑っていた

173

お母さんの手　　宗　ゆき　二年

朝起きると
お母さんがつめたい手で顔をさすった
くーんと、キュウリのにおいがした
朝ごはんにキュウリがでた
とってもおいしかった

「さすった」という言葉が生きている。こんな言葉はなかなか見られない。そのお母さんの手で切ってくれたきゅうり。コンビニで買ってくるものでは、こうはいかない。おいしさは、格別だろう。

174

たけのこほり　　けさまる　なおつぐ　二年

こどもの日に、たけのこほりに行った。
山道をどんどんおくへあるいて行った。
ぼくは、たけのこを十五こ見つけた。
お兄ちゃんは、十六こ見つけた。
お兄ちゃんが、ジャイアントコーンみたいなたけのこを見つけた。
お母さんが、あぶないところで見つけた。
お父さんにたけのこをほってもらった。

家族でたけのこ掘りなんてなかなかいい。最高の「こどもの日」だろう。

**働く姿を詩に綴る**

まずは浜辺の子どもたちの詩。西浦といえば「かたくち鰯」、というほどの特産物だ。寒い季節になると何隻もの船が組になって漁に出かけていた。夕方、大漁になった船が港に着くと、すぐに港近くの工場で加工される。その活気といえば、そこで働く人の威勢の良さと加工される鰯から立ち上がる熱気に包まれた工場の様子を思い出す。

175

いりこ　木戸　るい　三年

「きょうも　いりこ　あると?」と聞いたら、
あるよ、とお母さんが言った。
「日曜日なのに、なんであるのかな」と思いました。
しばらくすると、
お母さんがご飯の用意をしにきました。
わたしが、お母さんに「もう、おわったと?」
と聞いたら、「まだよ」といった。
朝ご飯の用意がおわって、
また、お母さんは行きました。
ご飯を食べて、テレビを見ているときも、
まだ、お父さんとお母さんは、
帰ってきませんでした。
そして、やっと帰ってきました。
お父さんとお母さんは、つかれていました。
わたしは、「すごいな」と思いました。

一月、かたくち鰯加工の最盛期。久しぶりの寒波で、ふるえそうな朝。分校から本校に進み、三年生になったるいちゃんが詩を届けてくれた。

176

いりことり　宗　りょうすけ　二年

お父さんは、船でいりこをとりに行きます。
お父さんが帰ってきたとき、
顔にいりこのうろこがついていました。
ぼくが見ると、そのうろこが
キラキラ光っているようにきれいでした。
夜、お父さんが、ちょびっとさけをのみました。
そして、お父さんはふろにはいりました。
おふろからあがって、リハビリをしてねました。
朝になって、おきのサイレンがなると、
どこかの犬が「ワーオー」ってほえていました。

父親の姿を見ている。「ぼくが見ると、そのうろこがキラキラ光っている」。沖のサイレンは、船がでる合図。胸まである作業服をきた浜の漁師さんたちが暗い海へ船を出す。

177

おきむかえ　　　　　　きふじ　みさき　一年

わたしは、おかあさんと　こうちゃんと
おきむかえにいきました。
おきむかえは、おとうさんが、ふねにさかなを
たくさんのせてかえってきたのを
いちばに行って　さかなをふねからあげて、
こおりを入れるしごとをすることです。
たいや　いかや　たくさんのさかながありました。
はたらいているおとうさんとおかあさんをみて、
がんばっているんだなと思いました。
ふねをまわすとき、
こうちゃんはふねにのっていたけど、
わたしはのれませんでした。
なぜかというと、
ふねはおんなのかみさまだからだそうです。

両親の姿を確かに見ている六才。「沖迎え」は家族総出。そして、海のしきたりも。「船はおんなの神さまだから」と。

178

おきむかえ　　　　　　吉田　しょう　二年

ぼくは、きのうおきむかえに行きました。
お父さんが、
「大きなイカを、ならべり！」といった。
ならべていると、
ひげみたいなものがぼくの手にすいつきました。
どんどんならべていくと、
イカが魚をたべていました。
お父さんが、またイカをもってきたから、
一じかんぐらいかかりました。

暗いうちに家を出る。船に持ち込む物の中に「おひつ」がある。朝食は沖に出てからだ。そんな話を子どもがしてくれた。一日の漁を終えて帰ってくる夕方、港に迎える家族。

179

お父さん　　　　　　木戸　みな　二年

夜、お父さんが、おひつをもって帰ってきた。
わたしは、ねむろうとしても、ねむれません。
三回ぐらいせんぷうきをつけました。
わたしは、なんかいもおきてきました。

お父さんが、
「こっち、きときなさい」といいました。
わたしは、そっといきました。
お父さんがコップとビールをだしました。
おとうとが、
父の日に作ってきたかけものがあります。
そこに、せんぬきをかけています。
わたしが、
父の日に作ったにんじんのせんぬきもあります。
お母さんが、あげた魚をお父さんにもってきました。
お父さんが二ひきたべました。
あとののこりは、
しごとにもっていくといっていました。

父親の帰りを心待ちにする心が綴られている。父親の「こっち、きときなさい」という言葉に、「そっといきました」と。その横には、父の日に姉弟で贈った掛け物と栓抜き。全てにぬくもりがある。
続いて岡の子どもたちの詩。

180　おとうさんのトラックター

けさまる　なおつぐ　一年

おとうさんのトラックターにのせてもらいました。
「なにをうえるの?」と聞くと、
「でんしょうぎく」と、おしえてもらいました。
車みたいにはやくないけど、
のりごこちは、バツグンでした。
おとなになったら、おとうさんみたいに、
トラックターをうんてんしたいです。

温暖な気候が多くの花を育てていた。あちこちにハウスが並んでいる。なおつぐ君はそんなお父さんが自慢。だから、「おとなになったら……」と書く。

181　おばあちゃんの手　けさまる　のりこ　二年

おばあちゃんの手を見ました。
手は日やけして、しわがたくさんありました。
中指の下は、まめみたいにふくれていました。
手は大きくて、
つめにすながたくさんはいっていました。
おばあちゃんはいっしょうけんめい

はたらいているんだな、と思った。

育てた花は、種類毎に箱につめられていた。何度か作業を見せてもらった。腰を下ろして一本ずつ大切に花を扱う。そんな祖母を見ている。視線は、止まることなく動いている手に向けられ「つめにすながたくさんはいっていました」と。

182　花そろえ　けさまる　なおつぐ　二年

朝起きて、お母さんとお父さんで、
ガーベラとキクとスターチスをそろえていた。
ガーベラには、ガーベラキャップをつけた。
ぼくも、ガーベラキャップをつけたいなあ、
と思った。

ガーベラには、花の形を守るために一本ずつキャップがつけられる。

183　お父さんの足　宗　みき　二年

お父さんは、いびきをかいてねていた。
わたしは、そっと足を見た。
足のうらにせんがあった。
たてのせんだった。
かかとのところが、ぶくっと、ふくれていた。
さわると、とてもかたかった。
「お父さんは、いつも長ぐつでお仕事をしよんしゃけんよ」
と、お母さんが言った。

いい詩だなと思う。お父さんの足を「そっと」見た。その足を実際にさわってみる。そして、お母さんの言葉。

184　ハウスをしめるのはこわい　宗　しげのり　二年

ビニールハウスを一人で閉めに行く。
ビニールハウスを閉めようとする。
風が吹いてハウスが「バタン」という。
ヒユウーヒユウーと、こわくていやな音がする。
ぼくが閉めようとすると、
だれかが後ろにいるような気がしてこわい。
もう、一人で閉めに行くのはいやだ。

子どもたちは、父母の働く姿を直に目にすることができた。仕事を通して、家族を見ている。その中で多くの対話が生まれる。この対話は子どもの心をなごませる。

## 愉快な子どもたちと遊んだこと

いつも子どもと遊んだ。子どもと過ごしていると、子どもの自由さにぐいぐいと引き込まれていく。分校の子どもたちが書いてくれた詩を読んでいると、日本中の子どもたちに、「こんな世界があるんだよ！」って伝えたくなる。

185
なんまいだぶつ　とみ田　しょうた　一年
ヒユーと、ぼくのせきにハエがとまった。
よく見ると、
手をこすりあわせている。
「なんまいだぶつ」といっているみたいだった。
人間みたいに、ハエは二本足で立っていた。

大人が見ると、「ハエたたき」、のそれだけ。でも、一年生のしょうた君は仏様をイメージしている。きっと、手を合わせる生活があるのだろう。

186
かまきりとばった　冨田　ゆかり　二年
あきちゃんが「あっ！　かまきりおる」といった。
「けんかするのかな？」と思った。
早さき先生を呼びに行った。
先生が、「かまきりが、ばった　食べるけん
よく見ときいよ」といった。
わたしは、よーく見ていた。
先生が、「もうちょっとで食べるよ！」といった。
かまきりが、うごいた「食べるかな……」。
チャイムがなった。
あーあ、食べるところ見たかったな。

187
はやさき先生　木戸　のぞみ　二年
げんかんのそうじをしていたら、
茂典くんが、
「ジェットコースター！」といったから、
見に行くと、
スリッパをつみかさねてあそんでいました。
はやさき先生にいいにいくと、
「それは　詩のタネやね」といいました。
わたしは、

「ほんとうに先生なのかなー」とおもいました。

子どもたちからよく怒られた。「先生、今掃除の時間よ！」って。茂典君といえば、真っ先に思い出すのはサッカーだ。分校の校庭は狭いながらも、子どもたちの天国だった。朝から汗いっぱいになってサッカーをした。私もボールをとられまいと茂典君とボールを追いかけた。

188　たこあげ　　柴田　ゆめ子　二年

「あっ！　あがったよ。」
「もっと、もっとあがれ！
早崎先生、わたしとかわって！」
私たちは海に行ってたこあげをした。
あずさちゃんと早崎先生とわたしとあさみちゃんとまきちゃんと遊んだ。
しばらくして、先生が、「帰るぞー」と言った。

「学校が終ったら、みんなでたこあげに行くよ」と声をかけておく。しばらくすると、子どもたちが分校にやって来る。ここから遊びの課外授業で、一番の盛りあがりだ。

# 団地が建ち並ぶ街中の学校

一九九七年「千の花」六年生

一九九八年「ひとむれ」五年生

一九九九年「千の花」六年生

## 一九九七年「千の花」

六年生

**詩ってなんだろう**

「詩ってなんですか」「先生、どうして詩を書くんですか」と、子どもたちは学年が違ってもこんな疑問を投げかける。それは詩に書かれることもある。その度に私は、返事ができない。

189　詩ってなに？　　　　　　早田　愛　六年

「詩ってなんだろう？」
ただ、自分のことを短くまとめる
それだけかな？
いやちがう
自分が思ったことをそのまま書く
それが詩かな
今
そう思ったことを詩ノートに書いている
それでいいのかな

詩って何だろう

早田さんの詩を載せたこの日の文集に私は、作文（散文）と比べながら、ありったけの言葉で「詩とは」と説明した。間違えてはないが、それで正解でもないようにも思う。正直、私も分からない。そこで、今あらためて「詩ってなんだろう」を考えた。

詩には「顔」があるような気がする。人にいろいろな顔があるように、詩にも「顔」がある。人の気持ちを和ませる詩、思わず詩を書いた人を応援したくなる詩、心の一番深いところから生まれたなと思わせる詩、こんなこと私にもあったよと気づかせてくれる詩、思わず笑ってしまう愉快な詩、迷っていたことの道案内をしてくれる詩。まだまだある。ただ、どれも「顔」は違うけど、同じところが一つある。どれも心から生まれるということ。もしかしたら、詩って、「心」で生まれて、それを「ことば」で表したもの……。

**詩には「顔」がある**

詩とは何かという答えではないが、詩は見つめないと生まれない。

190

星　　　立花　理江　六年

長崎から車で帰る途中、
妹に「星がきれいだね」と言われ、
車の窓から星を見た。
あれ？
あれって、もしかしたら白鳥座。
だとすると、
あれと、あれと、あれで、夏の大三角形。
私は、なくなったものが見つかったときのように
うれしくなった。
時々、ちらちらと星を見た。
星の色が福岡に近づくにつれて
薄くなっている気がした。
とうとう、星は見えなくなった。

こんなこと私にもあった、と気づかせてくれる詩だろう。街の灯は星の輝きを消す。

191

だれもいない　　　寿副　麻子　六年

ガチャ、とドアを開ける。
家の中はシーンとしている。
だれもいない部屋は静かだった。
帰っても「おかえり」という言葉もない。
家の中にいるのは自分と静けさ。
だれもいないのには慣れているのに、
なぜかさびしかった。

自分自身を見つめる詩。

192

ごみ　　　元村　亜理沙　六年

お母さんと妹とわたしでセブン・イレブンへ行く途中めぐり坂を下りて行った。
すると、めぐり池への曲がり角に
ごみが山のように積まれていた。
そこに、
「はじをしれ！」と書かれたはり紙があった。
「すごいね……」としか言いようのないごみは
道にころがっていたり、袋が破れていたり。
そんなごみは泣きたい気持ちなのか、
どんな気持ちなのだろうかと思いながら
坂道を下りた。

「めぐり坂」「めぐり池」というきれいな地名と、そこに書かれているはり紙「はじをしれ」が対照的だ。粗大ごみ収集が有料化になり、最後の無料のごみ出し日。道はごみであふれていた。

193
枯れ葉のダンス　　岡山　亜由美　六年
水面はシーンとしている
わたしが水面に手を入れたら小さな波ができた
枯れ葉が波にのっておどっていた

194
枯れ葉　　東谷　久美子　六年
ポトッ枯れ葉が水面に落ちた
落ちた枯れ葉は
少しずつ水中でゆれながら沈んでいった

暮れ行く秋の表情を伝えてくれる。秋という言葉はどこにもないけど、十分に読み手に伝わる。そして、沈んでいく枯れ葉に視線を注ぎ、言葉にしている。静かに物を見つめる目は学校の門にも。

195
花火の花　　早田　愛　六年
赤い花火に似た花が
三の門の前にたくさん咲いていた
　まるで花火大会

この章の冒頭にNO189「詩ってなに?」という作品を書いていた早田さん。「花火の花」は、彼岸花のことだ。秋を一番に伝えてくれるのはこの花。この学校には三つの門があり、それぞれ一の門、二の門、三の門と呼んでいた。三の門には桜の木がありその下に彼岸花が。春に咲く桜の華やかさとは対照的に、秋の彼岸花にはどこか静けさを感じる。

196
あかり　　川床　洋文　六年
ゴミ出しに行くとき、六階から外を見た
遠くに、町の灯りが見えた
そこだけ夕日が沈んでいるように
街中の学校では多くのネオンが夕日に見えた。

197　つめたい手　　　　　　元村　亜理沙　六年

家に帰っていると、前に弟が見えた
わたしが走って行くと、あっと言った
一緒に歩いた
弟の手を取ると冷たかった
「あったかいね」と弟が言った
私の手の三分の二くらいの手
両手ですっぽりあたためてあげた

姉弟の詩。手のあたたかさを越える「あたたかさ」を感じる。

**自分自身を表現する絵、そして詩**

図工で絵の描き方を習い、国語で詩の書き方を習う。ただ、どちらも「感性」にかかわる。

198　心に残ったこと　　　　　進藤　直幸　六年

担任が変わり、一番、図工が気になった。
それまで図工が下手でさんざん怒られたからだ。
早崎先生の授業はだいたいついていけた。
作文も詩もホームランを取っていた。
そして、いよいよ図工。
三輪車の絵だけがすごく失敗してしまった。
でも、先生は、「インパクトがあっていいねえ」
と初めてほめられてしまった。
うれしかった。
この先生なら、うまく一年間つきあえるなと思った。

教室に三輪車を持ち込んで描いた。大きな一枚の画用紙には入りきれず、何枚か画用紙をのりで貼り描いていった。詩を読みながら、きっと今までうまい絵を描かないといけないと心配していたのだろう。進藤君は「初めてほめられてしまった」と書いている。「ほめられた」ではなく、「ほめられてしまった」と。その言葉の違いに進藤君の思いを感じた。私は進藤君が描いた三輪車の絵を「いい」と思った。形がとれていない三輪車に妙に惹かれた。絵の見方なんて私はほとんど分からない。しかし、この絵はおもしろい、という感覚を痛烈に感じた。自分の背丈に合った絵がいいと思う。詩も同じように思う。素敵な三輪車の絵を描く感覚は、こんな詩を書かせている。

199

ちょうの雨やどり　　　　　　　　進藤　直幸　六年

雨の中帰っていると、葉の下にちょうがいた。
ちょうは、空を見ているような気がした。
「飛びたいんだろうな」と思いながら、
雨やどりをしているちょうを見ていた。

200

最後のトンボ　　　　　　　　進藤　直幸　六年

遊びに行った帰り道、
ビュンと目の前を赤いトンボが横切った。
「トンボも今年最後かな」と思っていると、
もういなくなっていた。
ふと、夕焼けを見ると、すごくきれいだった。

201

駄菓子屋　　　　　　　　信澤　紗樹　六年

母と一緒に
よく散髪屋さんに行っていた
そのわけは
「紗樹ちゃんはショートカットが似合うよ」と
母が昔から言っていたからだった
それは幼稚園の時だった
私と母はいつも同じ散髪屋さんに行っていた
その散髪屋さんの向かいに
小さな駄菓子屋さんがあった
私は来るたび
いつもそこで駄菓子を買ってもらった

大人になったらまた行ってみたい
思い出の場所
駄菓子のおいしさ
そっと心の片隅に置いておける
小さな思い出になった

駄菓子屋、散髪屋はなくなり、今ではずっと「おしゃれ」になった。でも、思い出はその時のまま。

# 一九九八年「ひとむれ」五年生

## K君と過ごした二年間

一枚文集を通して子どもたちの言葉を詩や作文の形にして読む。しかし、文章に形として残らない子どもとの出会いも、形になった作品同様、私の心を大きく占めて残っている。K君との出会いもその一つ。

卒業生を送り出した三月。その月が終わる頃には、次年度の学校体制作りも始まる。そんな頃だった。職員室で仕事をしていると、次の年度の担任決めについて教務の先生から話があった。それは、三年生になった頃から学校に足が向いていないK君のことだった。「来年度、五年生に進級するK君を受け持って欲しい……」という話だった。K君のことについて話を聞きながら、私の中では「どんな子どもだろう……会ってみたい」、という思いとともに、K君の気持ちを聞いてみたいとも思った。ここから私とK君の二年間の生活が始まった。教室にはいないK君だった。しかし、私の中には、いつもK君がいた。

子どもたちが下校したあと家を訪ねた。私の中に、K君にこんなことを話そう、こうしたらK君が教室に来てくれるようになる、という手立てはなかった。ただ、K君と同じ時間を一緒に過ごし、お互い気持ちを少しでも交わすことができればいいという思いだった。家を訪ねると、母親が丁寧に迎えてくれた。自分の部屋にいるK君のその日の様子を、いくつか話してくれた。初めのころはなかなか部屋から顔を見せてくれない日が続いた。そんな日は母親と、今、K君が考えていること、関心をもっていることなどを話した。出会った頃、母親からいただいた手紙にこう記されていた。

「……先週の金曜日、先生がみえたとき、私との間で学校の話になってきたのを感じ、それがイヤで自分の部屋に入った様子で、そのときも〝先生と話したい〟とずっと思っていたようです。今日先生がみえた時、私はなるべく話しかけず、ふつうにしていようと思います。彼が、今、何をどう感じどこに不安を感じているかなど、彼の心の中を分かってもらいたいのだと思います。たとえ最初から言葉でそれを言わないとしても、心で彼のそんな気持ちを受け止めてあげてください」

出会った頃、随分不安定なK君だった。続く母親の手紙にも「一日中、誰も話し相手がいなくて……爆発しそうな状態です……」と書かれていた。

「……先生と私が学校の話をするのがいやとのこと。学校にいけていない自分にとって学校の話は分からないし、プレッシャーになる様子です。今、Kはヨーヨーに興味があります。先生が子どもだった頃の楽しい遊びの話が大好きなようです。今、私が思うことは先生との信頼関係を持つことで、自分が認められたという自信をもち、その中で何でも話していけるようになるのではと感じています。うれしかったこと、くやしかったこと、不安なこと、……とりとめのない話の中で、自ら心の中のもやもや、もつれた糸をほどいて、これまでの自分自身の心の中の整理をつけていくのではないかと思います。留守録している時の先生の声もよく聞いています。先生の素顔が大好きなKです」

母親からの手紙には助けられた。丁寧に書かれた手紙からK君とのかかわりの方向を多く示してもらった。手紙を読みながら、私の中に、これというK君の不安を少なくする何かしらの考えが浮かんだわけではない。

時々、K君が部屋から出てきて話すようになった。もちろん、初めのころのK君の不安な顔は今でもはっきり覚えている。母親との対話を重ねるうちに、私とK君の対話が少しずつもてるようになってきた。一つだけ階段が上がったように感じた。

次の日の教室では、K君の様子をクラスの子どもたちに話した。こうしてK君とクラスの子どもたちの線を結んでいった。

202 びっくりした　　冨岡　傑　五年

学校に来ると、K君のくつ箱にくつが入っていた。
ぼくは、あわてて階段を登ると、森君に
「K君のくつがあった」と話した。
ぼくたちは、K君をさがした。

もう半年が過ぎていた。五年生の九月は、背振山での三泊四日の自然教室。K君の参加を促したがかなわなかった。ただ、クラスの子どもたちの中にはK君のことが仲間として届いていたように思う。

203

心がいっぱいになった　　永友　彩香　五年

いつだったか忘れた。

放課後、K君のお母さんが教室にきた。

私が詩ノートを出しに行くと、
先生が「この子が彩香ちゃんです」と紹介した。

私はわけが分からなかった。

すると、K君のお母さんが立ち上がって、

「ペンダント、ありがとう。すごく喜んでいつも持っているの……」

そういうと、バックの中から自然教室のとき作ってあげたペンダントを取り出した。

「うちの子、自然教室に行きたいって言っていたけど……行けなくて。ペンダントもらったときすごく喜んでいたのよ」

お母さんの目に涙が見えた。

お母さんは、私の腕に手を置いて下を向いた。

私は、ペンダント作ってよかったと思った。

とても胸が押し付けられた。

私は、普通に学校に来ているから分からないけど、
K君は学校に来るのがとても勇気のいることだと
何となく分かった。

K君がはやく学校に来て、
みんなとうちとけられたらいいなあと、
あらためて思った。


自然教室二日目。午後のプログラムは木工ペンダント作りだった。K君と同じ活動班の彩香ちゃんに「K君にペンダント作って届けようか」と話すと、いつもの笑顔で「ハーイ、私作ります」といって、材料のりょうぶの木を自分の分と二つ持っていった。自分の工作机に座るとサンドペーパーを丹念にかける彩香ちゃん。その後、何色かのペイントマーカーでデザインしていた。自然教室を終え早々にペンダントをK君に届けた。

K君が動き始めたのは六年になってからだ。私が家を訪ねてK君と話す時間が増えていった。そして、もう一つ、クラスの子どもたちが訪ねるようになっていた。ゲームソフトを持ち込んで遊んだり、釣りの話をしたり。もちろん、訪ねて些細なことでケンカもあったという。しかし、今ふり返ると、子ども同士のかかわりはK君の

中に大きな力になったように思う。私の力など、子どもの力にかなうはずも無く、K君は訪ねてくる子どもたちとふれ合う時間を楽しむようになっていた。そして、子どもたちはK君のことを教室の中で話してくれた。

六年になっての初夏だった。そのころ、子どもたちの間で流行っていたルアーでの魚釣り。K君もこの話には夢中になった。そして、私の息子も。ということで、クラスの都合君、堀尾君、息子を連れてルアーでの魚釣りに行った。この頃から「K君が教室に」という思いを持てるようになった。その直接のきっかけになったのが六年生の修学旅行だった。

204　修学旅行記(抜粋)　都合　雄司　六年

当日、七時十五分に家を出た。学校に着くと、K君のことを思い出した。K君は、「今日、修学旅行に来る」と言っていたが、本当に来ているのだろうか、と思いながら早歩きで歩いた。自分の班のところに行くと、そこには、K君が来ていた。ぼくは、順番通り一番後ろに並んだ。ぼくは、K君に「よう！」と言った。

出発式が終わりバスに乗った。ぼくはバスに酔ってしまうが、今日は酔わなかった。バスが動き出すと、みんなしゃべりだした。出発しても、K君とぼくは、すぐにはしゃべれなかった。話をしている途中にインデイアンなんとか……という話が聞こえてきた。話しているのは、野中君だった。おもしろかったので入れてもらうことにした。もちろん、K君も入れてもらうことにした。

クラスで一番背の高い野中君。力持ちの上、やさしい子だった。私のすぐ後ろ座席に座っていたK君が、都合君の声かけで野中君たちの話に入って楽しく過ごす様子が手にとるようにわかった。修学旅行はK君が二つめの階段を上った時だった。

修学旅行二日目のハウステンボス。橋の上から子どもたちを見ていると、ハウステンボスを周遊するカナル・クルーザーの船首、向って右側の一番前の席に都合君とK君が並んで座っていた。声は聞こえないが、二人の顔を見ると、その場の二人の会話が伝わってきた。

205　先生への願い　阿比留　菜摘　六年

卒業する前に

一度だけやってみたいことがあります
K君もみんなそろって
普通の授業をしてみたい

クラスができてから二年目の二学期が終わる日。

206

二月十五日　　若松　希美　六年

今日、久しぶりにK君がきた。
みんなにとけこんでいた。
こんなにとけこんでいるのに
学校にこれないのが不思議だった。
あしたも、あさっても、ずっと来ないかな。
みんなそろったのに。

この日の詩の時間。もちろん、K君の詩ノートのページは真っ白だった。でも、この日、一つの詩を彼が書いてくれた。それは、詩ノートの表紙に「K」と書いていた姓の続きに、サインペンで名前を書いた。たった、三文字だけど教室で筆を握るということは大きなことだった。家を訪ねこの日のことを伝えながら「卒業まで残る二〇数日を教室で過ごせるといいですね」と母親に話した。

そして、卒業する月。三月にK君が綴ってくれた。

207

「ありがとう……」　　K　六年

三月三日の四時間目の算数。本当は授業だったのに、早崎先生が思い出のビデオ見るぞ、と言った。ぼくは、六年生の算数が苦手なので、はじめは「やったー」と思った。

最初は五年生のころの映像だった。ぼくは、五年生のころ理由あって学校に行っていなかった。みんなが「これ運動会のだー」といっている中、ただ一人だけ、「五年生の映像が早く終わって欲しい」と思っていた。そして、五年生の映像が終わり、次は六年生の映像が映った。ぼくは、六年生の後半から学校へ行き始めた。ぼくは思った「修学旅行は行ったから映っているかな」。だけど、その映像にも映っていなかった。みんなが喜んでいる中、ぼくの心は、なんとなくさみしくなった。

でも、今、何よりうれしいことは、学校にいけることだと思った。

Ｋ君は、無事卒業して中学校に。母親から「毎日、楽しそうに通っています」と連絡をもらった。

そして、高校生になり、始めてあの時のクラスの仲間が集まった。もちろん、Ｋ君もいた。子どもたちはいいものだ。誰一人として、Ｋ君が学校に足が向かなかったことを話題にする子がいない。いや、子どもには、それ以上の思い出が残っていたのだと思う。

今、あの二年間をふり返る時、私にとって一番心強かったのは、クラスの子どもたちに、Ｋ君のことを「待つ」気持ちがあったということだ。そして、そんな気持ちを培っていったのが、私と子どもたちとの日常の出来事の語らいであり、何でもない日常を日々綴った文集を読み合うことだったのかなと思う。

卒業式の前日。母親からクラスの子どもたちに届いたお礼の手紙には、「学校生活としては六年最後の短い間でしたが、本当に大切なものを先生や子どもたちから学ぶことができました」とあった。

この母親からの手紙も私の教師生活を支えてくれる宝となっていったように思う。

## 子どもたちを結びつけること

一九九八年四月、五年一組を担任することになった。この子どもたちとは卒業までの二年間を過ごした。いろいろニックネームはつけてもらったが、「レオナルド・ダビンチ」先生は初めてだった。のび放題の「ひげ」がよほど印象的だったのだろう。

「拝啓レオナルド・ダビンチ先生へ」と典彦くんのノートにあり、初めての出会いの期待と不安が書かれていた。人間関係が希薄になりつつある今、教室では子どもたちの間に、「友だちっていいもんだな……」と、ほんの少し思える場所でありたいと思う。

出会いの日から、「子どもたちが綴る詩」と「ダビンチ先生の一枚文集」が始まった。いつものことだが、詩を書かせるとき特別なテーマとか、こんな詩を書かせよう、ということはない。子どもたちが書きたいことを書きたいだけ書く、ということ。

208

先生のこと　　　冨岡　傑　五年

ぼくは、先生に会って、
その日の夜、先生は「おかしのカール」のおじさん
に似ていると思った。
次の日、言おうとしたけど、
怒られそうだったからやめました。

ダビンチ先生の次は、カールおじさん。「傑君、残念でした。先生は、怒りません。だって、君が思ったことを書いてくれたら、先生はうれしいよ」と赤ペンを入れた。

209

先生　　　堀尾　知司　五年

先生は、遊ぶときは子どもとかわらないくらい遊ぶ。
勉強のときは、真剣に教えてくれる。
先生は、
大人と子どものスイッチがすぐかわるんだな。

子どもの詩は書いた子どもそのもの。長い詩とか短い詩とかにかかわらず、一行、いや、ひとことでもその子が「自分の言葉」で書いたものがあればいいと思う。「自分の言葉」というのは書いた子どもと等身大の言葉だ。どこかの本から見つけてきた言葉やかしこまった言葉は、読む人に響かないように思う。
堀尾君の「大人と子どものスイッチがすぐかわるんだな」という一行にホームランと書いた。

210

ひとむれ農園　　　佐藤　典彦　五年

朝、教室の窓から外を見た。
女子と大藪君と先生が
ひとむれ農園の土を耕していた。
下からみんなが呼んだ。
みんなで耕したところに芋を植えるらしい。
ぼくは、中休みに手伝いに行った。
みんなでつくったきゅうりやいもは
おいしいだろうな。

この年の一枚文集の名前は「ひとむれ」。その名前をクラス農園の名前にした。

学校の空き地を見つけて農園を思いついた。「よし！耕してみよう」。だれがつくるわけでもない。やりたい人がやる。この「自由さ」がいい。ただ、この自由さが子どもたち全員を農園に連れてくる。そして、この農園は、子どもたちの間を少しずつ結び、詩も生まれた。

211　ひとむれ農園　中村　和香　五年

朝、先生が学校を歩いていた。
「おはようございます。
先生、たまごのから持ってきました」
と言うと、
「おー、そこにまいとけ」と返事が返ってきた。
私と香奈子ちゃんとでひとむれ農園にまいていると、
少したって、先生がくわを持ってきて土を耕した。
後から、たくさんやって来てそのうち、
くわをもってソーラン節を踊っていた。
私も先生からくわを貸してもらい土を耕した。

212　ひとむれ農園　永友　彩香　五年

朝
雨、その雨は、はげしく地面にはじいていた
ふと、ひとむれ農園を見ると
いつもさわがしい農園は、シーンと静まりかえり
ただ聞こえるのははげしく打ちつける雨の音
ザー
ピシャ
ピシャ
いつもは、バッタやカの赤ちゃん……
うるさいくらい飛び回っているのに
静まり返った農園はなんだかさびしかった

子どもたちの声が聞こえる。朝、教室に入る前に農園に立ち寄るのが子どもたちの日課だった。賑やかな日には賑やかな詩が生まれ。雨の日には、静かな詩が生まれた。農園の近くには一本の「すももの木」があり、この木も子どもたちにたくさんの詩を書かせてくれた。

213　すももとり　永友　彩香　五年

「ねえ、みんな来てると思う?」
とかいろいろ話しながら、
一応、「すももの木」の所に行った。
すると、先生がはしごに上って
一人ですももの木にしがみついていた。
雨が少し降っていたので
先生のジャージには水玉がついていた。

あげくの果てはこんな詩が生まれることになった。

214　先生クビ　林　瑶子　五年

今日、全校放送で、教頭先生がこんなことを話していた。
「学校にすももがなっています。このすももをとっている子どもがいるようです」
私は、笑いながらみんなと一緒に先生の顔を見た。
先生は、びっくりした顔で放送を聞いていた。
放送が終わって、
しばらくして教室のインターフォンがなった。
受話器を取り、話が終わり首に人差し指を、
そして、右にふり「クビ」という合図をした。
みんな、え！　ほんと！　と大声でさけんだ。

「すももの木にのぼるなんて、やっちゃいけません！」と、怒るのが先生。ただ、そうやって一番怒られてきたのが私だ。半世紀前の話。思い出すときりが無いくらいのいたずら坊主だった。春のれんげ畑は格好のかくれんぼの遊び場。稲刈りが終わった田んぼには、そこらにわらこづみができる。そのうえに上って大暴れ。そのあげく、わらこづみは形が崩れて無残な様になっていた。
また田んぼは、ぼくたちの「野球場」だった。ボールがイレギュラーするなんて関係なかった。底抜けに楽しかった。隣の家の柿木にのぼってポケットにこっそり詰め込んだ。冬、裏山に行くとそこはスキー場だった。今のように立派なスキー板ではない。程よい竹を見つけて半分に割り、それを足に縛り付けて滑った。勉強のことはさっぱり覚えていないが、体いっぱいに遊んだ思い出は、はっきり覚えている。

215　やきいもころりん　糸永　香央里　五年

「やけたよ！」と先生が渡してくれた。

渡してくれたのはいいが、
熱くて、右手左手右手左手……のパス。
あっ！
坂のてっぺんで落として、いもはころころころ……。
「待ってよ〜」と追いかけた。

216

やきいも　　森　祥吾　五年
半分にわったらもくもくと白いゆげ
ゆげはすぐに消えた
うまい！

十一月の詩だ。子どもたちと落ち葉を山のように集めた。学校の隣の神社の境内からも集めた。落ち葉の香りがいもの中にしみわたり、味は格別。焼き上がるまでの時間、私が小さい頃やっていた「馬乗り」遊びを教えた。見ると、男の子と女の子がいっしょにやっている。なんともいい風景だった。

**人間に向けるまなざし**

子どもが、人に向ける眼差しは、同じように身の回りのものにも向けられる。子どもたちの詩を読んでいると、そう思う。

217

せみ　　佐藤　典彦　五年
ぬけがらから出ようとしたまま死んだせみがいた。
手にとってみた。
「ピクピク……」
思わず、「あっ！　このせみ生きとうよ」
とでっかい声で言った。
すると、ゆうじとけんちゃんと兄ちゃんと本ちゃんが寄ってきた。
「フーッ」と息を吹きかけると、
また、ピクピク……と動いた。
じーと見ていると、
せみが、今にも「よいしょ！」
と言いそうなぐらい一生懸命出ようとしていた。
せみは、背中の方からどんどん出る。
頭、前足、後ろ足、おしり……どんどん出る。
からだが全部出ると、羽がぐしゃぐしゃ。
花がしぼんだようだった。
「遊んで、また見ようよ」とゆうじが言った。
でも、やっぱり気になる。

羽が広がった。
まだ、やわかった。

殻から出ようとするせみを見つめる典彦くんの目。大げさかもしれないが、「いのち」を見つめる目ではないだろうか。そして、次の妹という詩を読むと、二つの詩の中に共通する何かが流れているように思う。それは物事にかかわるときの「穏やかさ」だろう。

218
妹　佐藤　典彦　五年

参観日、お母さんは来なかった
授業が終わり帰ろうとしたとき
妹のことを思い出した
保健室に行くと妹はねていた
ぼくは、妹を起こした
だいぶ調子がよくなったので帰ることにした
二人で妹の担任の先生に会いに行った
お便りをもらって、あいさつをした
帰りに、手ぶくろをかしてやった

二月の終わりころの詩。妹の担任から帰りに保健室の妹を迎えに行くように連絡があった。兄ちゃんの「手ぶくろ」は、どれだけあたたかかったことだろう。どんな話をしながら帰っていったのだろう、と思った。寒さの厳しいころ、心あたたまるひとときを伝えてくれる思い出の詩。

詩、作文に限らず歌や絵画など、自分を表現する作業は、表現する人の一部だと思う。表現しようとする対象にどのように目を向け、どのように心を寄せるかということ。

219
お父さん　冨岡　傑　五年

父が冷蔵庫を開けた。
コップを一つ手に持った。
冷蔵庫からにこにこ笑いながらビールを取り出した。
栓抜きをとり、
「カチャ」音を立てて栓を抜いた。
木のイスに座り、
父はコップに注いだ冷えたビールを、グッと飲む。
コップをテーブルに置いた。
一日働いてきた父。
きっと、ビールがうまいんだろう。

一日働いてきた父親を見つめる視線がいい。これは、「お父さんお疲れさま」の詩。

220　かたつむり　井上　由自　五年

お父さんと風呂に入った
豆粒みたいな小さなかたつむりがいた
こんな小さなかたつむりを見たのは初めてだった
お父さんも、「えらい、小さいな」と言った
どうして風呂場にかたつむりがいるんだろう
かたつむりは、風呂に入りにやってきたのかな

父親とのひと時。こんな詩を読むとほっとする。

221　雑草　糸永　香央里　五年

太陽のきげんがよくカッと晴れている。
とても暑いがゆったりとした風がある。
帽子をかぶり、軍手をして雑草だらけの山。
見ただけで気がぬける。
雑草をひっぱる、ぬけない。
雑草が土の中でどっかにつかまっているのかな。

九月といえば草取り。夏休み明けの学校はそこら中、草だらけ。みんなで汗を流す。二学期を迎える頃には、子どもたちの中に「詩のリズム」生まれてくる。言葉で「あそび」を楽しむことができるのも子どもの特権だ。なかなか抜けない草に本気で向かい合い、何かしらの遊び心がその子の中にある時、詩が生まれる。そして、抜けない雑草に「どっかにつかまっているのかな」という表現になる。

222　カマキリとコオロギ　妻夫木　彩乃　五年

あっ！　コオロギ。
でも、なんだかコオロギの様子が変。
何かにからまって全然動かない。
じっと見ていると、
カマキリがコオロギを食べようとしていた。
テレビで見たことはあったけど
実際見るのは初めてだった。
「虫の世界はきびしいな」と思いながら……。
しばらくして、その場所を見ると、
カマキリもコオロギもいなかった。
コオロギの足が一本あるだけだった。

一本だけ残ったコオロギの足。カマキリはもう満腹で残したのだろうか。それとも、食べるのを忘れてしまったのか？日毎に気温が下がっている。きっと、虫たちも冬の準備でしょうと書き添えた。

223
出たばっかりのせみ　福田　大造　五年

野間幼稚園の裏の石垣に白いようせいのように。
まだ羽はくしゃくしゃだった。
ぼくは、ずっと様子を見ることにした。
なにせ初めての経験。
変化が起きた、羽が徐々に伸び始めた。
太陽が強く照ってきた日焼けしたみたいに
からだが茶色になってきた。
それはゆっくりゆっくり。
その時初めて「あぶらぜみ」と分かった。
せみは、ぼくにしっこをぶっかけて飛んでいった。
残ったのはぬけがらだけだった。

224
クワガタの冬眠　福田　大造　五年

ぼくのクワガタが深夜になっても出てこない。
暗いけど目を慣れさせて観察した。
でも、土の中から出てこない。
いつもエサをめぐってけんかしている時間なのに、
虫かごの中は静まりかえっている。
ぼくは心配で寝つけなかった。
掘り返すとあまり長生きしない。
だから、ぼくは土の上をトントンとたたいた。
土がこたえるように、ピクピクと動いた。
ぼくは、「あー、冬眠したんだなあ」と思った。

「だから、ぼくは土の上をトントンとたたいた」「土がこたえるように、ピクピクと動いた」。息が聞こえてきそうだ。

**季節の詩**

貴律君との思い出。いつだったが「学校に行きたくない」との母親からの連絡で家を訪ねたことがある。その日は玄関先で話して、そして次の日からいつもの笑顔。あの一度きりの玄関でのことが今でも心に残っている。卒業したあと、野球ではなく吹奏楽部に入った。高校では何十人もの部員をまとめたと聞く。貴律君の詩。

225

満月　　佐藤　貴律　五年

野球の練習中にふと、空を見た
満月だった
木の間からきれいな満月が顔を出していた
その満月は
低く手を伸ばせば届きそうなところだった

詩心が動くとこんな表現が生まれる。ねこやなぎの手ざわりはまさに、ハムスターだろう。

226

ねこやなぎ　　土橋　薫　五年

わたしのハムスターのような
手ざわり

227

うめの花　　田口　香菜子　五年

白いまるい洋服を着て
小さな命が生まれていた
もう春だな

228

きんもくせい　　三宅　沙季　五年

朝、いつもの道を通っていると
ほのかにいい香り
不思議にとてもさわやかな気持ちになる
香りに誘われて周りを見ると
赤黄色のきんもくせい
私は、この季節が好きだ

229

秋　　阿比留　菜摘　五年

先生と杉さんとわたしで手をつないで歩いた。
先生に「上見て！」と言った。
雲ひとつない青い空。
目の前には黄、赤、黄緑の葉をつけた木があった。
思わず、にっこり。

**贈る言葉**

三月に一枚文集を製本するときは、出会った子どもたちに私の言葉を贈る。そして、文集の一番始めのページに印刷する。この年の文集にはこんなことを書いた。

朝、おなかが痛い
ぼくは、お母さんにおなかが痛い、と言った
十一時になった
なおってきたので、がんばって学校に行った
体育館の近くまで行くと
先生が「都合！」と呼んだ
ぼくも、「先生ー」といった
なんとなく、うれしかった

机の横に山と積まれた詩ノートから、都合君の詩を見つけた。何でもない些細なことだったけど、なぜか私の心に残っている。こんな声が響きあうことが少なくなってきたからかもしれない。そして君たちとの一年間が終わったね。この教室で全員がこうして顔を合わせるのは今日が最後だね。

## 一九九九年「千の花」　六年生

**文章を書くこと・読み合うこと**

明日が卒業式という三月十六日に書いた一枚文集。教室の机について、さて最後の文集を書こうとするけど、なかなかペンが進まない。子どもたちの詩ノートを手にとる。

230　先生って　中島　沙莉　六年

……
そんな先生でも頼りになることが一つだけある。
それは、相談にのってくれること。
それは、二年間、ずっと感謝している。
友だちとのトラブルのことや家族のこと。
いつだったか先生に相談している私を、
「強くなったね」と言ってくれた。
特に、家族のことでは私のことを励ましてくれた。

読みながら子どもたちと話したことを思い出した。載せないで、とメモがある文章は私への相談。そして、心が痛むことが多かった。そんな時は、子どもと直接話した。こうしなさいと、解決する「魔法の杖」はない。それはその子が見つけることだろう。私ができることは、ただ丁寧に話を聞くこと。

文章を書いて読み合うことは、子どもと話しをするパイプをつなぐこと。子どもたちは、多くの人に囲まれて成長する。

231

ひいおばあちゃんの涙　阿比留　菜摘　六年

正月は、おばあちゃんの家で迎えきょうは帰る日。
ひいおばあちゃんを老人ホームに送ることになった。
おじいちゃんの車に乗る。
車の中でいとこのゆきちゃんと話していると、
「歌、うたおっか?」
ということになり『LOVEマシーン』をうたった。
楽しかったけど、
なんかひいおばあちゃんがかわいそう……
と思っていた。
一番をうたい終わると、
ひいおばあちゃんが目に涙を浮かべ、
私の肩にそっと、しわになった手をおき、
「ばあちゃんは……涙が出る」とポツンといった。
胸の中で
何かがキューンってちぢまったような気がした。

正月の華やかさとその楽しさが過ぎて、ひいおばあちゃんを老人ホームへ送って行く。そして、またいつもの生活に戻っていく。書かれた詩の中に「やさしい」という言葉は出ないけど、菜摘の気持ちは伝わる。

232

お見舞い　相田　唯　六年

きのう、おじいちゃんのお見舞いに行った。
病院のエレベーターで六階まで上がり病室に入った。
ベッドの周りにはたくさんの機械が置いてあり、
その中でおじいちゃんは目をつむっていた。
おばあちゃんは、ベッドの近くのイスに座り
両親と何か話していた。
わたしは壁に寄りかかり、
機械をにらみつけるように見ていた。
前、来た時よりも機械が多くなっていた。

「おじいちゃんは元気になるのだろうか」

「このまま死んでしまったら……」

こんなことが頭をよぎった。

わたしはこんな思いをかき消すように
おしゃべりをした。

学校のこと、剣道のこと。

気をまぎらわせるなら何でもよかった。

一時間ぐらいして病院を出た。
「おじいちゃんに、このドアを早く、くぐってほし
いなあ」と、思った。

「機械」という言葉が印象的だった。生身の人間と対比されているように思えたからだ。物事を丹念に見つめる子どもだった。それは、詩の表現にもそのまま表れていた。機械が増えたことを心配して不安がつのっていく。

この詩は六月に書いた。そして、おじいちゃんは唯ちゃんの願いもかなわず、その年の夏、亡くなった。それからしばらく時間が流れ、夏休みが終わった時のこと。唯ちゃんに「おじいちゃんのこと、文章にしてみたら」と話した。唯ちゃんは四冊目の作文ノートに「おじいちゃんの死と私の想い」と題して七ページの文章を書いてきた。

おじいちゃんを見送る一部始終を綴るその文章は、そのままこの子のものを見つめる目でもあった。最後にこう綴っている。

「……どんなときにも、おじいちゃんは私たちに一度も怒った顔を見せなかった。けれど、もういない。私の中では当たり前の存在だったおじいちゃん。式の終わりに、二羽の白いはとを空へ放った。灰色の空を飛ぶ姿は、おじいちゃんが天に上る姿だと思った」

233　なみだ　　　　中島　沙莉　六年

「千の花」一一三号、
その日帰って読む時間がなく次の日読んだ。
相田さんの作文がのっていた。
聞いていたラジオをきって、真剣に読んだ。
最後まで読み、
無意識のうちに出た涙。
「さよならしてきー」と、
お母さんが言ったと、書いてあった。
グッときた。

234

お父さんのおみやげ　　元村　麻奈美　六年

昨日、お父さんが帰ってきた。
というより、空港に迎えに行った。
家に帰って、お父さんの荷物を広げた。
沖縄限定の黒糖ハイソフト。
沖縄限定のパイナップルハイチュウ。
甘くておいしかった。
もう一つ、お父さんが拾ってきてくれた貝殻がら。
それをカーペットの上に広げてみると、
ヤドカリのようなくるくる貝がいくつかあった。
「あー、すごい！」というと、
「これ、たぶんヤドカリが入っていたんだよ」
といった。
私はその貝を袋に戻した。
いろいろあったおみやげの中で、
私が、一番気に入ったもの。
それは、お父さんが拾ってきてくれた貝がら。

「沖縄限定の」という言葉がいい。それも二回も書かれている。沖縄限定もうれしいおみやげだが、「もう一つ」のそれは麻奈美ちゃんにとって、さらにいいものだった。それは、家族の中に対話を生んだ。
麻奈美ちゃんの姉もその前の年受け持っていた。三人兄妹の真ん中。読みながら、三人で父親が拾ってきた貝を広げる様子を思った。黒糖ハイチュウが沖縄限定なら、拾ってきた貝がらは「世界で一つだけのおみやげ」だろう。

235

ホタルの光と星の光　　田口　香奈子　六年

車を出て時間を聞くと、八時十五分。
周りを見た。
「わーーー」思わず声が出た。
ガードレールの向こう側に黄色い光が
ポツンポツンと光ったり、消えたりしている。
聞こえてくるのは、虫の音、川が流れる音。
向こうまで黄色の光が、てんてんと見える。
歩きながら、
お父さんは子どもの頃のことを話してくれた。
「お父さんが子どもの頃は、すぐ家のそばにホタルがいたのに、もうおらんね」
桜の葉にホタルが一匹とまっていた。
お父さんは、そっと手にとって渡してくれた。

手の中に入れて上を見ると、
星の光とホタルの光は、同じ色をしていた。

「向こうまで黄色の光が、てんてんと見える」という一行がいい。毎日のように詩を書いていると、「きれい」とか「すごい」という、物事をひとくくりにする表現はだんだん少なくなる。子どもたちは、見たままを自分の感性を通して言葉に映していく。田口さんの表現もそうだ。たくさん舞うホタルの様子を「てんてん」と書いている。そして、ホタルを通した父親とのかかわり。父親から手渡してもらったホタルの光が星と重なる。「きれい」なんて言葉は使う余地がない。

236
お父さんのバイク　南上　大樹　六年

お父さんがいつもより早く帰ってきた。
「車検に出したバイクを取りに行く」と言った。
ぼくを見て「一緒に来る?」と聞いた。
ぼくは当然「行く!」とこたえ、
お父さんのヘルメットを二つ押入れから出し、
家を出た。
外に出ると、すごい風が吹いていた。
ぼくは、お父さんの後ろに隠れながら歩いた。
風向きが変わると、ぼくはお父さんの横に来て、
ヘルメットをかぶってみた。
お父さんはぼくの頭をたたき、
「いたくないでしょ」といった。
ぼくは一回うなずいた。

バイク屋についた。
中は広くなかったが、
たくさんのバイクがずらりと並んでいた。
それを見ながら、
「大人になったら乗ってみたいな」と思った。
そうしているうちに、お父さんは外に出ていた。
ぼくも急いで外に出て、
ヘルメットをちゃんとかぶせてもらった。
バイクにまたがり、お父さんの服をつかんだ。

大樹君の母親から年賀の便りが届いた。新しい年を祝う言葉と一緒に近況が書かれていた。もう高校を卒業して立派な社会人として働いているとのこと。

## 一人ひとりの「小さな表現」を大切にする

あと一号発行すると、一枚文集「ひとむれ」二〇〇号の日のこと。

237　ひとむれ　林　瑶子　五年

今、詩を書いている。
私から見ても、二百枚とすごい枚数。
一枚一枚にみんなとの日々が
先生の手によって書かれている。
一日一日が、ひとむれへ。
大きな日記みたいなもの。

「大きな日記」とはおもしろい。私は、子どもたちの詩や作文を毎日読みながら、ノートの中にある「小さな表現」を大切にしたい。大切にするということは、その表現された言葉に誠実に応えること。ただ、これがなかなかできないというのが正直なところ。

238　葉っぱ　林　瑶子　六年

体育の時間、見学した。
バスケのルールや対戦表の書いてるボードと
ストップウオッチを持って外へ。
ドリブルリレーが始まった。
みんな楽しそうだった。

試合の始まり、
ストップウオッチのボタンを軽く押した。
そのとき、ジャンプボール。
「バシッ！」という音が聞こえた。
ゴールの下に座ると、先生も座った。
試合を見ていると、先生が、
「見て、あの桜の木。赤くてきれいやねー」
といった。
先生が指差したほうを見ると、
赤く染まった葉っぱが散っていた。
私は、「葉っぱのフレデイ」を思い出した。

教室ではおとなしい瑶子ちゃんだった。時々、「先生……」と話しかけてくれた。ノートに書く字は濃い目の鉛筆できっちり書かれていた。秋から冬へ。そろそろ風邪をひく子どもたちが少しずつ出てくる季節だ。瑶子ちゃんもそのひとり。なかなかおしゃべりすることがない瑶子ちゃんと一緒に腰をおろし、試合を見ていた時のこと。バスケットの試合を見学しながら、生まれたのは「葉っぱ」という詩。

239　からすの群れ　中村　耕介　六年

夕焼けの赤い空を何十という、
からすが群れで飛んでいた。
ビルの間から休むことなしにどんどん出てきた。
黒いじゅうたんみたいに
一羽も群れを外れていなかった。
凶暴なからすも、夕焼けと合わせて見れば、
とてもきれいに見えた。

240　中村君の詩　野中　普輔　六年

中村君と福島さんの詩を読んだ。
帰りに、からすをさがしてみようと思った。
中村君のやさしさとまじめさを
できるだけ真似したいと思った。

教室で一つの詩を読み合うことで、新しい詩が生まれる。私は、「詩が響きあう」といっている。毎日読み合ううちに、一つの詩が、きっかけとなってまた新しい詩が生まれる。

241　窓ガラス　糸永　香央里　六年

パリーン！
放課後の教室に響いた。
軽い気持ちでスーパーボールを投げ、
たまたま打ってしまった。
みんなもう、かたまり状態。
まず、廊下のガラスをほうきではわき、
教室も隅々までローラーを回す。
だれも騒ぐことなく、
自分が割ったようにして、掃除をしてくれた。
掃除が終わり、「会議」が始まった。
窓を全部閉めて、後ろの黒板のところにかたまり、
これからどうするか話し合った。
話し合った内容の中心は、
夏休みにもガラスを割ったことだ。
そして、私と永友さんで
先生を呼びに行くことになった。
階段を下りる間、とても、ドキドキしていた。

職員室のドアから
「先生、ちょっと、話があります」と言うと、
先生が「何かしとらんやろうねぇー」と言った。
ビクッとした。
廊下に出て、ガラスを割ったことを話した。
すでに、永友さんは泣いていた。
すると、先生は笑って許してくれた。
教室に戻ると、みんな給食台の近くで正座していた。
先生が許してくれたことを話した。
みんな足をくずして安心した。

職員室に子どもがやってくる。頭をうなだれ、目線が下向き加減の時は、ん?と直感が働く。この時もそうだった。元気盛りの子どもたち、年に何回かは窓ガラスを割る。糸永さんも二回目。「何回やったらいいんだ!」という気持ちをグッとこらえて教室に向かった。一緒に遊んだ仲間が、教室にずらりと正座していた姿に思わず顔が崩れた。次の日の文集にこう書いた。「二人が心から謝っているのに……先生は怒れないよ。先生、何が一番うれしかったかというと、窓ガラスを割ったことをだれもからかうことなく、動いてくれたこと」

ガラスを割るという、負の出来事。ただ、ここで子どもたちが考え、そして、言葉にすることは次の生活につながる。

242
先生へ　杉　絵理子　六年

私は、いつも、いつも、いつも詩ノートに絵を書き、
ろくな詩を書いていなかった。
きっと、先生はそれを分かっていた。
時々、先生が
「最近のみんなの詩ノートはだめ……」
と話すたびに、どきどきしていた。
通知表にも「文章力を……」と書いてあった。
いつも、結局最後のほうになると、
字も文章もいい加減になり
「ごめんなさい」のひとことでごまかしていた。
先生は、「ハーイ」と赤ペンで書いていた。
文章が苦手だからって、ごまかしていた。
本当はめんどうくさい気持ちがあるような気がする。
それでも先生は、
「ゆるしてくれる」と思ってしまい……。
先生、ごめんなさい。

この詩を載せた文集にこう赤ペンを入れていた。「E子さんへ。「文集にはのせないで」と書いていたけど、クラスのみんなにも読んで欲しかったので、名前を書かないで紹介します。先生は、ごまかしているなんて全然思いません。今心の中で文章を作る準備をしている途中なのです。その蓄えをしているのが今だと思います。だから、小学校を卒業して、ずっと大きくなって、きっと、今蓄えたものを文章にすると思っています。この詩を書いてくれた子のまじめさは先生がよく分かっています。まじめさや人としての誠実さが心にたくさんあるから、この詩が生まれたと思います」

そして、大学生になった杉さんから近況を伝える手紙が時々届く。便箋五枚にびっしり書かれて、「この三月……早いもので、卒業まで二年間、先生にお世話になった私たちは今年、成人式でした」に始まり、大学生活のこと、友だちのことなどがと書かれ、最後には、「書きたいことは、この何倍も何十倍もあるんですが、やっぱりまた長くなったので、またお会いした時にでもじっくりと話せるといいなと思います」と、結ばれていた。

手紙を読みながら、この子が詩ノートに書いていたNO242「先生へ」という詩を思い出した。この子にとって、あの時の「蓄え」が生きているように思えた。子どもと日々詩を綴り合うということは、その子の将来まで見つめてかかわることだろう。

# 丘の上にある街中の学校

二〇〇〇年「たいようのこ」一年生

二〇〇一年「ゆびきりげんまん」二年生

二〇〇二年「ひとむれ」五年生

二〇〇三年「千の花」六年生

## 二〇〇〇年「たいようのこ」　一年生

### 小学校教師って

六歳から一二歳の子どもたちが通う小学校。これほど発達段階を異にする集団は少ない。入学したばかりの一年生と卒業する六年生を比べるとなおさらだ。当然、小学校教師はどの子どもにも対応する。始めは苦戦苦闘。

一年生の教室、ふり向いてもそこに子どもの顔はない。ふり向いて、腰を下ろして初めて子どもの顔が見えるという感じだ。ただ、子どもに向かい合う「心の目線」は同じだ。

六年生を卒業させた後、一〇年ぶりの一年生。しかも、新しい学校に赴任。この子どもたちを二年間受け持つことになる。

担任決めで校長先生から「先生、一年生をお願いします」と言われた。内心「一年生って……どう話しかけたらいいのやら」と困った。でも、「私は小学校の教師、一年生から六年生までの子どもがいる。よし！」とカラ

元気。そして、気持ちを整えようと、前の月に卒業した佐藤君が書いた詩を読んだ。

243

先生　　　　佐藤　典彦　六年

先生は、子どもの気持ちをよく分かっている
先生に子どもがいるからではない
たぶん、子どもが大好きだからだ
先生と出会って、歌も前より歌えるようになり
作文、詩も書けるようになった
先生は、勉強よりも
まずやさしさ、正直さをぼくらに教えてくれた
ときには、かなり怒る
でも、それは怒れるぼくらがいるから
先生は、たまに、子どもの頃のことを話す
先生には、子どものような心がある
こわい顔でも、心の中には
やさしさがあふれるほどつまっている
もし、神様がいたら先生みたいな人で
先生よりも頭がいい
でも、やさしさは
先生のほうが持っているかもしれない

やあ、参った！　とうとう神様になった。でも佐藤君の詩に感謝した。やはり教師は、子どもから育ててもらっている。

入学式。六歳の子どもの前に立つ。

**子どもたちの言葉に丁寧に応える**

子どもたちと向き合い、言葉を一つひとつ拾い上げていく。子どもたちが見たり、聞いたりしたことを文集で紹介して、できるかぎりみんなで読み合うことから始めた。テレビ、ビデオ映像からの言葉ではなく、子どもたちの心から生まれた言葉だからこそ価値がある。言葉といっても、ノートに書かれた文字だけではない。話し言葉もあれば、絵だって一年生にとっては立派な「言葉」。その言葉の一つひとつに応える。

「先生、このお話、ないしょだよ」

だれだったか？　「先生」と私のところへやって来た。「なあに？」と耳を傾けると、大きな目で私を見て「あのね……」と内緒の話。うん、うんといいながら話を聞く。安心したのか、その子の顔がスーと明るくなった。「先生との内緒の話だね」と言って、ゆびきりげんまん。小さな心にしまっておいたことが小さな心からこぼれそうになったのだろう。こぼれた分だけ私の心で受け止めた。教室でのうれしいひととき。

「はやきせんせい」

入学して四日目。かわさきこうた君が書いてくれた文字。「先生の顔を描いていいですか？」という声。「いいよ」と言ったあと、ついでに「はやさき　せんせい」って写してみたらと話した。こうた君の絵を見ると笑顔の私が描かれて、その横に「さ」が入らない私の名前が書かれていた。

「わかこの　きのうのゆめ」

また、そえじまわかこちゃんの自由ノートには、愉快な夢の世界が描かれていた。そのにぎやかな絵からわかこちゃんの今の気持ちを十分知ることができる。

「せんせい、あの　おはな　きれいね」

というたかばのり子ちゃんに「あの花、つつじっていうんだよ」と話した。学校は動物園に近い街中にあった。校舎の隣には子どもたちが探検できそうな「トトロの森」があった。森には桜が葉を出し始めると、つつじがきれいな花を咲かせた。この森が子どもたちにたくさんの詩のたねを運んでくれた。

244

なめくじ　　　たけだ　だいすけ　一年

ぼくの　おねえちゃんが　なめくじをみつけて
そのなめくじに　しおを　パッパッパッとかけたの
そしたら
なめくじが　だんだん　まるくなって　いった

この詩を読んだ後、「じゃあ大ちゃん、先生がなめくじになるから先生に塩かけてみて……」と、私と大ちゃんの二人劇。教室は大笑い。

子どもたちのつぶやきに耳を傾けたり、子どもが自由に描く絵に心を向けたり、教室で大笑いしたり、全部これから始まる詩を書くことの土壌作りだ。土が肥沃であればあるほど実りも大きい。

身の周りで発見したこと、感じたこと、体験したことを大切にしてほしい。その体験したことを言葉にする。大ちゃんの話のあと「みんなも自分で発見したことを先生に教えてね」と話した。

五月を過ぎる頃、子どもたちの自由ノートが少しずつ詩ノートに変わっていく。

245

はなび　　　ひらまつ　かほ　一年

おやすみのひ　てんじんで　はなびを　みた

こう書かれて、その横にお姉ちゃんと花火を見上げる様子が描かれている。もちろん、文集にはこの絵と文を載せる。そして「かほちゃんの思っていることが、絵から伝わってきますよ。その思いが字になると、詩になりますよ」と絵の横に赤ペンを入れた。

246

だんごむし　　　ひらやま　あいり　一年

あいりは　だんごむしを
三びきも　どうじに　みつけました

「三びき」ではありません。「三びきも」見つけたのです。それも、同時に。おどろきの詩。

247

にっき　　かみ　あきほ　一年

きょう、わたしは、おとうさんから
じてんしゃの　たいやを　ぬかしてもらえる日です
ちょっとのれるようになりました

補助輪が取れる日を待っている。ウキウキする気持ちを感じる。

子どもの小さな言葉を受け止め、気持ちを表現した言葉にはより丁寧に応える。この積み重ねがものを見る力をつけ、書く力を支えていくように思う。

五月の終わり頃、田んぼで見つけた野ウサギのことを話した。子どもたちは、夢中で聞いてくれた。親から離れた子ウサギは上手く育てられずに、動物園の医務室にお世話になる。そのウサギに絵本からとった「のえ」という名前をつけていた。

248

きっと　あえるからね
　　　　うえすぎ　さゆり　一年

のえちゃん
はやく　おかあさんに　あいたいでしょう
よくなれば　きっと　あえるからね

それまで　ちがうおかあさんのおっぱい
　　のんでてね

入学して二ヶ月。子どもたちは少しずつ書いていくようになる。まだまだ、間違えて書いている字もあるが、それでいい。

249

六がつ五にちのにっき
　　　　さこう　しゅん　一年

ぼくは　きのう　さんぱつやに　いきました
そしたら、さんぱつやのいすが
下にいったり　上にいったりしました

月曜日の朝。「しゅんくん、かっこよくなったね」と話しかけた。照れくさそうに笑う駿君。「そのこと、日記に書いて」と話した。

250

ちゅうしゃのこと　　かとう　ともき　一年

ちゅうしゃをしたとき
さいしょは　いたい　いたい　といったけど、
さいごは　いわなかった。

でも　つくえのしたをみたら
ごみばこに　ちゅうしゃが　いっぱいはいっていた。

痛い注射をがまんしながら、目は使い終わった注射器の箱を見ている。

### 生まれた言葉から詩の芽を見つける

一年生に限らず、子どもに「詩とは……」という話をしても届かないように思う。その一つの理由は、詩は書く人の感性に寄るところが大きいからだ。特に、低学年の子どもには、「これは詩だね」と身近な友だちの作品を通して伝えたい。

251
かぜとはなしたこと
たけだ　だいすけ　一年

心で　おもったです。
かぜは　あちこちに　なんで　いけるんですか。
たいようと　かぜは　どっちがつよいんですか。
たぶん　かぜのほうが　つよいとおもいます。

梅雨の合間。あまりにも心地よい風が吹いてきたので、子どもたちに窓の外を見ながら「風とお話してみようか？」と話した。生まれた詩を読んだ後、「かぜは　あちこちに　なんでいけるんですか」は詩だね、と伝える。

252
かぜをきいていたら
ひらやま　あいり　一年

かぜを　きいていたら　こんなふうにおもいました。
もしかしたら　ことりとかぜが
いっしょに　はなしているかも。

「先生、わたしお外にいって書いてきてもいいですか？」と言うと、鉛筆を握って外に出て行った。窓から見ると、すべりだいに腰を下ろしじっと空を見ていた。

253
にっき
やなぎ　あんな　一年

きょうは、おかあさんの　たんじょうびです。
わたしたちは、どんなプレゼントかな。

お母さんの誕生日。「……かな」という言葉に気持ちが伝わる。姉妹二人でプレゼントに迷う気持ちをそのまま言葉にしている。

254

月　　　しもみね　まきこ　一年

まえのよる、
月があるいているようでした。
でも、くもからたべられました。
だけど、また出てきました。
でも、またくもにたべられたり出たりしました。
わたしは立って見ました。

一学期が終わる頃、一枚文集は七〇号。まきこちゃんがこっそり手渡してくれた。
まきこちゃんが見た月を私も見ていた。月と足早に動く雲を見ながら、「こんなことも書けるよ」と、子どもたちに伝えようかと思っていた矢先に届いた作品。「月があるいているようでした」と、ある対象に目を向けて心を動かす。それを言葉にすると詩が生まれる。

255

七月十四日のにっき　　　みたに　あきよ　一年

あのね。おうちでね。
すいかが　ぱんくしたよ。
でね、おかあさんのようふくが
ちが出たみたいになったよ。

「すいかが　ぱんくした」、こんな表現は大いにほめる。すいかを落として割ってしまいましたではない。こうして子どもたちは夏休みに入った。

## 夏休みをくぐりぬけてきた子どもたち

九月、子どもたちの表現がグッと広がる。外で思いっきり遊んだ時間に比例しているように思える。こんなことを読んだことがある。「子どもを不幸にする一番確実な方法は、いつでも何でも手に入れられるようにしてやることだ」（エミール）。子どもたちが欲しがるものといえば量販店に並ぶ物、もの、モノ。では、反対に幸せにする方法はといえば次の詩の世界だろう。

256　花のパラシュート　田中　りか　一年

きょう学校に行くとき
おしろい花のたねとお花を見つけました
おねえちゃんに
おしろい花でパラシュートをつくってもらいました
うれしかったです

九月も終わる頃。朝、おしろい花を持ってきて見せてくれた。お姉ちゃん手作りの花のパラシュート。これはどの店にも売っていない。

257　おばあちゃんのうち　たかば　のりこ　一年

おばあちゃんの家にでんしゃにのって行きました。
ついたら、おはかそうじにとりかかりました。
そうじがおわったら、おやつをたべました。
それから、もくぎょと　かねをたたきました。
おわったら、さよならです。
「おばあちゃん、バイバイ」といってかえりました。
かえりみちに、
お父さんが、お米を一本とってくれました。

お盆の詩。一番の思い出は実った一本の稲穂。それも父親から手渡しのもの。秋の実りにさらに父親のあたたかさが入っている。

258　くも　ふくやま　めぐみ　一年

学校かえりに、くもを見つけた
すを　つくっていた
ありを　ひっかけると　たべたよ
よく見ると、はりのような　口ですっていた
そして、ささぶねに　ありを　のせた
いっしょうけんめい　こいでいた

子どもたちの言葉に勢いが出てくる。「よく見ると、はりのような口ですっていた」。子どもたちの観察、体験を読み合うことが次の言葉を掘り起こす力になる。

259　赤ちゃんのこと　かとう　ともき　一年

十月十六日、ぼくが学校に行っているとき、
お母さんが、

赤ちゃんのびょういんに行ってけんさしたら、
おなかの中に赤ちゃんがいた。
ぼくが帰ってきて、夜になってお母さんがいった。
「ともちゃん、おなかの中に赤ちゃんがおるとよ」
ぼくが、「うそ」といった。
お母さんが、
赤ちゃんのしゃしんを見せてくれました。

うれしかったという言葉はない。「うそ」という言葉にその気持ちが詰まっている。

260

とんぼ　　　と田　りくと　一年

中休みに、大石くんと　よしきくんが、
とんぼをきょうしつにもってきた。
それは、よわっていました。
それで、えさをさがしました。
なかったから、かえりました。
かえるとき、大石くんがとんぼをもってきました。
さいしょは、かいだんにおきました。
でも、だめとおもいました。
つぎは、いわがいっぱいあるところにおきました。
大ちゃんが「しずかなところにおいたほうがいいよ」
といいました。

子どもの声が聞こえる。弱ったとんぼをめぐってあれこれ話し合っていた。最後に大ちゃんが「しずかなところにおいたほうがいいよ」と声をかける。

261

かきとり　　　おり口　のりひろ　一年

きのう、かきをとりました。
そして、だれにあげようかな　と　はなしました。
ぼくが、かんがえようとしたら、お母さんが、
「早さきせんせいに　あげてこな」っていいました。
いこうとしたら、オセロがいました。

オセロとは、のりひろ君が飼っていた犬の名前だ。職員室の机の上に子どもたちが書いた名前があり、その上に柿がどっさり置いてあった。子どもたちの話し合う声も一緒に届いた。

262

手ぶくろ　　　あなん　つぐとし　一年

ぼくは、手がつめたくてないた

朝の会がおわったら
先生が、「ゆきがっせんしよう」って
みんなにいった
でも、ぼくは手ぶくろをおうちにわすれた
先生が、手ぶくろをかしてくれた

つぐとし君があまりの寒さに涙を流した。この日は格別の寒さだった。私の手ですっぽり包むと冷えきったつぐとし君の手がみるみる赤くなった。「つぐとし、先生が手袋かすけん、泣くな」と言うと、うんうんとうなずいていた。

263
ごはんつぶのはなし　山がた　心　一年

おとうさんが、ごはんをたべるとき、
ごはんつぶひとつのこすな、という。

お父さんとは今でも焼き鳥で一杯飲む。豪快でやさしいお父さんだ。心君は不器用な子だった。でも、心根がなんともいえずやさしい子どもだった。もう少し「ごはんつぶ」のことを書いてもらおうと尋ねても、「わすれた」のひとことでおしまい。これでいい。

264
小鳥にみかんをあげたこと　たけ田　大すけ　一年

先生が、キャタツにのって　みかんをさしました。
先生が「かくれなさい！」といいました。
そして、メジロがきました。
でも、すぐにげました。
教室にかえって、まどから見ていると、
メジロのふうふと、小さなヒヨドリが来て
口ばしで食べていました。
大は、心の中ですごいなあと思いました。

つつじが咲く裏山に小鳥がやってくる季節。大ちゃんのお母さんがみかんを届けてくれた。そのみかんを教室から見える裏山の木にさした。次はそろそろ一年生が終わる三月の詩。

265
ノートのこと　かとう　ともき　一年

もう、ぼくは、さんすうノートとこくごノートは、
三さつめです。
先生から「いっぱい　べんきょうしたね」
といわれました。

うれしかったです。

266
もうすぐ二年生になる
あんどう　なるみ　一年
わたしは、四月になったら二年生になります。
うれしいです。
まだまだ、早さき先生だったらうれしいです。
きっとちがうと思います。
お母さんもいっていました。
同じだったらいいね。
きっと。

267
やさしい人
ひらくし　よしき　一年
学校の近くで、車の人がいた。
その人がまがろうとすると、ぼくもまがろうとした。
どっちともで、車の人が車の中でわらっていた。
ぼくは、わたりました。
ぼくは心の中でやさしい人だな、と思いました。

268
ゆき
ふく山　めぐみ　一年
きのうゆきがふった
ゆきだるまをつくった
ちっちゃいやつだった
手のひらにのった
かわいかった
チュウリップの芽とおんなじ大きさだった

子どもたちが四月に植えたチューリップの芽を思いだして雪だるまと比べた。

269
名まえ
田中　りか　一年
四月十九日に、じぶんの名まえをかいた。
きょう、三月十七日もかいた。
くらべたら、
こんなにじょうずになったんだなあとおもった。

私はこんなに成長しました、という詩だ。このクラスをもう一年担任する。一年生から二年生へ表現がグンと伸びていく。

## 二〇〇一年「ゆびきりげんまん」　二年生

### もう一つの「成長」

小学校の教師は、三つのギアを持っている。一、二年生が一つ。三、四年生が一つそして、五、六年生のギア。子どもたちが書く文章を毎年読むと、六年間の成長を学年毎に捉えることができるように思う。

持ち上がりの二年生。実は、初めて受け持つ学年だった。一年生と三年生にはさまれた二年生はどんな詩を書いてくれるのだろう。

二年目の一枚文集の名前は「ゆびきりげんまん」。一年生のとき生まれた「たいようのこ」と合わせて、二冊の文集が生まれた。そして、二年間が終わり、最後ページにこんなことを書いた。「二年間ふり返るとき、子どもたちの成長をあらためて考えます。文字を覚えることやたし算、ひき算が出来るようになることは、もちろん成長です。ただ、子どもの詩を読んでいると、子どもにはもう一つの成長があるように思います」。そのもう一つの成長とは。

270　かさ　武石　みか　二年

前、雨がふっているとき、
わたしはなるみちゃんと帰っていた。
ぬれた。二人ともかさをもっていなかった。
とことこ歩いていたら、心くんのお母さんに会った。
心くんのお母さんが、
「家、どこ……?」
と聞いたので「ばいこう園二丁目」と言った。
おばちゃんが、よく考えて「遠いね」
と言ってかさをかしてくれた。
ちょっとことわったけど、
心くんのお母さんが「いいよ」と言ってくれた。
二人で一つのかさに入りながら、
「心くんのお母さんやさしね」と話した。

この詩の後にこんなことを書いた。「なんとも心温まる風景です。冷たい春の雨も二人には、あたたかいものになったことでしょう」と。この詩を書きながら、みかちゃんは心くんの母親のやさしさを心のどこかにしまうことができたのではないだろうか。詩を書くことで、出会う人のやさしさを心にしまうこと、これがもう一つの「成長」ではないだろうか。そしてこのやさしさは、今からみかちゃんが出会うだれかに届けられることだろう。

271
こけたこと　　そえじま　わか子　二年

「雨だ」と、かほちゃんがいいました。
「走ろう」とかほちゃんがいいました。
わか子は「うん」といいました。
わか子は頭からこけました。
かほちゃんが「だいじょうぶ」といいました。
それから、かほちゃんが、
かほちゃんのお母さんをよんできてくれました。
そのとき、ゆうびんやさんがたすけてくれました。
わたしにテイッシュをかしてくれました。
そして、かほちゃんのお母さんがきてくれました。
わか子は、かほちゃんちに行きました。
ソファーにねさせてもらいました。
鼻が光っていました。
かほちゃんとわか子は、わらいました。

子どもたちはたくさんの大人に見守られ成長する。通りかかった郵便屋さんの親切にほっとする。こんな心温まる大人との出会いもある。ここ数年、子どもたちに「知らない人に近付かないよ」と、毎日のように声をかけているのが残念だ。

## いのちの詩

二〇〇一年六月八日、付属池田小事件。言葉にはできないくらいの事件だった。

272
たくまようぎしゃ　　たかば　のり子　二年

この前の金曜日、うちに帰るとお母さんが、

「大さかでじけんがあった」って言った。

お母さんが
「ニュースを聞いたら、ないちゃったよ」

って言った。

二十三人のうち八人がしんだ。

ころした人の名まえは、

「たくま　まもる」

わたしは思った。

どうして下の字が「まもる」なのに

まもらないんだろう。
こいずみそうり大じんもおこっていた。

同じ学年だった子どもたちは大きなショックを受けた。子どもたちにはとても説明できない出来事だった。のり子ちゃんに「あれっ?・」と思わせたのは加害者の名前「まもる」だった。容疑者の名前を聞き、なぜそんなことするの?と心を巡らせている。
「命は大切でしょう」と大人がいくら説いても、耳には届くけど、子どもの心には届かない。子どもが命の尊さを感じられる体験を一つでも多くすることだろう。
絵本「ぞうれっしゃがやってきた」を読んだ後こんな詩を書いてくれた。

273
せんそう　　　　たけだ　大すけ　二年
どうして　せんそうを　するんだろう。
どうして　ころしあいを　するの?
どうして　どうぶつを　ころしたりするんだ!
それにしょういだんなんか
つかわなくてもいいのに。
もういやだ!

274
せんそう　　　　ひら山　あいり　二年
かわいそうでした。
どうぶつまで　ころすのは
あいりにとって　いやでした。
家を　ばらばらにするのもいやです。
あいりは、そんなことがなかったらいいなあと思いました。
あいりは、ずーと　生きていたいなあ。

戦争はだれが考えてもいけないことに決まっている。しかし、現実は違う。大すけ君の「しょういだんなんかつかわなくてもいいのに」という願い、そして、戦争のあまりのむごさに「ずーと、生きていたいなあ」という願い、それをかなえてやるのが大人の役目のはずなのに……。その思いとは裏腹に今ではそれ以上の爆弾が使われている。
二〇〇一年九月十一日、忘れもしない日。テレビを見ると……あの大きな旅客機が、ゆっくりビルに突っ込んでいる。テレビはその場面を繰り返し、繰り返し流していた。「我が目を疑う」とはこのことだ。その事実を「テロである」とテレビが伝え、画面に犯行声明をするシーンが流れていた。
それまで一緒に学んでいた遼君がその二日前、ニューヨークへ転校していた。「大丈夫だろうか……」と、心配していたところ、遼君の母親から「皆無事です」とのメールが届いた。ほっとした。子どもたちはこんな詩を書いていた。そのまま、遼君へ送った。
275
テレビ　　たかば　のり子　二年

九月十一日。
朝テレビを見ると、
ひこうきが　大きなビルに　げきとつしていた。
新聞でも、でっかい字で「テロ」ってかいてあった。
すごかった。
ニューヨークのビルだった。
わたしは、思いました。
「どうして　うんてんできたんだろう」って。

夜。
わたしの家の上を　大きいひこうきがとんでいった。
ピカ　ピカ　光っていた。
ブッシュ大とうりょうも　おこっていた。
ブッシュさんは、こういっていた。
「アメリカは強い国です」
わたしも　そう思った。
りょう君も　ぶじでよかった。

私たちの想像を超える出来事も子どもの目を通すと、こんな詩が生まれる。飛行機のパイロットは、ビルに飛行機をぶつけるようなことはしない……という思いからだろう。「どうして　うんてんできたんだろう」という言葉になる。

276
テロ　　川さき　こうた　二年

九月十一日の朝、
ぼくが、「あのビル、高いから
太ように　近いんじゃないの」といいました。
お母さんはそうね、といいました。
ぼくは心の中で、あの　ひこうき、
わざとぶつかったのかな、わざとじゃないのかな。
と思った。

277

アメリカ　　　　　やなぎ　あんな　二年

朝、学校で「せんそうしなければいいのにね」
と先生にいった。
テレビに出てた人は、ちだらけの人や、
顔いっぱいしょうかきのこなの人や、
手が、ちだらけの人でした。

多くの言葉を知らない子どもたちは、自分が今持っている言葉で表現する。テレビで見たビルをみて、「あのビル、高いから　太ように　近いんじゃないの」と書く。テレビに映されたビルは天にそびえ、ビルにゆっくり旅客機が吸い込まれるように衝突した。

テレビは瞬時に世界で起こっていることを伝える。それを見て、子どもたちは、自分の中で考えられない出来事に自問自答し言葉にする。

**子どもは最高のマジシャン**

「やっぱり『遠足』に行きたいよ！」という子どもの声。楽しみにしていた学年最後のお別れ遠足。ところが、空を見ると今にも雨が降り出しそうな曇り空。「遠足は中止……です」と話すと、子どもたちからは「あーあ」というため息が聞こえた。その顔を見ながら、私の頭の中でアンテナが動いた。

「そうだ！　動物園までは行けなくても」と、思うや子どもたちに「動物園までは行けないけど、遠足には行きます」と言うと、はてな？　という顔をした子どもたち。えっ！　と言う間もなく、大喜びで外に出た。

雨で濡れた運動場にリュック・サックを背に並んでいるのは、「ゆびきりげんまん」の子どもたちだけ。なんだ？　とばかりに、校舎から顔を出す子どもがちらほら見えた。

私は、子どもたちの先頭に立ち「ハーイ、出発！」と、なんとも愉快な遠足になった。子どもたちと、校内を一時間半歩く「校内遠足」になった。でも、子どもは大満足。詩を読むと、子どもは最高のマジシャンだと思う。

278

校内遠足　　　　　三谷　あきよ　二年

雨か晴れで決まる遠足。
くもりだった、校内遠足になった。
外に出て、動物園に行ったように心で思った。
ジャングルジムがぞう。
木の下でなぞなぞをした。

水族館にも行きました。
先生が、「ときどき、ネッシーが顔を出すよ」
と言った。
変だった。

小学校に水族館なんてありません。でも、観察池を見ながら「はーい、ここは水族館です。ときどき……」なんて話すと、子どもたちは「先生、うそでしょう?」と言いながら不思議そうな顔。

279

遠足　ふく山　めぐみ　二年

三月五日に遠足があった。
でも、雨でちゅうしだった。がっかりした。
でも、わたしたちは　校内遠足をした。
わたしはジャンプするくらいうれしかった。
心の中で「よかったー」と思った。
歩いていたら、
国語の本に出ていた「ふきのとう」があった。
びっくりした。

こんな詩を読むと、いやというほど子ども心が伝わってくる。ただうれしかったのではない。めぐみちゃんは「ジャンプするほどうれしかった」。おまけに、本物のふきのとうに出会えて。

280

校内遠足　そえじま　わか子　二年

きょう、校内遠足をしました。
まず、きりんのところに　行った。
首が　すっごーく長かった。
からだが、赤黄青でした。
つぎに、バイソンがいました。大きかった。
からだが石みたいだった。
つぎに、植物園に行きました。
花が植えてありました。
そして、水ぞくかんに行きました。
大きいくじらがいました。
水がにごっていました。
ふきのとうが出ていました。
一本とってもらった。
わたしが先生に「何本もとっちゃいかんよ」
と言った。

学校に「きりん」や「バイソン」はいない。でも、子どもの心をくぐりぬけると、のぼり棒が「きりん」に変身し、校庭の片隅にあるコンクリートで作られた牛が「バイソン」に変身する。これほど愉快な世界はない。本物を楽しむこともちろん愉快だけど、子ども心の「やわらかさ」は大人の想像をはるかに越えている。

**声に出して読む**

朝の教室。「おはよう」とあいさつをした後、前の日に書いてくれた詩を読む。ゆっくりと。子どもたちの中に届くようにできるだけ書いた子どもの心に添いながら。愉快な詩は、愉快な気持ちで、愉快な声で。

281

カラス　　　　戸田　りくと　二年

学校にいくときころんだ。
カラスが空にいた。
カラスが、「バカーバカーバカー」とゆった。
石をなげた。
カラスは「イターイターイターイター」
といってにげた。

282

先生　　　　白木　さおり　二年

新しいかん字をならっていたら
先生が、「三年生になって、六年生になって、中学生になって……」とか話した。
私が、「先生、わたしたちみんなが中学生になったら……先生は、おじいちゃんだよ……」
と言ったら、先生がわらった。
私が、もうひとつ「みんなが中学生になったら、かみがまっ白、ひげもまっ白だよ」
というと、のり子ちゃんが
「ナイス！　さおり！」といった。

思わず教室は笑いでいっぱい。もしかしたら朝学校にやってくるとき、重いため息をつきながらきた子どもがいるかもしれない。こんな詩を読んでやると、そんな気持ちも吹っ飛ぶのではないだろうか。
　ある日のこと。女の子が、真顔で「早崎先生が話すとね、私のいやな気持ちがなくなるときがあるよ」と小さな声で話してくれた。子どもが内緒の話をする時は、いつも以上に大切に聞く。それは、子どもが心に力を蓄えていく時だから。

283　すずめがしんでいたこと

ふじ野　えみ子　二年

すずめがしんでいた。
りかちゃんと話した。
「えさをたべて　とぼうとしたら
車にひかれたんじゃない」
あそんで帰るとき、
すずめがしんでいたところを見ると、
ちだけが　のこっていた。
すずめは　いませんでした。

悲しいことを書いてくれた詩には、どうして悲しい気持ちになったのかな？　という思いを込めて読む。道路で自分たちが見つけたことに気を止めるような「心」を育てたい。それには教室の隣にすわる友だちの言葉が一番だ。

284　雲からまん月

古泉　たく海　二年

夜、
ママが「せんたくものをとりに行って」と言った。
妹ととりに行った。
とったあと、「まん月、あるかな」と、言った。
ぼくが「まん月が、雲からかこまれとうよ」
と言うと、
妹が、「見せて」と言った。
だっこしました。
いっしょに見ていたら、うごいて雲から出た。
すごかった。

兄妹の声が聞こえそうだ。

285　おばあちゃんのかみきり

さこう　しゅん　二年

家できってもらった。
はさみできって　もらった。
きってもらうとき、
チョキチョキと、音がしました。
おばあちゃんは、だまっていました。

はさみの音が届きそうな詩。「チョキチョキ」はリズミカルに読む。おばあちゃんは、かみきりに真剣。

286　ほし

下みね　まき子　二年

きのう、かぞくで車で家に帰るとき
走っていたら
ほしが、ついてくるようだった
わたしは、心の中で思った
なんでかなって

287　月

うね本　あやか　二年

バスにのっているとき月を見た。
月のまわりが光って、
へやの　でんきみたいだった。

星や月。身の回りにあるものは、どんなものだって不思議だらけ。その不思議さが詩の題材になっていく。七歳の子どもたちが感じたままを言葉にするとき詩が生まれる。

288　ひな人形

かみ　あきほ　二年

テレビの上にひな人形があった
おだいりさま　と　おひなさまだった
二人だったけど
ニコッとわらっていた
もうすぐ、ひなまつり

子どもの感性に思わず私まで笑みがこぼれた。ひな人形の笑い顔は、あきほちゃんの気持ちを伝えてくれる。

289　サクラの木

上すぎ　さゆり　二年

ちらちら……と、おち葉がおちていく。
さむい冬がち近づいてくるってしょうこ。
おちたら、

おちばは、土のおふとんでねているみたい。

こんな詩はそっと読む。

290

八さいのわたし　　かみ　あきほ　二年

わたしは、中学生の十二さいのとき、
あやかちゃんと　かしゅになります。
名前は「カラーズ」です。
「お母さん、わたしは、かしゅになっていいの?」
かしゅになるには、こえを大きく出せるように
きらいなものを食べなきゃね。

子どもは夢の世界を生きている。ただし、やっぱり不安。だから、母親に尋ねる。

## 二〇〇二年「ひとむれ」　五年生

### 子どもたちの千羽鶴

この学年が終わろうとする三月、千羽鶴はできた。子どもたちの手から生まれた心の千羽鶴。

千羽鶴の心

教室のあちこちで、
子どもたちの手から鶴が生まれた。
かおりちゃんが入院することが決まった日のこと、
「先生、千羽鶴を贈りたい……」
と、誰からともなく声が上がった。
その日から、毎日毎日……丹念に折られた鶴は一羽
一羽増えていった。

三月二十四日。
子どもたちが作った鶴ができた。
いいなあーと思った。

子どもたちと出会って、ちょうど一年。
その日に生まれた千羽鶴。
一羽一羽の鶴が何かしら誇らしげに見えた。
「かおりちゃん、手術がんばれ」と思いつつ、
目の前の子どもたちのあたたかさが、
私の心に届いていた。

私がこの小学校に赴任した時、武石さんは三年生だった。のどに白いガーゼをあてた姿を見かけた。のどにある、呼吸を助けるところを守るため。武石さんの学校での生活を支えていたのは母親だった。武石さんは乗り越えなければならないハンディがあった。ただ、私が見かける武石さんは、そんなハンディなんて感じさせなかった。

それから二年後、武石さんは五年生。卒業までの二年間、私の教室で過ごした。「きついことを乗り越えている人は、周りの人に優しくできる」という。私は武石さんと二年間過ごす中でそのことを多くの場面で見てきた。

291　お見舞い　　　　武石　かおり　五年

五月十八日。土曜日。

国立南福岡病院に二人の友だちが入院している。

ひとりは、三年生。

その子は、キッテイちゃんが好きだった。

ベットの周りは、キッテイちゃんグッズ。

その子はねたきり。


友だちへの心配りは丁寧だった。ＮＯ291「お見舞い」ではたくさんの勇気を贈りつつ、「その子はねたきり」と結ぶ。

教室でかおりちゃんを見ながら、あのくよくよしない、さっぱりとした性格がどこから生まれてくるのだろうと思っていた。「小さな命」という作品にこう書いてる。

「育てていたメダカが死んだ。……前の夜、そのメダカは弱っていた。でも小さな体で、小さな命で生きようとしていた。その日はなかなか眠れなかった」

292　毎年入院　　　　武石　かおり　五年

私は毎年入院している。
一年のとき二年のときは、
肺炎になって福大病院に入院した。
三年のときも入院した。

四年、口の手術で入院した。
五年はのどの手術か……。
前は全身ますいで手術したけど、
今年はのどだけますいをする。
こわいなあ。
けど夢はかなう、
プールに入れる。
うれしい。

「私は、毎年入院している」とある。この一行にどれほど心の葛藤があっただろうか。そして、家族のどれほどの支えあっただろうか。

「五年はのどの手術か……」。呼吸を補うためにのどに管を通す穴があった。その穴から水が入ることは命にかかわることで、プールでの学習は見学していた。手術をすることが決まった。ずっと見学してきたプールに入れる。だから、最後に「けど、夢はかなう、プールに入れる。うれしい」。手術を無事終えた武石さんは、六年の夏、私と一緒にプールに入り、プールサイドに手を置きながらゆっくり歩いた。

手術する武石さんにクラスの子どもたちが何かしらの励ましをしたいという。子どもたちは自分たちで用意した折り紙に「一日も早い回復を」という思いを込めて、鶴を折る。

293
一羽の鶴が心をつなぐ　　山口　大樹　五年

帰りの会
辻村君が千羽鶴の話をした
下校途中、武石さんに会った
「帰りの会は、何の話だった？」って聞かれた
正直なことを言えず

子どもたちの鶴が出来上がり、そのことを帰りの教室で武石さんに伝えた。その後、みんなの千羽鶴を持って、武石さんは九大病院に入院した。次の詩は武石さんが六年生の秋に書いたもの。

294
朝の歌　　武石　かおり　六年

今日の朝の歌は「春よ来い」だった。
歌っていたとき、ふと思い出した。
五年生の三月は、
この曲を毎日のように教室で歌った。

そして、入院。
私は、病院でこっそり歌っていた。
来年の春がきたら、
私たちは、中学校に行くんだなと思うと、
がんばろうと思った。

## 表現することは新たな自分を見つけること

四年生の後半から、子どもたちは今までにない心身の成長を見せる。いわゆる、前思春期といわれる時期だ。教師になりこれまで間、全ての学年を受け持った。そして思うのは、入学したばかりの低学年期からわずか数年の間に、驚くような成長をしていくということ。

もちろん、子どもの成長に合わせて教師のかかわりも変わる。作品の表現内容も格段に変わり、他方、受け止める教師も子どもの成長に応じた対応が要求される。ただ、子どもたちは表現することで新たな自分を見つけ、自らを変えていくように思う。

三月に武石さんの入院という出来事にごく自然に動いた子どもたち。そうさせたのは、日常を表現することで、子どもたちが自分たちの中に培ってきた友だちへのごく自然なかかわりのように思える。詩を綴りその詩を読み合うこと。そのことを通して相手の身に自分を置き、イメージする感性を磨いてきたことが根っこにあるように思う。

295

いい気分　　姫野　真美　五年

空き地になっているおばあちゃんの土地に、コンビニの賞味期限切れのおにぎりやパンや弁当が捨ててありました。お母さんがとっても怒っていました。私も、「いやだな。ここはゴミ捨て場じゃないのに……」と思いました。すると、お父さんとお母さんが、コンビニへそのことを言いに行きました。私と妹で遊んでいたら、大学生くらいのコンビニの人を連れて帰って来ました。

そのコンビニの人は、すぐ持ってきたゴミ袋にゴミを片付け始めました。やっときれいになったら、そのコンビニの人は「すいませんでした。本当にすいませんでした……」と何度も頭を下げました。お父さんたちは「ああ、いえいえ……片付けてくれましたし……」

そんなやりとりを見て、私は「よかったなあ」と思いました。そのとき、今まで怒っていた心がすっと、いい心、やさしい心になりました。「いい人だったね」とお父さんとお母さんも言っていました。きっと、私と同じ気分だったと思います。

空き地もきれいになって、いい気持ちになったけど、その他にもっともっといい気持ちになれました。

この詩の鑑賞の授業をした。始めと終わりでは気持ちが変わる。題にあるいい気分は、二つの意味がある。空き地がきれいになったことでのいい気分ともう一つ。コンビニの人との「かかわり」を通しての気持ちの変化だ。

296　小さなホタル　米替　成美　五年

暗闇の中に光るホタルたち。
それはまるでクリスマスツリーのよう。
ピカーピカー
何回見てもすてきだなあ。
お父さんの近くに一ぴきのホタルが飛んできた。
お父さんがつかまえると、弟の手へ。
弟の手から私の手へ。
とても軽くて、くすぐったかった。
とても小さく、あたたかかった。
そして、最後、お母さんの手へ。
よーく見てからそっと、手を上げてにがした。
ファーと、飛んで行った。

対象はホタル。ただ「きれい」という表現に終わることなく、家族の手渡しの中で「くすぐったかった」など細やかな表現。この感性は対象がホタルであろうと人間であろうと変わらないように思う。そして、一年後。同じ題材を綴っていた。

297
最後のとき　　　米替　成美　六年

近くに飛んできたホタル。
「また、お姉ちゃんの詩みたいにしよう」
と弟が言った。

お父さんがつかまえた。
私は一年前を思い出しながら、家族と話していた。
ところが、
そのホタルは死にかけていた。
手にとっても元気に動かない。
にがしてあげようと、手を上にあげた。

地面に落ちた。
でも、ホタルは光っている。
まだ、
生きているんだ。
葉っぱの上にのせようとした。

だめだ。だが、
光は消えない。
飛べないけど、懸命に生きている。
私は地面にそっとおいた。
帰り道、地面の石を思いっきりけった。

最後に「帰り道、地面の石を思いっきりけった」と書かれている。ホタルを通した他を思う感性がここに表現されている。

298
ねこの雨宿り　　　牟田　一貴　五年

夕方、強い雨がふっていた
おばあちゃんのお見舞いに行こうと階段を下りた
すると、ニャーとねこの声がした
ぼくは、ねこの声が聞こえる階段の下へ行った
見ると、ねこがくつろいでいた
ぼくは雨宿りしていると思い
そのままほっておいた
お見舞いから帰ってみると、ねこはいなかった
ぼくはこんな雨なのにだいじょうぶかなと思った

題そのものが詩。夕方の強い雨。なんだかうっとうしい気持ちになりそうだ。でも、どうだろう。階段の下にいたねこを見て、大丈夫かなと心を寄せる。

299　秋の母　　　田中　礼　五年

空に目を移す
柿の木の隣の空へ
空は灰色、そこに浮き出る柿の実
熟した柿の実
柿木を眺める私の心
筆に、その木を写させる
その木の姿は、まるで子どもを抱いている母だ

水彩の絵の具で丁寧に描かれていた。そして、絵に添えられた詩。葉を落とした柿の木は、独特の枝ぶりだ。その姿を「まるで子どもを抱いている母だ」と詩に表現する。

300　彼岸花　　　姫野　真美　五年

あっ！
花のつぼみを踏んだ。
茎のところから折れた。
赤みがかったふくらんだつぼみが、
しゅんと、曲がっていた。
目を上げると、同じようなつぼみがたくさん。
咲いているものもある。
ぱっとはじけて、広がっている。
「これも咲くんだったんだよなー」
折れたつぼみを起こす。
折れたところから、汁が出ていた。
そばにあった木に、たてかけた。
冷たい風が吹いていた。

花の姿から、華やかさが詩の題材になることが多い彼岸花にあって、この詩は視点を変えてくれる。対象は、人間ではなく花。

301　小さな一つのいのち　　　山田　恵里香　五年

レクイエムの会場は静かで、十数人がいた。
静かな音楽が流れていた。
私たちは、一歩一歩、足を踏み出して写真を見た。
私は、心がとてもいたかった。

写真には、犬やねこの無惨な姿。
私は息をのんだ。
口をつぶって、冷たい気持ちになった。
人間を信じていたのに、犬やねこの裏切られた痛み。
その上、人間の勝手で
『処分』というおそろしいものが待っている。
私は、「なんで」と
心の中で問いかけることしかできなかった。

犬やネコといえばペットの対象としての話題が多い。が、その裏側を題材にしている。さらに、同じ日の文集で次の作文を紹介した。

302　突入、二十分前には　　　楮本　崇夫　五年

……しばらくして、テレビをつけた。チャンネルを回したら、ニュースをやっていた。「○○ちゃんは、突入二十分前には殺していたと、容疑者は供述しました」とアナウンサーは言っていた。ぼくは「ひどいな……まだ幼い子どもを殺してしまうなんて」と思った。……子どもの両親や友達が涙を流して泣いている姿を思うと、つらくなってきた。ぼくは、二階に上がり布団に寝っ転がった。

次の日、テレビには「昨夜、○○ちゃんの通夜がおこなわれ……」とアナウンサーの声。

その後、そのニュースは報道されなかった。

毎日の生活の中で繰り返される悲惨な出来事。こんなニュースを聞いて「かわいそうだな」という感情が通り過ぎる。ただ、楮本君がそのやるせなさを「つらくなり二階に上がり布団に寝っ転がった」と言葉にしていることを読み合いたかった。

こうした感性は、同じように自分の周りの人にも向けられていく。次の作文は、そのことを伝える。

303　武石さんの放送　　　米替　成美　五年

「それでさあ……」それは給食時間のことだった。私たちは、班の人たちとしゃべっていた。すると、だれかが「あれっ、武石さんは？」と言った。見ると、武石さんと梅嶋さんの机にはだれもいなかった。その時、「図書委員会の放送だよ」という声が。

いつもなら、ああ……と思うのに、その日は何か心にひっかかるものがあった。理由は、はっきりし

ていた。武石さんが放送するからだ。まもなく、梅嶋さんの放送が始まった。なんか、ドキドキしてきた。そして、

「図書の本を借りている人は、明日までに返してください」という声が聞こえてきた。

いきなり、教室がシーンとなった。私たちの班の話もとまった。武石さんの声。いつもどおりの声だった。しばらくして、班の人と話した。

「武石さんの声大きかったね……」

武石さんは月に一度、市内のいくつかの学校に設置された「ことばの学級」に通っていた。

普段の会話には何も支障はなかった。ただ、いくつかの話し言葉をはっきりさせるためだった。武石さんが給食時間に全校放送をした。教室ではみんなが心配していた。放送が始まると、教室が静まり、「うまくできますように」という気持ちを読み取る。自分の気持ちを丹念に見つめることは、周りの人の気持ちも丁寧に見つめるということにつながっているように思う。

## 二〇〇三年　六年生

# 「千の花」

### 子どもたちを支える人との出会い

子どもたちが書いた詩や作文をまとめている時、一つの新聞記事が目にとまった。「学校は今、どうなっているのか?」というテーマで、いくつかの本を紹介しつつ、今を生きる子どもの問題が指摘されていた。「携帯電話を使った子どもたちの危険な遊びが広がり、深刻だ」「インターネットを通して、手遅れかと思うほど、子どもたちに悪影響をおよぼす情報、メディア利用が広がっている」など。記事を読みながら、実際に起きた様々な事件のことを思い浮かべた。

しかしあらためて子どもたちが書いた文章を読み返すと、必ずしも悲観的なことばかりではない。ただそれには、子どもを支える大人の存在が小さくないように思う。「いのち」にかかわることを考え、文章にした一年だった。

いもじいちゃんで大わらい

武石　みか　二年

ゆうみちゃんとかえっていたら、
いもじいちゃんがいたので、
「いもじいちゃんだー」というと、
いもじいちゃんが、
「いもじいちゃんだぞー」といったので、
大笑いしました。
いもじいちゃんのうしろに、
おばあちゃんがいたので、
「おばあちゃんと、いもじいちゃんが、
デイトしているのかな」ってわたしがいったら、
また、大笑いしました。
すると、いもじいちゃんが、小さな声で、
「これぞ二つの大笑いだー」といったので、
次は、「くすくす」と笑いました。

みかちゃんは、私が一年生、二年生と二年間受け持った。右の詩は、みかちゃんが二年生の時に書いてくれた。笑い声が聞こえてきそうな詩だ。

「いもじいちゃん」とは、脇坂武士さんのこと。私がこの小学校に赴任した時、そう呼ばれていた。詩に書いているように、この学校の子どもならだれもが知っているおじいちゃんだった。なぜ「いもじいちゃん」と呼ばれるようになったのか、はっきりとした理由は知らない。ただ、脇坂さんが子どもたちにいも苗の植え方を教えていることからそう呼ばれたということを聞いたことがある。ただ、脇坂さんの活動は、すべてが子どものたちの未来に向けられていた。

子どもたちは五年生のとき、学校のすぐ裏を流れる樋井川を通して環境の学習を進めた。ある時、古い一枚の新聞記事を読む機会があった。記事は、若い青年が川に入ってゴミを拾っている様子を紹介していた。そして、まもなくその青年が実は「いもじいちゃん」こと、脇坂さんということを知った。つまり、脇坂さんの活動は今に始まったことではなかった。すでに何十年も前からこの地域を守る活動を始めていた。

当然、六年になった子どもたちも「いもじいちゃん」のことはよく知っていた。子どもたちが卒業する年の一月。作文の授業は、「社会の出来事に目を向けて書く」というテーマをおいた。子どもたちには、テレビや新聞で見たり、聞いたりする社会の出来事に題材を見つけて書くようにと伝えた。

305　イラクへ　　　米替　成美　六年

最近のニュース、といわれて頭にうかぶのは、自衛隊をイラクに派遣するという問題です。新聞では一面に大きく取り上げられていたり、テレビでもトップニュースだったりして、とても印象深かったからです。

国民の半分くらいが派遣に反対し、運動を始めています。デモなどで反対を強く訴えているのに、その意見は通りません。もちろん、派遣を止めたことによって平和な日本がくるとは限りません。テロなどがあるかもしれません。それは、いやだと思います。

冬休みに、目にした新聞記事がありました。大きな写真が載っていて、おじいさんが立っています。ふだんなら見過ごすだろうけど、写真のおじいさんに見覚えがありました。そのおじいさんは、「いもじいちゃん」の脇坂さんでした。寒い中、署名運動を行うため、天神の町に立っているのです。

その記事を読んでいると、通りかかった夫婦が話しかけてきてくれたとのこと。私は、同じ気持ちを持っている人と話ができることはうれしいと思います。学校の廊下ですれ違ったりしている脇坂さんのことを新聞で知り、イラク派遣の問題が私たちにとってとても身近な話のような気がしました。

この問題は、すぐに解決するものではないと思います。派遣後も問題はたくさん出てくると思います。でも、平和を考え、正しい道に進んでいってほしいと思います。

米替さんの作品を文集で紹介した数日後のこと。雪が降っている日。職員室で仕事をしていると「早崎先生！」と、脇坂さんがいつもの元気な声で学校を訪ねてきてくださった。外の寒さのせいか幾分、顔が赤くなっていた。そして「米替さんの作文読んでうれしくなりました。ありがとうございました」と続けられた。そして、クラスの子どもたちへと一通の手紙を手渡された。

六年二組の皆さんへ

珍しく雪になりました。この寒さの中で、皆さんお元気ですか？　校長先生から一枚文集「千の花」

を送って頂きました。学校から何の手紙かと思って開封しましたが、「いもじいちゃん」の大きな字が一番に目に付いてびっくりしました。内容が分かると、鳥肌が立つほど、強い感動を覚えました。

予測していなかっただけに嬉しくて嬉しくてたまりませんでした。どんな立派な記事もこの「千の花」にはかないません。

六年二組の皆さん有難う。米替さんしっかりした文章有難う。いもじいちゃんも勇気をいただいて、みんなが平和な国、平和な社会で暮らせるよう、小さな力ですが一生懸命努力します。

早崎先生、六年二組に心から有難うございます。

この小学校で過ごした五年間を誇りに思っています。

一月二十二日　いもじいちゃん

私が四年間この学校で過ごすなかで、脇坂さんからは子どもはもちろん、私も多くのことを学んだ。うまく言えないが、「人間、こう生きなさい」というメッセージを脇坂さんから感じた。それは心底子どもたちのこと、そして子どもたちの未来のことを考えていた。子どもたちが、卒業する時のこと。絵本の読み聞かせの活動をしていた脇坂さんが、最後に子どもたちに読んだのが、「百万回生きたねこ」だった。脇坂さんが、この絵本を通して子どもたちに寄せる思いは何だったのだろうと考えた。

306

おじいちゃんの病気　原口　笑佳　六年

ある日、医者がおじいちゃんに「手術をしましょう」と進めたが、おじいちゃんは手術を断ったそうです。私は、何でだろうと、思いました。手術をした方が助かるのに、と思った。でも、おじいちゃんは「寿命がくるまで生きる」と言ったそうだ。そして、手術をする代わりに、いまの生活が続けられるように治療をしたいと言った。

その治療は、三月の終わりから始めた。治療は、カテーテルという方法です。足の付け根から管を入れて、そこから薬を入れ、ガン細胞が広がらないように幕を張るやり方だそうです。考えるだけでも痛いと思ったけど、生きるためにがんばってほしいと思いました。おじいちゃんには、おばあちゃんもいるからです。

私は、春休みが始まってすぐに姉と一緒に汽車で鹿児島に帰った。三月二十七日、雨の中、南九州病院に行った。おじいちゃんは元気そうだった。私は、ほっとした。治療は成功した。でも、まだ、ガンのたまごがいっぱいあるから、まだまだ、おじいちゃんを応援する。

これは、作文の一部。丁寧に書いてくれた作文だった。「笑佳ちゃん、いのちのことをクラスで考えたいから文集に載せていいですか?」と尋ねた。おじいちゃんのことは母親からも聞いていた。原口さんは、母親からおじいちゃんのことを聞き、そして文章にしていった。

身近なおじいちゃんが年齢を重ねて、ある時、重い病気に。そんな出来事を文章にする。子どもたちが、直にいのちのことを考え、多くのことを感じ学んでいくように思う。

307

ちょう　　　　原口　笑佳　六年

目が覚めた。
お母さんが「……黒いちょうがいるよ」と言った。
私は、ずっと見ていた。
お母さんがカーテンで、そのちょうをにがした。
ちょうは、外に出た。
逃げたと思ったら、隣の部屋にとまった。
お母さんもびっくりした。
お母さんが「もしかしたら、あの人たちが家に帰ってきたんだね」といった。
ちょうど、その日はお盆の最後の日だった。

しばらくして見ると、
もう、そのちょうはいなかった。

二学期が始まって最初に生まれた作品。舞い込んだチョウを通して、母親とひとときの対話。母親の「あの人たちが家に帰ってきたんだね」という言葉かけがいい。

308

いのち　　　　大橋　佳奈　六年

「……大切なことくらい分かっているよ」と思う私は、まわりを見渡せていなかったような気がした。学習中に「戦う」という言葉がありました。戦争の「戦う」とは全然違うそれでした。親子、家族、ゆうや君本人が病気と戦っていました。「たたかう」

というたった四文字の中に深い意味があって、少し恐しくなりました。医者もたたかっていました。たたかいながら、助けていました。助けることを決心する前は、恐れていました。プライドという言葉がじゃましていたのでしょう。

ゆうや君のお父さんは自分の身体の一部をあげる、と言っていました。その時、私は何か心の中で、そわそわしていました。理由はわかりません。

医者の気持ちになってみました。はっきり言って、私はやれません。こんなに重いいのちを預かることはできません。なぜなら、恐ろしいからです。もし、失敗したらと悪い方向ばかりに考えるからです。

「みんなはどう思ったのかな」

「いのち」のことを考えるビデオを見た。移殖が必要な「ゆうや君の」家族と医者の懸命な姿を丁寧に描いてあった。「その時、私は何か心の中で、そわそわしていました」と大橋さんが、自分の思いにまで引き寄せて丹念に「いのち」を見つめる。

多くの情報の中に生活している子どもたち。いくらインターネットの扱いには気を付けなさい、メールのやりとりにはルールがあります……、など声をかけても、力にならないように思う。今必要なことは、子どもたちと同じ目線で「いのち」と向き合うこと。

309

あきらめている　田中　礼　六年

動物管理センターの中。
犬舎は広い。
鉄の柵、コンクリートの壁。
四角のおりが五つ並んでいる。
小さく鳴いて、
柵の間から手をぐんと伸ばし小さい尾を振る。
その手は灰色、野良犬の子犬だ。

大きめのベージュのチワワ。
レンガ模様の壁に張り付いて尾を下げて、
大きな目でこちらを見据えて動かない。
その前では、シーズが必死でほえ続ける。
肌色の毛なみの野良犬は、顔が見えない。
後ろを向いてうずくまっていた。
首輪をつけている犬。
その犬たちは柵に寄り添い尾を振っている。

この犬たちだけ喜んでいるようにも見えた。
分かっているのだろうか？
それとも、あきらめているのだろうか。

いつだったか、将来は獣医になりたいと話してくれた。休みを利用して動物管理センターを訪ね、人間の都合で捨てられる犬のことを言葉にした。自分の見たままを丹念に綴る。「分かっているのだろうか？　それとも、あきらめているのだろうか」犬への思いが伝わってくる。

310

## いのちの重さ　姫野　真美　六年

テレビを見ていた。すると、死刑という言葉が聞こえてきた。座り直してテレビを見つめた。ニュースの内容はこうだった。「女性が帰宅途中、見知らぬ男に連れ去られた。犯人は、その女の人の身元を分からなくしたかったらしい。そこで、生きたまま火の中に投げ込んだそうだ」

テレビを見ながら、気持ちが悪くなった。生きたまま火の中へ。苦しかっただろうな。当然のように身内の人は死刑を望んでいるだろう。もし、私だったら絶対許せないから。ところが、そのニュースはこう伝えた。死刑にするためにはいくつかの条件がいる。その中には「殺した人の数」がある。そういえば、その犯人は一人しか殺していない。結果、判決は「無期懲役」。遺族はいすを床にたたきつけてくやしがったらしい。

私はなんだか複雑な気持ちになった。女の人を殺した償いをしろ！というのも、一つの言い分だけど、死刑も殺すことに変わりないんじゃないのかなと思った。冷静に水平な目で見たら、やはり無期懲役なのかな。答えは出るのだろうか。

私が大切にしたいのは、文章を書く子どもが自分なりに思いをめぐらせた言葉。「テレビを見ながら、気持ち悪くなった」「生きたまま火の中へ。苦しかっただろうな。私は、なんだか複雑な気持ちになった」。自分の感情に置き換えた言葉（自分に向けられた言葉ともいえる）は、自分が他の人にかかわるとき、その人にも同じような感情を持つことができるように思う。もちろん死刑制度の是非も大きな問題であり、それはこれから成長する中で、多くの意見と出会い考えていく問題だろう。

博物館での人体不思議展の鑑賞から詩が生まれた。

311
気持ちが　原口　笑佳　六年

ケースの中を見ると、手や足が切れていた。
ふと、壁を見ると、「献体申込書」があった。
なぜか、ずっと、見ていた。
この人たちは、申込書を書くとき、
どんな思いで書いたのだろうか？
展示されている人の顔を見ると、
私には、こわい顔に見えた。
なぜか、気持ちがグーと下がった。

312
お母さんと話したこと　田中　礼　六年

お母さんは……。
あの人たちには強い思いがあった。
目を見れば伝わってくる。
自分のからだをあのように展示するのには
勇気がいる。
見る人に、自分を大切にしてほしいという気持ちを
持ってほしかったのだろう。
感情によって、
人は物事をそのまま見られなくなるそうだ。
だから、見方は人それぞれ。
しかし、あんなに小さい毛細血管。
細くて強い筋肉のすじ。
あれは、機械では作れない。
あんなにすごいのが自分なんだ。
生まれた時から自然にできあがっていく。
これがお母さんの考え。

自分のからだを大切にしようと思った。
はっとしたこと。
昨日、薬物のことを話した金田先生とそっくりのことを言っていた。
お母さんと話してよかった。

子どもには伝える人が必要であり、一緒に考える大人が必要だと思う。「金田先生」とは、子どもサポートセンターの方だ。たばこやシンナーなどの薬害について具体的に話をしてもらった。田中さんは母親の話を聞きながら金田先生の話を思い出していた。

牛乳は美味しく毎日のように飲んでいる。しかし、牛

が飼育されている様子をどれくらい知っているだろうか。車を運転しながら遠くから牧草を食んでいる牛の姿は見かける。でも、それは牛を見て「分かったつもり」になっているだけではないだろうか。実際、牛舎に出かけ牛にふれる。そして、その牛を育てる人に出会うこと。このことが牛の何かしらを知る手がかりになるように思う。子どもたちと佐賀県にある横尾さんが営む牧場を訪ねたのは秋だった。テレビで目にする観光牧場ではなく、牛舎での学習は多くのことを学ぶ機会になった。

313

牛舎　　　山田　恵里香　六年

牛たちの臭いでいっぱいの牛舎に入ると、
ものすごいものを感じた。
えさからの臭いが鼻を突いた。
私は「うっ！」とタオルで口を防ぐと、
スコップでえさをやった。
長いまつ毛は白く、やさしい瞳が心に残った。
帰り道、あのものすごい臭いに慣れていた。

ガラス張りの飼育舎を予想していた子どもたちにとってはインパクトがあった。牛舎に立ちこめる牛の熱気が伝わってきた。牛舎の前で横尾さんから牛の話を聞いた。牛の一生が五年から七年くらいであることなど……。

314

牛のやさしさ　　　原　主成　六年

横尾さんが話してくれた。
二頭の牛が、子牛を寒さから守ったことを。
しかも、その子牛は二頭の牛の子ではなかった。
他の牛の子を一晩中かけて守ったという。
横尾さんは「ほっとけば死んでいた」と話した。
その言葉が心に残った。
牛たちは、子牛をほっとけなかったのだろう。
牛はやさしいんだな、と思った。

315

あたたかさ　　　米替　成美　六年

牛の横にしゃがむ。
教わったとおり、ゆびで乳を搾る。
何ともいえないあたたかさ。
一回搾ると、牛が動く。
痛かったのかなと、やさしく搾る。
透き通った牛乳がピューと出てきた。
何度も搾る。

手に乳がかかった。
　ふあっとあたたかく、ふき取る気にならなかった。

### 子どもの日常と詩

　ここに紹介する詩を読むと、どこか遠くに旅行をしたなど、「日常」を離れた作品はない。どの詩もだれもが出会う場面だろう。子どもは詩を書き始めた頃、何か「特別なこと」がないと書くことはないと言う。それは違うということを教えてくれる。
　NO316「妹」を書いた鹿山さんは、妹が保育園に入ることを一緒に笑顔で祝う。子どもには、「日常」にある「何でもないこと」から題材を探すことを促す。

316　妹　　鹿山　春花　六年

わたしには、四才になる妹がいる。
木曜日私が家に帰ると、妹が、にこにこしていた。
私が「どうしたの？」と聞くと、
妹は「保育園に入れる」と、うれしそうだった。

317　決闘　　南里　省吾　六年

学校から帰ると、家が開いていない。
ボーとしていると、とんぼがやってきた。
「シオカラだ」
あわてて網をとりつかまえようとした。
網を振りまわしたら入った。
トンボを見ようとすると、開いた穴からにげた。
五分くらい待つと、またやってきた。
今度のトンボはすばやい。
決闘が始まった。

本気でシオカラトンボと向き合うから、こんな題になる。薄い青色をつけたシオカラトンボ、もう見かけなくなった。

318　爪きり　　小林　純也　六年

ぼくが爪を切るとき、
いつも、お母さんにきってもらう。
そして、きょうも。

わずか三行の詩の中に母親とのかかわりが書かれている。いつも、そしてきょうも、そして、いつまでだろう。

319　お母さん　　　　　　　　奥住　麗羅　六年

けんかした
ないた
おこられた
反抗した
家を出た
帰らなかった

でも、帰った家はあたたかかった

書き出しから全部動詞。これが子ども。そして、安心して育つのは「あたたかさ」を知っているから。

320　きんもくせい　　　　　藤崎　優希　六年

きんもくせいの香りだ。
あたたかい日差しとともに香りをのせてきた。
あの日を思い出す。
何年生の頃だろう。
帰り道、きんもくせいの花を
手のひらいっぱいにのせ、母にプレゼントした。
部屋には、きんもくせいの香りがただよっていた。

思い出を運んでくれるキンモクセイの香り。ただのキンモクセイではない。手のひらいっぱいのそれは母親へのプレゼント。

321　火星　　　　　　　　　辻　玲奈　六年

「おやすみー」

窓を開けてねた。

ななめ上を見ると、火星。

わたしの頭の上に。

その夜、まめ電球はいらなかった。


火星とまめ電球を結びつけるところがおもしろい。

322　だいこんの味　　　　　吉原　愛佳　六年

その日、母とけんかした。
母の言葉を無視して、ふとんにもぐりこんだ。
目が覚めたときはもう暗かった。
私はあわてて下に降りた。
台所に入ると、
コンロの上にはグツグツと音をたてている鍋が……
私は一人でお皿におでんをのせた。

いつも味がしみているだいこんが、
その日は苦かった。

詩を読むと、寒い日なのにあたたかくなってきた。詩ノートに赤ペンで大きく大ホームランと書いた。自分の気持ちをだいこんの味で表現する吉原さん。「いつも、味がしみているだいこん」という言葉に、母親への思いも詰まっているようだ。

323　風　姫野　真美　六年

友だちと連れだって帰っていた。
五時を回り、夕日がオレンジ色に。
冷たい風が吹いた。
落ち葉が舞い上がった。
「冷えてきたね」
「うん、早く家に帰りたーい」
ちょっと寒いけど、わくわくする。
こんな季節が好き。
友達の手を握ると、ほんのりぬくもりが……
なんだかほっとした。
もう、夏が終わったんだ。

季節が変わる、秋へ。寒いけどなぜかあたたかい。

324　夕やけ空　原　主成　六年

友だちとマンションで鬼ごっこ。
鬼が追いかけてきた。
ぼくは五階に駆け上った。
もう、来ないだろう……と、下を見た。
だれもいない。
目の前に夕やけが広がっていた。
上を見た。
赤く染まった空に手が届くような気がした。

きっと、いい思い出として心の中にずっと残る風景だろうなと思った。ただ遊ぶ。理由はない。楽しいから時間を忘れて遊ぶ。気がついたら「目の前に夕やけが広がっていた」こうでないと子どもの世界は。手が届きそうな夕やけ空という表現がいい。そういえば、二〇〇八年九月の朝日新聞「素粒子」には、こんな句が。「名月をとってくれろと泣く子かな」（小林一茶）

325　イチョウの葉　　神　凛太朗　六年

朝、コンビニの前を通る。
そこに、イチョウの木がある。
いつのまにか黄にそまった葉は
道端にたくさん落ちていた。
そのイチョウを踏むと、
うすいクッションみたいに思えた。

道端に落ちたイチョウの葉も、こんな詩にしてくれたらうれしいだろう。

326　生きる　　関　真李奈　六年

足元には小さな黒い列。
ありの行列だ。
その先は、ミミズ。
つんつん……
木の棒でつついた。
動かない。
死んでいる。
どうしよう……助けるか、ありのえじきに。
私はしばらく迷った。
私はほったらかしにした。
後から考えた、これでよかったのかな？

街中の学校。まわりはビルがいっぱい。でもそんなことは子どもにはあまり関係ない。詩心さえあれば、足元から「生きる」という詩が生まれる。

327　星と思い出　　米替　成美　六年

寒さの中、志賀島の展望台に向かった。
コート、手袋、帽子……
暗い道を、何の光もなく歩いた。
真っ暗だったが、目の前に思い出が広がった。
そう、一年前の自然教室。
二十四キロのハイキングでここまで歩いてきた。
お弁当を食べてこの展望台に登ったのを覚えている。

上を見上げると、無数の星。
星　星　星……星座を探してみた。
これだけあると逆にむずかしい。
思い出の数と星の数どっちが多いかな？

真っ暗だと何も見えない、というのは本当ではない。
そんなことを教えてくれる作品だ。

328　初詣　　　辻　玲奈　六年

一月一日、十二時。
門をくぐると、火が燃えている。
その中に二〇〇三年の福を投げ入れた。
ただ、燃えるのをじっと見ていた。
ビニールはとけていった。
父が新しい福を買ってきた。
そして、待ちに待ったおみくじ。
わたしが、子どもおみくじを引くと、なんと、大吉。
今年は、申。
私は、申年。
「先生の話を聞きなさい」と、書いてあった。

新年を迎えるすがすがしいひとときを書いている。じっと、炎を見つめる。

329　桜　　　小林　純也　六年

けやき木通りを歩いていると、
木がたくさん立っていた。
冬は何もない。
動物といっしょで、今は冬眠中。

春、桜が咲いて散る頃はもう入学式。
そして桜、最後の一枚が散る頃はわくわくの新学期。
みんな違う道を歩くんだなあ。

「先生、ぼくが二〇才になったら焼鳥屋に連れて行って下さい」と陽気な小林君。ただ最後の一行を読むと小林君の別の一面を知ることができる。

330　高山の雪　　　楮本　崇夫　六年

高山によく雪が降った。
いたる所につららができて、
雪合戦をするには申し分なかった。
兄と兄の友だちが家に来たとき、よく雪合戦をした。
雪玉をつくり、それを投げる。
飛んでくる雪玉をよけて……
その単純なことが、ただ楽しかった。

校庭に降った雪を見て、遠い飛騨高山での思い出を言葉にする。

331　雪　　三浦　貴志　六年

ぼくは、花壇から雪を集めた。
そして、雪だるま完成。
だけど……氷で滑っていたら、
雪だるまは天国に去っていった。
ぼくはちょっとさびしかった。
車にはじゃまな氷を、
ぼくはスケート場のように滑った。
気持ちよくて思う存分滑った。
最後に、雪を空に投げて落ちてきた粉雪を浴びた。
雪だるま、また天国で会おう。

三浦君は、物事を純粋に見る子だった。詩は書いた子どもそのものというが、まさにその通りだと思わせてくれる作品だ。

332　天国へ　　辻　玲奈　六年

お墓参りにいった。
中学校の制服を着て、おじいちゃんのお墓へ。
一本道を歩いていると湯飲みがたおれていた。
母が湯飲みを置いた。
昨日の風のせいかと思った。
私は、おじいちゃんのお墓に、
中学に向けての願い事と、
これからのこと、今までのことを話した。
なんだかすっきりした。
山のほうから太陽が見えた。
私は、
心のためをはきだすように「ばかー」と叫んだ。
弟が笑った。
私も笑った。

卒業、そして、中学校の門をくぐる。

# 史跡に囲まれた学校

二〇〇四年「太陽の子」三年生

二〇〇五年「たいようのこ」一年生

二〇〇六年「千の花」五年生

二〇〇七年「ことばの原っぱ」六年生

二〇〇八年「天までとどけ」三年生

## 二〇〇四年「太陽の子」　三年生

### 小学校は感性を開く場所

街中にあった学校から、福岡の西部に位置する学校に赴任した。そこは自然豊かな町だった。学校の北には海が広がり、南には山。それに、何といっても学校を中心に周辺は、弥生遺跡で囲まれていた。ここでも多くの子どもと出会い、詩が生まれた。

　詩が生まれる教室がいい
子どもたちが帰った後の教室で詩ノートを開く
出会いの詩
春の詩、夏の詩、秋の詩、そして冬の詩
家族、友だちの詩……
自然の不思議さから恐ろしさまで
一つひとつの詩から
子どもたちの息遣いが聞こえてくる
　「二〇〇四　一枚文集　扉のことば」から

小学校の六年間の中でも三年生というのは一番愉快な時期だろう。この三年生という子ども時代は、何といっても子どもを「楽しませる時」だと思っている。子どもは、「自然そのもの」ということを読んだことがある。子どもは、感性をたっぷり体に秘めている。その感性が豊かに開くように、肥やしをまいてやる時だと思う。そのためには、子どもとの対話、子どものつぶやき、さらに子どもからの自由な発想を見逃さないことだ。時に、いたずらしたときは叱る。しかし、いたずらの中にある「子どもらしさ」は宝物。

333

しょうじき棒　　　　　　川口　しゅん平　三年

ぼくは、ドキドキしながらしょくいん室に行きました。なぜかというと、勉強で使う先生の棒で大はっちゃんと遊んでいたら、いすにひっかかって「ガキッ」という音がしました。ぼくが、棒をいすからとったらおれまがっていました。

ぼくはなおそうとして、棒を曲げたらかんぺきに折ってしまいました。ぼくと大はっちゃんは、かくごを決めました。大はっちゃんはしょくいん室の前で待つことにしました。ぼくは、中に入ることにしました。ぼくは「先生からおこられるだろうな」と思いました。ぼくが早さき先生のところへ行って棒を折ったことを話すと、先生は「しょうじきに話したからいいとよ」と言いました。そしてこう言いました。

「この棒は、しゅん平のしょうじき棒やね」

子どもたちがしたことは悪いこと。しかしこの出来事から子どもが学ぶこと、身に付けることは少なくない。作文を読むと、しゅん平君の心の様子が伝わってくる。すでにしゅん平君は自分がしたことは十分に分かっている。問題はそのことをどう子どもの体験として残していくのかということだろう。

334　春のしるし　増田　徳大　三年

学校から帰るときつくしがあった
すこしこげていた
春のしるしだなあ

偶然か。朝日新聞、「折々のうた」に「土筆摘穂先に黒き焦げのあと」と紹介されていた。増田君の通学路はまるで自然の中だ。初夏にはホタルが舞い。せせらぎにカワセミが姿を見せる。そして春先のつくし。道端のつくしを見つける。「すこしこげていた」と表現する感性はどっぷり自然の中で過ごさないと生まれない。

335　ピーピーまめ　中田　さえ　三年

昼休みにはるかちゃんとゆまちゃんと三人でピーピーまめをさがしに行きました。
ゆまちゃんは、すぐ、ピーとなりました。
だけど、わたしとはるかちゃんはなりません。
はるかちゃんと
「スースーぶえ!」といってわらいました。

子どもたちはピーピーまめが大好きだ。店に売っているのではなく自然の贈り物。子どもたちの笑い声が聞こえてくる。

336　かたつむりと青虫　越智　ゆうひ　三年

かたつむりが青虫をおんぶしていました
友だちみたいでした

337　かめ虫のパラシュート　越智　ゆうひ　三年

そうじの時間、小さなかめ虫がいた。
ちりとりに入れて、窓から外に出した。
いっしゅん、羽が開いて
パラシュートみたいになりました。
ぼくは
「へー、かめ虫もパラシュートもってるのかな」
と思った。

虫や動物にもユニークな見方をするのが三年生の子どもたちの特徴だ。かめ虫といえばあの独特のにおいに頭を抱える。でも違うところに目を向けるとこんな詩に変身する。

338　まき貝から海の音　内田　あさみ　三年

りさちゃんから
まき貝ときれいな水色のビー玉をもらいました。
おふろに入ったあと、
お母さんが私のかみをかわかしているとき、
私はもらったまき貝を取り出して耳にあてると、
「ザーー」と聞こえました。
お母さんに聞かせてみると
「海の音だよ」って言いました。
次の朝、お父さんに聞かせてみると、お父さんは、
「風の音だよ」って言いました。
私はまき貝もらってよかったと思いました。

339　きれいなお月さま　江上　千星　三年

きのう、金色のくりまんじゅうのような
きれいなお月さまを見ました

340　コオロギの心ぞう　白石　誠　三年

コオロギをつかまえた
コオロギの心ぞうが
ドキドキ……していた

子どもってどんな世界に住んでいるのだろうと思う。コオロギと心臓なんてなかなか結びつかない、そこがいい。私はこんな詩には特大のホームランをつける。秋の月は詩の題材になる。ただ「くりまんじゅう」は初めて。それも金色のくりまんじゅうという。

子どもが見つける不思議はそのまま詩になる。身の回りのことから不思議を見つける名人が子どもだろう。不思議を見つけられなくなるとき大人になるのだろう。こんな子どもの不思議がなんとも言えずおもしろい。

341　雲　　　中嶋　こう太　三年

窓の外を見た。
山の上に白い雲がうかんでいた。
「先生、雲にのれる?」と聞いてみた。
先生は、じっと考えていた。

342　雨　　　早稲田　良　三年

雨がふっていたとき、
小さいころのことを思い出した。
ぼくは、小さいとき、
雨は神さまのおしっこかなと思っていた。
友だちに聞いたけど
何かわからないといっていた。
ぼくは、雨はなぜふるのかな。

「あのね……雲は……」なんて説明しません。それはやがて子どもが気付くこと。できたらこんな不思議を描ける心を持って欲しいと思う。雨は早稲田君が書いているように「神さまのおしっこ」なのだろう。

343　てるてるぼうず　　　福岡　じょうい　三年

きのう雨がふった。
てるてるぼうずを下げているのにふりました。
れんぞくでふっているからいやな感じがしました。
ぼくは「雨、やめ!」と、心の中で思っています。

てるてるぼうずを下げているのだから雨はやんでくれる。てるてるぼうずへの「信頼」がこんな詩を生んでくれる。こんな詩も生まれる。すっと空を見上げていたら思いついたという。

344　青い空白い空　　　伊藤　ゆか子　三年

雲は、黒より白がいい
空も、黒より青がいい

空が青なら、その上も青
雲が白なら、その上も白

空が黒なら、その上も黒
全部　全部、白と青の空
空は、やっぱり　青がいい
雲は、やっぱり　白がいい

子どもは青い空に白い雲が大好き。リズムがいい。

345　空色のテイッシュ　江上　千星　三年

絵の具のパレットをあらった。

中には、青、茶色、緑、黄緑があった。

その色一つ一つにテイッシュをのせていた。

わたしがそのテイッシュをはごうとしたら、

「ビリッ！」すこしやぶれた。

水につけた。

でも、青色のテイッシュのところだけはとけない。

まるで小さな空のようになっていた。

私のへやには空色のテイッシュが今でもある。


パレット洗いも、想像力を広げると楽しい。洗ってもの残ったパレットの一画を「小さな空」と表現する。

346　早崎先生が校長先生だったら　野田　あすか　三年

算数の時間、先生が「窓を開けると強い風が入ってくるけど、窓を閉めたら暑い」

と言いながら、

「だいたいこんな暑いとき勉強するのがまちがっとる。先生が校長先生やったら、一、二時間目はプール。三時間目はずーと中休み。四時間目は詩を書いてすぐ給食。そして、宿題なしでさようなら。それがいい人？」と聞きました。

すると、みんな「ハーイ」と言いながら手をあげていました。

もちろん、私もみんなといっしょに手をあげました。

すると、先生がまたまた、「先生が来年、校長先生になったらぜったいそうするよ」

といいました。

私は、早く先生が校長先生になってほしいなと思いました。


子どもとのこんな話は教室中を笑いに包む。学校が嫌いな子どもはいない。学校がおもしろいければ子どもは求めて学校にやってくる。だからこそ子どもが集まる学校はとことん楽しい場所でありたい。

347　飛行機　　馬渡　かずき　三年

学校から帰っているとき空を見た。
飛行機がとまっていたからびっくりした。
でも、しばらくして動き出した。
そのとき、ついらくするかと思ったから、
ぼくは、思いっきり走ってにげた。

思わず笑いがこぼれてくる。点の大きさで青い空を真っ直ぐにゆっくり動いていく飛行機を見たら、同じことを思い描くのではないだろうか。
「ぼくは、思いっきり走ってにげた」がいい。

**子どもたちの笑顔が見える詩**

子どもたちの笑顔が多い教室は、しっとりとしている。少しくらいもめても、笑顔が教室の空気を変えてくれる。だから笑顔が生まれる詩もたくさん読み合う。

348　小さいころ　　馬渡　かずき　三年

ぼくは小さいころ悪そうぼうずでした
悪そうするときは、
ウルトラマンの服にへんしんします
それで悪そうぼうずパワーになります
かいだんにすべり台があります
悪そうするときは、それを使います
しっぱいしたら、金玉をうちます

349　コスモス　　野田　あすか　三年

コスモスをとりにいった。
わたしが
「あっ！　ちょうど、お父さんのたん生日だから
プレゼント……」というと、
いつきちゃんが、
真剣にきれいなコスモスを選んでくれた。
帰るとき、
いつきちゃんの自転車のかごに入れてもらった。
いつきちゃんが
「コスモス、くすぐったい」といった。

自転車のかごに入れたコスモスが顔をなでたのだろう。「くすぐったい」と二人の笑顔がこぼれた。

350　かげおくり　田中　さほ　三年

昼休み
ゆきちゃんと
さえちゃんと
くれはちゃんと
はるかちゃんと
あさみちゃんと
ちとせちゃんと
わたしで　かげおくりをした
かぞえたあと
上を見たら白いかげぼうしがあった
　でかかった

「みんな」ではなく、一人ひとりの名前を書いているところがいい。それほど楽しかったのだろう。かげぼうし以上に笑顔は「でかかった」はず。

351　弟　高浪　はるか　三年

弟がトイレに行った
トイレなのに長かった
お母さんが見に行った
……
「はるかー」と、笑い顔で呼んだ
私も笑った！
弟がトイレでねていた

「先生！」、と学校にやって来るなり私に話してくれた。それを詩に書いたらと言って生まれた作品。いつも保育園に弟を迎えに行っていたやさしいお姉ちゃん。

352　あられ　江上　千星　三年

そうじが終わるとあられがふっていた
つまめた
すぐとけた
つもればいいなあ

「つまめた」という言葉がいい。この感覚が「あられ」という詩の題とぴたりと一致する。実際に落ちてくるあられを感じていないと生まれない言葉。この「笑顔」は小さい。でも笑顔に変わりない。笑顔も一種類ではない。

**二〇〇五年三月二十日「福岡県西方沖地震」**
自然の力を見せつけられた。多くの被害が人々の生活を脅かした。そして子どもたちはありのまま、感じたままを言葉にして残した。

353　ほとけさまがおこっている　　三嶋　いつき　三年

地震があったその夜。
お母さんがせんたく物をたたんでいた。
私もその横で手伝いながら、
「なんで、地震おこるん？」とお母さんに聞いた。
お母さんは、
「みんながごみを捨てたりするから、ほとけさまが怒っとるとよ」と言った。

大きな被害を出した地震。起きて欲しくはないが自然のこと。為すすべもない。親子で生まれた会話をそのまま詩に書いた。いつきちゃんの問いかけへの母親の何気ない言葉がいい。

354　きせきのインターフォン　　江上　千星　三年

インターフォンが鳴った。
ドアを開けた瞬間。
ガタガタガタガタ……足もとがゆれた。
ドアに一生懸命つかまった。
「あ！　もう屋根が落ちてくる！　死ぬ！」
と思った。
一瞬何が起こったか分からなかった。
立ちすくんでいると、おじいちゃんが
「千星！　早くこっちに来なさい！」と呼んだ。
私は本堂の広場に集まった。
余震が続いた。

家に入ると、
私がいた台所は皿が割れてめちゃめちゃだった。
台所にいたらきっとけがしたと思った。
あの時、インターフォンが鳴っていなかったら。
まさに、きせきのインターフォンだ。

千星ちゃんの家は学校の南側にあるお寺。次の日学校
に来て「命が助かった」と話してくれた。

355 大切な貝がら　　東江　奈々　三年

日曜日の朝、ご飯を食べていた。
食べた後、ソファーにすわっていた。
その時、地震が起きた。
最初、大きな車かトラックが通ったかと思った。
しかし、あまりにも揺れるのが長く続き
地震と気づいた。
私が庭に行くと、大切な宝物の貝がらが割れていた。
耳に貝がらをつけても
「ハーハーハー」という音は聞こえない。
いつもはあの音が聞こえるのに。
私は割れた貝がらを土の中にうめて、
その上に貝がらの家を置いた。
もう、地震はおきて欲しくないと思った。
地震は一度に多くの物を壊していく。思い出まで。

## 二〇〇五年　「たいようのこ」　一年生

### 五〇歳のひげ先生が六歳の一年生に贈る詩

入学と同時に始まる一枚文集は、三月に製本し一冊にする。これが私の「年中行事」。この年の文集の扉にこんな詩を書いた。

「先生、これ読んで」と、一枚の紙を持ってくる。
「ちょっと待って、今読むからね」と言うと、
大きな目で私のほうを見て、じっと横で待っている。
待たせてごめんね……と言いながら、
届けてくれた詩を読んでいると、
「先生、この詩ホームラン？」
と、心配そうにたずねる。
「うん！　この詩ホームランだよ」と言うと、
大きな目がいっぺんに小さくなり
にっこり笑っていた。

「あさがお」の「あ」という字はね……。
四月に入学して、
一つ覚えた字が二つになり三つになり、
毎日一つずつ増えていった。
そして、ある日、
覚えた字が「心」のトンネルをくぐり始めると
詩が生まれた。
一つ生まれ二つ生まれ三つ生まれ、
いつのまにか一冊の本になった。
それは子どもたちの「心」がたっぷりの本。
こうして今年も一冊の文集ができた。

覚えたばかりの字を使って書いた詩。だれかに読んでほしくて仕方がない。そこでいちもくさんに「先生読んで！」と駆け寄ってくる。いくら「スーパーマン」でも目は一つ。そこで、この詩の風景になる。
「たいようのこ」の子どもたちを受け持ってから四年が過ぎた。子どもたちはすっかり大きくなった。あの時のあどけなさはどこへやら、堂々とした高学年に。運動場や廊下で見かけると、何やら声をかける。もう腰を下ろすことはないほど背が伸びているように、きっと心もそれ以上にと思いながら。そして、あの時書いた詩の心は、時折交わす短い対話での表情を見ていると子どもたちの中に生きてはたらいているように思う。

## 詩を書く根っこを耕す

入学した日から一枚文集を発行する。その子ならではのつぶやきを拾い集める。始めは、このつぶやきを載せていく。つぶやきを読み合うことで、子どもたちに詩のたねの見つけ方を教える。
入学して一ヶ月たった、ある日の給食時間のこと。その日のメニューは八宝菜。その中にうずらの卵が入っていた。卵の一つが割れ黄身が見えていた。その時のつぶやき。

「せんせい　みて。
ここから　ひよこがでてくるよ」

入学した次の日。子どもたちを近所まで送った。その日はあたたかな陽気で道ばたには菜の花が咲いていた。まるで「春の小川」の歌詞を思わせるような帰り道だった。かつだことねちゃん、きしかわだいすけくん、ふじもとたけひろくんが道々つぶやいてくれたこと。

「せんせい、とっておきのはなしがあるよ。
わたしのともだちにね、あずみちゃんっているの。
あずみちゃんとね、一さいのときから、ずっといっしょ」

「せんせい、犬のウンチみたら　ゆげが　あがっていたよ」

「せんせい　せんせい。ほら　あめって　かみさまの　おしっこ」

私の机にはいつもメモ用紙を置いてある。子どもたちのつぶやきを書き留めるもの。「これはとっておきたいつぶやきだ」と思ってもすぐに消えてしまう。書き留めるのが一番だ。

**愉快な詩の授業**

詩の授業というよりも言葉遊び。子どもにとって「遊びは最高の学び」だ。一年生の子どもたちにはたくさんの詩や絵本の読み聞かせをする。谷川俊太郎、まどみちお、中川りえこの詩は何度も読む。綿が水を吸い込むように、グングン覚えていく。

その日は、まどみちおの「かぜ」という詩を黒板にゆっくり大きく書いた。子どもたちはじっと黒板の字を追いながら読んでいく。すらすら読む子もいれば、一つ一つの文字を拾いながら読んでいる子どもなど様々だ。黒板に全部書いたらみんなで読んでいく。読んだ後は国語ノートにゆっくり写していく。大きな声が教室に響く。

次の日、朝一番のよしだりほちゃんのつぶやきを書き留めた。

せんせい　「かぜっていう詩」ね。
目つぶっていいえたよ。

こんなことば遊びの授業も楽しい。まどみちおの「ねんど」という詩を読んだ。

最後の言葉の「あん」まで黒板に書いた後、次にくる言葉はなんだと思う、と尋ねると、一斉に手が上がる。あんぱん、あんこ、あんぱんまんなど……。どれも違うよ。正解は「あんぽんたん」と黒板に続きを書くと、子どもたちが大笑い。最後にリズムよく読んでいく。

　また中川りえこの詩「はる」を黒板に書いていると、一番前に座っている子が字を指で一つひとつ押さえながら読んでいた。

　大きな目を開いて丁寧にゆっくり声に出して読んでいる。なかなかいい光景だ。何度か読んだ後、「いじわる」を始める。黒板の字を少しずつ消していく。消すごとにますます夢中になるからおもしろい。そして黒板は真っ白。「さて、読めるかな」というと、あっという間に全部読んでしまう。

「あ」の字の学習のときは、「あ」の字をたくさん使った詩を準備する。まどみちお詩集から「あめが　あらった」を読んだ。「あらった　あらった　あめが　あらった」と続いている。黒板に書くと、子どもから「先生、あれして、ほら、けしていくやつ」と声が上がる。授業は「変化」と「繰り返し」のことば遊び。一年生にはこれが一番。

　入学したばかりの子どもたちにとって絵は言葉だろう。時々、自由帳をのぞき込むとそれは愉快な絵を描いている。この年は福岡西方沖地震が三月に起きた。その余震が四月まで続いた。文集に一枚の絵がある。地震で揺れる我が家だろう、その家もゆがんで描いていた。そして左上の山の端から太陽が半分顔をのぞかせている。地震が起きたのが朝六時過ぎだった。そのままコピーして文集に載せる。描いた子どもにその絵を見ながら話をしてもらう。

「素敵な詩の音読と暗誦」「つぶやき拾い」「自由帳のお話タイム」は子どもたちの心に詩のリズムを育んでくれる。

### 個々の表現に声をかける

　ごく身近なことから書いていく。自分が見たことを見たままに。聞いたことを聞いたままに。読んでいくとその子らしい表現があったり、心の動きを言葉にする文もちらほら出てくる。

356
　まつぼっくり　　おかべ　りょうや　一年
まつぼっくりを　さわったら
もりで　とってきたきもちに　なりました

357
　おんがくしつ　　いけ　たくほ　一年
おんがくしつにいって　びっくりしました

たけのこみたいなものが　ありました

「おどろきを見つけること」から詩は始まる。見たこともない楽器があった。名前は分からない。だから「たけのこみたいなもの」と書いていく。そのことを取り上げる。言葉を知らないから書けないではなく、自分が知っている言葉で書いたこと、「それがいいところだよ」と伝える。詩はここから始まる。

358　四ねん一くみのせんせい　　こう　ようき　一年

わたしは　四ねん一くみを　みました。
四ねん一くみのせんせいは　おしゃれでした。

359　あかちゃん　　すえまつ　さら　一年

せんせい　あかちゃん　うまれたよ
きょうの　あさ四じはん
みんなの　あかちゃんより　でかかった
おかあさんの　おなかも　でかかった

覚えた文字が少しずつ増えていく。それとともにつぶやきを書いてみようかと話す。子どものつぶやきの中から他の子どもたちにも伝えたい表現を紹介していく。同じ朝顔を見ても子どもは一様な発見はない。

360　あさがお　　ふじもと　たけひろ　一年

たねは　がんじょうでつぶれませんでした

「がんじょう」ってよく知ってるね、どんなことかな？と言葉を広げる。

361　あさがお　　みやじ　しんたろう　一年

たねは　すこしあながあいていました
たねに　あながあいていたので　びっくりしました
そこから　たねのなかが　みえました

よく見つけたね。たねの中、どうなっていたか今度詩に書いてみようね、と赤ペンを走らせる。朝顔の芽が出たときのこと。

362　あさがお　　きたざわ　かずき　一年

せんせい！

あさがおが　ポカッと　さいとったよ

ポカッという擬音語。これは大ホームランだよ。

363
あさがお　すぎやま　こころ　一年
まだ、めが、ねむっています

芽がなかなか出てくれない。待ち遠しい気持ちを「まだ……ねむっています」と表現する。

364
あさがお　いけ　たくほ　一年
たっくんの　あさがお
のどが　からから　そうでした
カニのてみたいな　あさがおが　さいていました

365
あさがお　ふじい　りょうた　一年
はっぱは、ちょうちょみたいです

水が足りない植木鉢をみての擬人表現と比喩表現。

書いた文章をみんなで読み合う。そして、一人ひとりの表現のおもしろさを楽しむ。子どもたちは身近な友だちの書いた文章から表現のリズムや目の付け所を少しずつ学んでいく。いくつかの詩を書き始めたら、書いた詩に題をつけることを教える。「スイミー」とか「エルマーとりゅう」のように本にも題がついているでしょう、それと同じようにみんなが書く詩にも「だい」をつけることを学んでいく。

## 「感覚」を掘り起こし磨く

一枚文集を続けていると、子どもたちは文集にだれの作品が載っているかを楽しみにするのはもちろん、「書くこと」も楽しみにするようになる。一学期後半に入る頃「詩ノートに発見したことを書こうか！」と声をかけ

る。
学校の周りは海があり山もある。子どもたちが自然の中で体験したこと、発見したことを言葉にすることで子どもの中にある表現の芽が輝き出す。

366　ほたる　いじま　あかり　一年
わたしは、ほたる　と　ほしを　まちがえた
あとで、おにいちゃんのほたるをみて
わたしが、にがしてあげました

ズバッと書き出す。それはそのまま詩。

367　せみ　おかべ　りょうや　一年
ぼくは　はっけんしました
せみは　おしりのぶぶんが　しっぽみたいでした
あしが　かえるみたいでした
ぬけがらに　いとみたいなものが　ありました
めの　うえに　くろいものがありました
で、いちばんきになっていたことは
いつ　せみがうまれるかです
でも、いま　ここでわかりました

「で、いちばんきになっていたことは」からの三行がいい。子どもはこうして自分の世界を広げていく。「びっくりした」「おどろいた」という言葉はない。自分が見たままを自分が持っている言葉でなんとか表現していく。

368　かみなり　みしま　たいき　一年
ぼくは、きのう　かみなりを　みました。
かみなりはすごく、
でんきが　ぴかっと　ひかりました。
そのあと、ゴロゴロって　きこえました。

本を読むと、「光は音の何倍の速さで伝わる」と書いてある。一年生のたいき君はそれに自分で気づいている。理屈はもう少し大きくなって学べばいい。体験を言葉にすることに価値があるように思う。

369　かみなり　あらき　ななみ　一年
かみなりが　なりました
たって　おなかを　おさえました
ぐみゃ　ぐみゃ　となりました
ちょっと、なきました

同じ題材でも「十人十色」。子どもによってとらえる感覚は異なり、それに合う表現をしていく。

370　月のこと　　うえた　だいち　一年

きょう、がっこうに行くとき　月を見ました。
でも、ふしぎでした。
だって、あさ　と　ひるは、たいようのうらに　かくれているはずです。
でも、月はこっそりたいように見つからないように出ているのかもしれません。

ふふふ……と思わず笑みがこぼれる。一年生はこんな詩を書く。「でも、月はこっそりたいように見つからないように」。こんな詩を子どもたちに読み聞かせながら詩のおもしろさを伝える。

371　まん月　　たに　りゅうたろう　一年

きのうのよる車の中で、
ねえちゃんが「空を見て！」っていいました。
まん月が見えました。
バナナの形の月とまん月があるのがふしぎだった。
ぼくはなんでかなあとおもった。

天体の学習だ。ごく自然に自分の感覚で学び始めている。詩の中にある「不思議」「疑問」を受け止めるのも詩の時間だろう。

372　大にじ　　西　かずき　一年

きのう　じてん車で　学校に行きました。
なにが　にじを　うつしているんだろうとおもいました。
でも、どこをさわっても　ありません。
やっと、見つかりました。
それは、ひかりが出ているところから出ていました。
きれいとおもいました。

「やっと、見つかりました」がいい。発見の喜び。こんな発見を認めていくことが詩を生む力になっていく。

373　たけとんぼ　　こう　ようき　一年

わたしは、たけとんぼをしました。
たけとんぼは、すこしだけ　とんだ。

だけど、がんばるきもちをこめてしたら、
かぜが、たけとんぼを　たかくとばせて、
まるで　ほんものの　とんぼみたいでした。
わたしは、うれしかったです。

ようきちゃんには「風」が見える。自分は気持ちをこめた……そうしたら「かぜが、たけとんぼを　たかくとばせて」くれた。

374
どんぐりごま
ながふち　ようへい　一年
まわしてみると、ごろごろと　よこまわりをした。
おかあさんゆびと　おやゆびでまわすと
ヒュンヒュンとまわりました。
上から見たら山みたいでした。

なかなか回らないどんぐりごまが回ったときのようへいの笑顔はよかった。子どもたちの詩を読んでいると、感覚を磨いていくのは自然の中に身体を置くことのように思える。

## ことばを直接やり取りすることで育つ心

生まれて六年目の子どもたちが詩を書き始める。詩とはいえない、ただ言葉を並べただけの短い文かもしれない。しかし幼い子どもたちが書く文は表現することの原点を感じさせる。大人のようにたくさんの言葉を知らない子どもは、今持っている言葉を見つけ、積み木を組み立てるように詩を書いていく。

こうして言葉を身に付け自分の感情を形にできるのは人間だけだろう。そして子どもたちに感情を捉える力を育てるには、周りの大人と直接言葉のやりとりをするのが何より大切のように思う。子どもたちの「今」に心を向ける時、子どもたちは心の奥にある気持ちを言葉にする。

375
赤ちゃん
かつ田　ことね　一年
お母さんのいもうとが　赤ちゃんを生みました。
わたしは、そのびょういんに　行きました。
わたしが、赤ちゃんのほっぺをさわると、
マシュマロみたいに　やわらかかった。
おもちみたいに　のびそうでした。
わたしは、手をあらって　ほっぺをさわりました。

赤ちゃんの手もさわりました。
わたしが、赤ちゃんの手のまん中に、
赤ちゃんゆびを入れたら、
ぎゅって　にぎりました。

「かわいい」という言葉はない。が、その言葉を通り越した命の慈しみを感じさせてくれる。六歳の子どもと生まれたばかりのあかちゃん。「わたしが、赤ちゃんの手のまん中に、赤ちゃんゆびを入れたら、ぎゅってにぎりました」。こうして、子どもは「いのち」を感じていく。次も「いのち」の詩。

376

子ねこがしんだ　　　　おか本　ゆか　一年

子ねこが　しんだ。
とっても　かなしかった。
ママも　ないた。
パパが　かえってきた。
そのとき、もうしんでいた。
ちょうの中で
のんだミルクがかたまってしんだとおもう。
いきている子ねこのおなかは、ピンクだったのに、
しんだ子ねこだけ　むらさきだった。
でも、しぬとき、おかあさんのところだったから
しあわせとおもう。
しんだねこは、立つ元気もなかった。
ママがこういった。
「おなかがパンパンやったのに　こなミルクのませたから……しんだ」って。
わたしは、いった。
「てんごくでも　かなしいおもいせんけんいいよね」

「生きている子ねこのおなかはピンク。死んだ子ねこだけむらさき」。見たままを書いているのに、いや見たままを書いているから子どもの感覚が伝わる。「しぬとき、おかあさんのところだったから　しあわせとおもう」とは人間もねこも同じだろう。

377

めんどうくさがりや　　　　たに　りゅうたろう　一年

よる、いっつも
おかあさんが　おさらをはこんでいるのに、
おとうさんは

「ほら、てつだいなさい」っていつもいいます。
じぶんは、ゆったりしてテレビを見ているのに、
ずるいとおもった。
ぼくは「おとうさんも　てつだって」という。

この詩を読んだ父親とどんな話をしたのだろう。詩を通して生まれる対話が子どもの中に残る。

378
おねえちゃん　　　　中村　かの　一年
わたしのおねえちゃんは、
赤ちゃんのころから病気です。
それで、
わたしがかわりにおねえちゃんになっています。
おねえちゃんはリハビリセンターの近くの学校です。
そこはすごいところです。
わたしは、その学校がすきです。

姉妹の詩。短い詩の中に特別支援学校でがんばっている姉を思う。「その学校がすき」ということは姉が好きだということだろう。

379
つくしのふうふ　　　　よし田　りほ　一年
きょう、つくしを見ました
おねえちゃんが
かさでつくしを「ちょん」ってさわりました
さきがとれました
また、つくしがありました
こんどは、つくしのおや子です
おとうさんが　まん中で
おかあさんが、おとうさんのよこで
子どもたちが十人か九人ぐらいいました

兄弟で歩く春の道。つくしの家族っていいなあ。そういえば春先に土手に立っているつくしを見ているとまるでつくしの家族。

380
ゆき　　　　おか本　ゆか　一年
あさおきると、ゆきが　ふっていました。
二かいにいって　まどを見ると、
やねに　ゆきがつもっていました。
わたしは、ママとおねえちゃんを　よびました。
「ママ、ゆきが　つもっとる！」といったら、

ママが、「ほんとう」って、いいました。
わたしは、ゆきが　きれいだなあっておもいました。
ママが「ほんとう」って言いました。このひとことでいい。この言葉で子どもはほっとする。

381
ブーツ　　もろおか　か子　一年
ブーツをかいました。
わたしは、ちゃいろのブーツをかいました。
ひざの下までのを　かいました。
ママも　おんなじところで　かいました。
ママのも　わたしのも
さきっちょが　とんがっているのを　かいました。
でかけるときに、
ママとわたしのを　はきちがえました。

最後の一行で、この後どんな対話が生まれたのだろうと想像した。

**「せんせい」はいつだって絶好の詩のたね**

いつだって周りには子ども。もしかしたら親よりも一緒にいる時間は長いかもしれない。教室ってところは笑いだけではない。怒る時だってもちろんある。なんとも渋い顔をする時も。巣立つ子どもを送る時には涙も出る。そんな子どもの中にいる教師は、子どもにとって詩を書くには絶好の材料だ。

382
せんせい　　いじま　あかり　一年
虫さがしから　かえるとき、
はやさきせんせいと走ってかえったけど、
せんせいが　どべでした。
でも、せんせいは　がんばっていました。
わたしと　ことちゃんと　まこちゃんが　かちました。

本気で走る。若い時は子どもおんぶして走っても負けなかった。年齢には勝てない。でも子どもとかけっこするのはいくつになっても最高に楽しい。

383
せんせいが木からおちたこと
ふじい　りょうた　一年
せんせいが、たいいくのとき木にのぼった。
のぼって木からおちた。
みんなわらっていた。
ぼくも　わらった。
せんせいは、わらいながら　なきそうでした。
りょうたは、せんせいあほとおもった。

「先生にそんなことといってはいけません」なんてやぼなことはいわない。子どもが心置きなく私に向かって出してくれる言葉を大切にする。そして、一緒に笑う。

384
せんせいと　ぼくと　きたざわくん
にし　かずき　一年
せんせいと　ぼくと　きたざわくんと
うんどうじょうで　かけっこをした。
どべは　だれかきめました。
せんせいが　みんなより　どべでした。
でも、せんせいは
ボールをけるのが　一ばんとくいだし、
かんにんぶくろのおが　きれやすいのも　とくい。

385
先生の手
いじま　あかり　一年
五分休みのときに先生の手をさわりました。
先生の手はホッカイロみたいにホッカホカでした。
先生の手をさわると、
いっしゅんにしてあたたまりました。

いつも私のまわりは子どもたち。冷たい小さな手も、私の手にすっぽり入る。

## 一年生の言葉は「詩の原型」

同じ春を題材にした詩でも一年生が書く詩は「詩の原型」みたいな表現を見せてくれる。詩は、言葉以前に「心」を源にしているからだろう。

386
白い　ももの花
かつ田　ことね　一年
わたしは、白いももの花を見ました
まだ、まあるい赤ちゃんのにぎった手のようでした
ももの花がぱっとさくと
赤ちゃんの手が開くときかもしれません

どこからこんな感性を言葉にできるのだろう。

387　空のせかい　　おかべ　りょうや　一年

空はちきゅうのかたちでした
そこにむらがあり人がいました
子どもがあそんでいました
花やもありました
コンサートもやっていました
まぼろしを見ていたみたいでした
目をこすってみました
それは、ゆめでした

りょうやくんの詩。「空は　ちきゅうのかたち」とはなんともスケールが大きい。

388　めだかの水そう　　おかべ　りょうや　一年

しゅうじに　いくとき
めだかの水そうが　こおっていました
めだかが、さむそうでした

389　かいてんずじ　　ふじい　りょうた　一年

さいしょは　タマゴをとりました
いろいろ見ていたら
目ん玉がクルクルまわりました

390　チューリップ　　うち山　かいと　一年

ぼくが　めを見たら出ていません。
ぼくが「おまえ、出てこーい」といいました。

391　ゆき　　ふじ本　たけひろ　一年

ゆきがふっていた。
ゆきは白かった。
まるで宝ばこの中のほう石みたい。
きょうは、とてもさむかったので、
ゆきが光って見えた。

392　は　のこと　　うえた　だいち　一年

ぼくは、はが　二ほんもぐらぐらしています。
あとすこしで　とれそうとおもいます。
ぼくは、はが　はずれるのはいやです。
だって、さみしいからです。
けど、おとなのはが　はえてくるから

やっぱりさみしくないです。
ぼくは、あんしんしました。

393
水たま　にし　かずき　一年
木の　さきっちょから
水たまがピチャンと水たまりにおちてきました。

394
はっぱ　ながふち　ようへい　一年
はっぱのところでいきをしてみたら
はっぱが　おちそうでした
手でとったら、きいろかったです

395
うめ　森川　まお　一年
さいているのは、かさみたいでした
さいていないうめは
かさをとじたときの　かたちでした
うめの花は、うめぼしみたいに赤かったです

396
いぬのふぐり　よこ田　みずき　一年
いぬのふぐりは　ちっちゃかったです
ぼくの　小ゆびよりもちっちゃかったです

青みたいな　むらさきみたいな　いろでした

397
ビーだま　ふじ本　たけひろ　一年
日よう日に、ビーだまを見つけた
とうめいの玉だった
その玉で、おばあちゃんをみたら
なんと　ふしぎなことに
おばあちゃんが、マスコットに見えた
なんか　へんな一日になるようなきがした

398
にじ　なべ山　みく　一年
にじを見ました。
うすいのと　こゆいのが　ありました。
いっしゅんずつ　ありました。
おねえちゃんがきて　えいごに行きました。
そしたら、にじもついてきました。

399
にじ　いじま　あかり　一年
かえってくるとき小さなにじと　大きなにじがありました。
わたしは、びっくりしました。

いっしょに　かえってた。
ゆなちゃんや　みくちゃんや　もも花ちゃんも
びっくりして、
「すごーい」ってゆってました。
大きなにじは、カラフルな　はしみたいでした。
学校を出たら、みんなで　にじをおいかけました。

400
きゅうこんのめ　ふじもと　たけひろ　一年

十二月十九日、きゅうこんを　土にうめた。
つめたい土だった。
こおりみたいに　つめたかった。
うめたあと、水をたっぷりかけた。
きゅうこんが　土の中で、
「つめたい」っていっているみたいだ。

桃の花にチューリップなどの植物、空や虹、水槽、回転ずし、雪、歯、水玉、ビー玉、ざっと題材を見渡しただけでも子どもの世界の広がりを感じる。さらに、今度は見つけた題材に「自分の心」を通じて、言葉にする。わずか数行の詩には、書いた子どもならではの表現を見る。ビー玉の向こうのおばあちゃんを「マスコット」とはおもしろい。それもわずか生まれて六年の子どもたち。
こう考えると、やはり、詩の出発は、目には見えない心。

二〇〇六年

# 「千の花」

五年生

## 福岡の街は詩の宝庫

子どもたちの書いてくれた詩を読みながら、私が今まで過ごした学校の風景をふり返った。

福岡市は世界の中でも過ごしやすい街の一つに数えられているという。それは、都心と自然が近いということもあるだろう。たとえば、街中から一時間も行けば海もあり山もある。

教師になるのが遅れた私は、教師になった時から決めていたことがある。できるだけ、様々な自然環境で生活する子どもに出会いたい。そのために計算した。退職まで三〇年間、一〇の学校を回ってみたい。そうすれば、一〇の自然環境で生活する子どもと出会えることになる。そして、二六年目の今、七校目。おおよそ私の計画は達成しつつあった。

この学校で五年目を過ごしている。学校は、旧唐津街道沿いの町にある。都心から車でおよそ三〇分もあれば着く。学校を中心にして北に博多湾を臨む海が広がり、南には、中世の山城を擁する高祖山の稜線が連なっている。この環境は弥生の昔から生活の場所だったのだろう。

## 春から初夏の詩

ここはかつての宿場町。その歴史は古い。小学校周辺は弥生遺跡さらに、古墳時代に築造されたという大塚古墳がある。時代の流れでビルや高速道路の建設が進んでいる。ただ、歩いて行けるところに田んぼが広がり、小川が流れているように豊かな自然が残る。季節毎に子どもたちは詩を書いた。

401　しずくのコンサート　大木　薫　五年

詩を書く時間、外を見ている。
しずくがすごいスピードで落ちてくる。
ときには、マイペースで落ちてくるしずくもある。
いつのまにか、雨の観察をしている。
まるで「しずくのコンサート」。
しずくが落ちてくるたびに私の中で音楽が流れる。
チャンチャラチャン、チャン、チャーンチャン……
このしずくたちは、私たちを楽しい気持ちにさせるためにきたのかなと思った。

梅雨真っ只中、六月の詩。なんでもない言葉であり思わずスッーと読んでしまいそうな作品だろう。ただ、今私たちはこんな風景を言葉にする「感性」「ゆとり」を失いつつあるのではないだろうか。身の回りの自然、出会う人……詩の題材はどこにもある。しかし、それらが表現されるのは題材に目を向けるその人の在りようだろうか。

ここで紹介する詩は、今少しずつ忘れられてしまいそうな言葉や風景をテーマにした。

402　田植え　北島　駿介　五年

田植えの場所に着いた。
苗をもらって田んぼの中に入ると、
「ブチャ」という音がした。
足が埋まってしまった。
初めての田んぼだったから、
なかなか上手くできない。
植えた苗が倒れてしまった。
田んぼには、
タニシやヒルといろいろな生き物がいた。
どろどろになって田植えをした。
ピーンとはった赤い玉のところに植えていった。
手で植えながら、
昔の人たちは大変だったんだと思った。

403　足の音　福岡　丈莞　五年

ズボッ足の音。
片山が「血を吸う虫がおるとよ」と言った。
赤い玉の前に、苗と手を合体させた状態で
メチャメチャする土に突っ込み、さす。
五回目でこつをつかんだ。
よしたかは、すぐに苗がなくなっている。
よしたかは、腰が下がって
ソーラン節を踊るみたいだった。
気合いが入っている。
コシヒカリや秋田小町みたいに成長していくかな。

手植えでの田植えは何年前に姿を消しただろう。それは集落総出の行事だった。田んぼの両端に二人たち、紐をのばす。紐には赤い印があり、印のあるところにずらりと並んだ。苗を入れては、後ろへ下がっていくという作業だった。
油断をすると足にヒルがはい上がり、見つけるとつまんで捨てた。現在のハイテク田植機はアメンボのように田んぼの中を動き回り、みるみる苗を植えていく。手植えは、見ることのできない風景になった。

404　れんげ畑　　　水足　有里　五年

れんげ畑を見ていると、モンシロチョウが、
涼しそうにとんでいた。
そのモンシロチョウを見ていると、
私まで涼しくなった。

れんげ畑とモンシロチョウの組み合せがいい。夏の暑さをやわらげてくれる。

405　赤とんぼのトンネル　　　柴田　寧々　五年

外に出た
あっーと声を上げた
赤とんぼの群れ
テニスボールを上に投げた
集まってくる
家の前の空き地にいった
上を見た
とんぼの群れは家の前で終わっていた
それは数分間の赤とんぼのトンネルだった

五月は家庭訪問の季節。初めて、寧々ちゃんの家を訪ねた。古い農家だったのだろう。太い梁を組み合わせた古い納屋を見て懐かしく思った。赤とんぼの詩を読んだとき、あの納屋のことを思い出した。そしてこんな詩も。

406　農家　　　柴田　寧々　五年

五月になると、苗を田んぼに植え、野菜の種をまく
八月はトマトやキュウリの収穫
冷たい井戸水で洗って食べると、
とてもおいしい

がぶがぶ飲める井戸水なんて少なくなった。採れたトマトを井戸水で洗ってそのままガブリ、懐かしい風景がここには残っていた。

407

ねこ　　　　柴田　寧々　五年

ねこは自由でいい
学校も、仕事もなんにもない
ねこって、いいなあ

きっと、こんなことを一度は思う。ねこと言えばこんな詩も生まれた。

408

ねことぼく　　　　古川　明人　五年

学校の帰りに
いつもねこの家族に会う
母ねこ、子ねこ二ひき
なんだか
ぼくの家族と似ている

ねこの家族に自分の家族を思う。「なんだか」という言葉が光る。

409

たけのこほり　　　　片山　椋太　五年

桜の木の隣にある竹やぶで、たけのこを七本掘った。
そのうち、大きいのを二本先生にあげた。
そのうち一本は、今年一番大きかった。
先生は、大喜びだった。

410

ツバメ　　　　近藤　あゆみ　五年

家にツバメが入ってきた。
一羽のツバメが窓のほうで羽をバサバサさせている。
お母さんを呼ぶと、びっくりすることもなく、
「ツバメが家に入ってきたらいいことがあるとよ」
と言った。
しばらくして、
お母さんがツバメを家の外に出してあげた。
ツバメは、ふんまでして出て行った。
私がお母さんに
「もっといいことあるっちゃない?」と言った。
お母さんは「そうかもね」と言った。

夏が近づくとツバメがそこら中を飛び回りはじめる。思わず家の中に飛び込んできた。親子の対話があたたかい。

411　子牛　　近藤　あゆみ　五年

おばあちゃんの家に牛が二頭いる。
一頭は子牛で、もう一頭はお母さん牛。
お母さん牛の名前は「ゆうこ」。
子牛の名前は「りゅう」。
子牛の名前は弟が決めた。
子牛の「りゅう」が七月に売られていく。
ショックだったけど、
次にまた「ゆうこ」が生むだろうと思った。
だけど、名前をはじめて付けた弟はショックだろう。
家に帰る前、弟と一緒にデジタルカメラでりゅうの
写真をとった。

弟が初めて子牛に名前をつける。その牛が売られていく。姉弟にとってはただの牛ではない。

412　かえると散歩　　谷口　太一　五年

田んぼ道を歩いていると
「ピョン」と一ぴきのかえるが出てきた。
そして、ピョンピョンと後ろからついてくる。
ぼくは、石ころで道をふさいだ。
ピョンと、ジャンプして石ころを飛び越えた。
ぼくはじれったくなって走った。
ふりむくと、かえるの姿はなかった。

かえるも子どもの遊び相手。田んぼが広がるこの地域では、どこにでも見ることができる風景。

413　しゃくとり虫　　惣津　建哉　五年

みょうな動きの虫がいる。
「なんだ、これ？」とつかまえてみた。
直樹がしゃくとり虫といった。
ヘンな動きがリズムにのって来た。
チクタク、チクタク
そのときだけ時計の針だった。

子どもが書く詩は、考えて生まれるものではなく、子どもの体の中にその言葉を生み出す感性がある。しゃくとり虫の動きを「チクタク、チクタク」と、見立ててしまうのは、そうは思いつかない表現だろう。

## 夏から秋へ

子どもたちには、「身の回りの小さなことから秋を見つけてごらん」と声をかける。子どもはすぐにはピンとこない。そこで、「比べる目で身の回りの物を見てごらん」という。季節が変わることで発見できることが詩の題材になる。そんな声かけから生まれた詩。

414

トカゲ　　大神　瑞貴　五年

何か……ごそごそと揺れた
草が揺れた、ドキッ！　とした
中からトカゲが出てきた
つかまえようとしたけど、見失った
まるで忍者のようだった

トカゲと忍者の取り合わせがピッタリ。

415

オケラ　　片山　椋太　五年

川岸の石をめくるとオケラがいた。
袋に土を入れてオケラを入れたらもぐった。
前がモグラっぽくって、
後ろがコオロギみたいなやつ。

オケラ。私の子どものときはそこら中で見ることができた。今は名前も知らない子どももいるのではないだろうか。姿は詩のとおり。顔はモグラで、からだはコオロギだ。

416

かかし　　佐々木　航大　五年

わらを入れた。
いっぱいわらを入れた。
「めっちゃ、でぶやん」と言っていたが、
ズボンとシャツを着せるとものすごく細い。
みんなが「何も食べてなかったたっちゃん」
とか話した。
いよいよ、顔を描くと、見事仕上がった。
フランケンみたいに顔を縫ってあるように描いた。
予想もしない変なかかしになった。

田植えにはじまり、収穫まで体験する子どもたち。例年、地域の人たちとかかし作りをした。子どもたちが作ったかかしは、この時期の風物詩となる。

417　彼岸花　　　　三嶋　いつき　五年

濃い赤色の花火のような彼岸花
私の両側に咲いている
　一歩先に行っても、まだまだ続く
　まるでいっしょに学校に行くみたい

田んぼは四季の移ろいを伝えてくれる。稲刈りを終えた田んぼのあぜ道は、彼岸を迎えると、彼岸花がどこまでも続く。これが秋の通学路。

418　　うりぼう　　　片山　椋太　五年

うりぼうは、どろぼう
毎年、みかんをとりにくる
毎年、みかんを散らかして山に帰っていく

「うりぼう」とは、イノシシの子のこと。正面から見た顔が「うり」のように愛らしい。うりぼうも食べるのに必死。寒くなると食料を求めて山里におりてくる。椋太君の家は森に囲まれていた。家庭訪問のとき「先生、筍もって帰って」というなり竹林の中に走った。

419　露　　　　　吉田　芽生　五年

カンカンカン……
「あー、渡れなかった」私と妹は顔を見合わせた。
踏切前で立ち止まる。
妹が右の方へ寄り腰を低く下げた。
私は何をしているのだろう
と不思議に思い同じことをした。
「見て、何でこうなっているの？」
と妹は草を指した。
見ると、小さな水の玉ができている。
「きょう、雨、ふったっけ？」
妹は首をかしげていた。
「ふってないよ。温度のせいじゃない？」
「温度のせい？」妹はもう一度首をかしげてから
「ふーん」といった。
そのとき踏切の音がやんだ。
私たちは歩き出した。

姉妹の通学路。それまで見かけなかったものを発見。妹の問いかけに答える姉。電車が通り過ぎる間のこと。

420　ふと考えた　　　　大神　瑞貴　五年

渡り鳥は
　ただで外国にいける

季節になると、ここの空は渡り鳥の「通り道」。空を見上げ、ふと考える心のゆとりがいい。

421　青空教室　　　　片山　椋太　五年

青空教室にいすを円に並べた
「吾輩はねこである」と青空教室に響いた
風が吹いた
サワサワサワ……という音とともに
紅葉した葉っぱが落ちていく

運動場は私の第二教室。暑さも和らぐ季節になると、運動場に円くイスを並べて詩や名文を読む。

## 冬から春へ

「自分だけの発見を、自分だけの言葉で書いてごらん」と話す。題材に対する鋭い感性を育ててほしいからだ。友だちの作品を読み合いつつ、具体的に直感力を磨く。

422　雪　　　　山本　直人　五年

雪は冷たい落下傘
　ゆらゆらと風に揺られて降りてくる

書き出しの一行で十分。きっと優しい雪なのだろう。ゆらゆらと風にゆられて。

423　なまこ　　　　大坪　成美　五年

お父さんが冷蔵庫から気持ち悪いものを持ってきた。
「これ食べなさい」と言った。
私は「いやだ！　気持ち悪い」と言った。
お父さんは、
無理だったら出していいから……と言った。
思い切って……食べた。
しばらくかめなくて、かたまった。
だんだん、ほぐれてきた。
ポン酢の味がしてきた。
こりこりした食感がよかった。
お父さんが
「なまこ食べられたからもう大人やね」と言った。

なまこの食感に始まり、最後は「もう大人」という親子の対話。冬の食卓のひととき。

424　春　　　　田中　直樹　五年

てんとう虫が落ちてきた
てんとう虫はあっという間に飛び去った
もう、春

一瞬のうちに飛び去るてんとう虫に、春を感じる。「もう、春」がいい。

425　春の歌　　　　室井　優里菜　五年

春の風
ヒューと
口笛吹いている

春、思わず口笛を吹きたくなる。そして春の風も。

426　桜のつぼみ　　　　近藤　あゆみ　五年

桜のつぼみは
BABY　たけのこ

この直感、分かるかな。

427　うぐいす　　　　柴田　寧々　五年

朝日と一緒に「ホーホケキョ」という声が
静かな道に響いた
あっ、うぐいすだ
春がきたな、と思った
透き通ったうぐいすの声を聞きながら学校へ行った

静かな道に響いたのはうぐいすの声だけ。その声に春の訪れを思う。

## 言葉が一年間をつくる

一年間を過ごし、文集を毎年まとめていく。NO428「一年間」という詩を読むと、私と子どもたちの日々の多くが、文集に詰め込まれているように思う。もちろんその年の悲しい出来事も。

428　一年間　　　　樋口　采美　五年

たった一枚の紙。
その紙が合わさって

一年間という「短い時間」ができた。
千の花、一日一枚　百九十枚。
それが一日一日大切な時間。
きょうで終わる、もうすぐ六年生。

一日を一枚の紙としたら、人の一生は何枚の紙になるのだろう。この詩を読みながら考えた。

429　飲酒運転　　樋口　采美　五年

福岡で事件が起きた。
飲酒運転。
一瞬にして車が飛ばされ海に落とされた。
その車には、五人の家族が乗っていた。
私より小さい三人のいのちが奪われた。
まだまだ未来がある子どもたち。
一年しか生きていられなかったという女の子も……。
そう思うと、涙がポツリ。
私は命ってこんなに大事で、
でも、こんなに一瞬にして
なくなってしまうんだな……
ということをあらためて知った。

命は自分だけのものではない。
周りの人の支えがあって生きている。
そんなことが分かっていて、なぜ人を殺すのだろう。
自分の母親を殺したり
妹、弟を殺したりする人もいる。
周りの人はどれほど悲しく、
くやしい思いをするだろう。
もどってこないたった一つの命。
命は、たった一つの奇跡から生まれたもの。

その一枚にこんな詩が書かれるのは、何とも言葉がない。全ては私たち大人の責任。「そんなことが分かっていて、なぜ人を殺すのだろう」という問いに答えるのは、大人だろう。

430　友達と　　井上　彩香　五年

友達と遊んでいた。
お父さんがいきなり「もう帰るよ」と言った。
お父さんは、駅に向かった。
私も友達と駅に行った。
お父さんは切符を買って「バイバイ……」といった。

私はだまって手をふった。
私は、
お父さんが見えなくなるまで手をふった。

お父さんは単身赴任していると聞いていた。お父さんが時々帰ってくるのを楽しみにしていた。「さようなら」という言葉はないけど、それ以上の気持ちを伝えてくれる。

## 二〇〇七年「ことばの原っぱ」　六年生

### 揺れ動く心を詩に

六年生。心がからだを追い越すくらい成長していく。心の成長は、時に自分の思いとは異なることを言葉にさせ、また心の奥にあるもやもやを伝えようとする。もちろん、こんな心の葛藤の一つひとつが成長の土台になっていく。

431　心のすきま　西田　朱花　六年

いつも友だちと話すけど……
友だちは
私と話すとき、どう思っているのかな……って
それは
私の心のすきま

自分の気持ちを表す的確な言葉だ。物事を丁寧に見ていく子どもだった。だから、自分の「心のすきま」も見

つめるのだろう。こんな詩も。

432　きらう理由　西田　朱花　六年

戦争の映画
それは私が一番嫌っているもの
なぜ？
それは、人のからだのどこかが無くなり
血が大量に出ている場面がいくつもある
そんなのを見ているのが
たえられない

これほどはっきりした言葉はない。

433　ばあちゃんのこと　松尾　加奈子　六年

ばあちゃんはこわいです。
怒ったら　もっとこわいです。
おもしろい時も、たまーにあります。
いつも、「宿題しなさい」とか
「行ぎよくしなさい」とか
とってもうるさいです。

ある日のこと雨が降っていた。
「どうしよう」と思いながらくつ箱に着いた。
すると、
長ぐつをはいたばあちゃんが私をさがしていた。
なんとなく
「ばあちゃん」と言うと、
ばあちゃんは、私の方を向いた。
こっちに来ると、紫色のカッパを持っていた。
「これ、きんしゃい」
私は、恥ずかしくて着れない。
「いやだ！」と言うと、ばあちゃんは少しだまった。
「帰って！」と言うと、ばあちゃんは帰っていった。
ばあちゃんは、
何度も何度も後ろをふり向きながら帰って行った。
その時、
私は、ばあちゃんのやさしい心に気づいた。

うれしいのでしょう。しかし、それもいつの日か「うっとうしく」感じる。成長だろう。加奈子の詩は「ばあちゃん、私は、もうこれほど成長したよ……」というメッセージ。ただ、子どもたちはそう思いながらも、なかなか「ありがとう」と言えない。次の詩も「私は成長したい」そんな気持ちを伝えてくれる。

434　卵焼き　　　　松尾　加奈子　六年

お母さんと同じような卵焼きがつくりたかった。
卵をフライパンに入れて、卵を卵で巻いた。
何かしているうちに……だんだんこげてきた。
急いでお皿にのせて食べてみた。
すると、中はパサパサしていた。
お母さんと同じ卵焼きを作るのは、
まだまだ、先に……。

435　父　　　　樋口　采美　六年

最近、私は何となく父といづらい
二人きりというのがいやだ
そんなとき、私は自分の部屋に行く
父はそのことに気づいているのか……
ときどき、私から離れるときもある
話すこともあるが……距離がある
それに話すことが少ない
もう少し話そうと思っても、話すことが浮かばない
反抗してしまうこともある
思ってもないことを言って
本当は父のこと嫌いじゃないのに
なぜだか……一緒にいづらい

前とは違う　私
前とは違う　父

卒業する時、小学校生活六年間をふり返り、心に残ったことを四文字の言葉にした。樋口さんは「早崎先生」と書いていた。そのわけは、小学校六年間のうち半分三年間担任だったからという。初めて受け持ったときは三年生だった。この詩を読みながら、あらためて成長を思った。

436　大人　　　　三嶋　いつき　六年

私は大人になりたくない
私が子どもだからいえること
大人は、自分の機嫌で子どもを怒る
仕事場で何かあったら、すぐ私たちにあたる

いつもだと、そこまで言わないことを
自分の機嫌で、怒ったり怒らなかったり
それが、いやだ
いつもムカッとくる
なぜ、大人はいつもああなんだろう
子どものほうが、よっぽどましだ

自分をそっちのけで私を怒る
大人は自己中心的だな
でも、その大人に私もなってしまう
私は大人になんてなりたくない

三嶋さんも私と三年間過ごした子。成長が手にとるように分かる。福岡での二〇〇五年三月二十日福岡西方沖地震のことを書いたNO353「ほとけさまがおこっている」と読み合わせた。母親から「みんなが　ごみを捨てたりするから、ほとけさまが怒っとるとよ」と語りかけられる。子どもはこうした親への「反抗」をくぐりながら、成長する。

437

自立って　　N　六年

私は、友だちからの言葉に、
自分が本当に思っていることは言えないだろう。
なぜなら、まだ、自立していないから。
なぜなら、こわいから。
もし、本当のことを言ったら
仲間外れにされると思うから。
先生が言っていることは、あたっている。
悪口を言うのは、不安だから。
先生が言っていることは、あたっている。
悪口を言うのは、自分がさみしいから。
先生が言っていることは、あたっている。
悪口を言うのは、自立していないから。
あたっているから、
見抜かれているような感じで変な気持ちだ。

私は、前に、詩人の石垣りんのような人になりたいと文章に書いた。
先生は、詩人のほとんどが自立していると話す。
それは、納得だ。
石垣りんという詩人。

あの「表札」という
きれいな詩を読んだら分かること。
私は、石垣りんのような人になれてはいない。
きっと、石垣りんは人の悪口は言わないのだろう。
いつになったら、
私は、石垣りんのような人になれるんですか？
あの、石川逸子の「宣言」という詩に出逢った自分。
あの詩を読んで、何か変わったような気がした。
後ろから二行目の文。
／泣いた自分があわれでした／
その文がどうしても忘れられない。
「自立」辞書を引いて出てくるが、納得できない。

茨木のり子はすごいと思った。
自分の思ったことをあんなに素直に書けるとは……。
どうしたら、
茨木のり子のような人になれるんですか？
心の強い、自立した人になりたい。

いつだったか、友だちとのかかわりについて、子どもたちに話したことがあった。その日の詩ノートに「先生、名前は出さないでください」と断りつきで、この詩が書かれていた。自分が考えていることを誰かに聞いてほしい。これでいいのだろうかと、いろいろ迷うのだろう。

　インターネット社会の広がりはそのことの表れといえる。ただ、その世界には大きな落とし穴があることは、佐世保での事件などではっきりしている。今、子どもたちには、揺れ動く心を受け止める大人が必要な気がする。インターネットという見知らぬ人の声ではなく、その子自身を知っている大人が、その声を受け止めること。

438　すっきりしたからだ　室井　優里菜　六年

おばあちゃんに学校の出来事を話した。
楽しかったこと、よく分からなかったこと。
そして、いやなことも。
すると、からだがすっきり！
からだが軽く。
中身はきれいになった感じ。
ちょっと、おもりがあるけど、
すっきり、すっきり。

お母さん代わりの祖母と父親の三人家族。自分の思いを丁寧に書いた詩ではない。ただ、子どもが書いた詩の中には、自分の気持ちを確かに伝えてくれる言葉が一つあればいいと思う。最後に書いている「おもり」という言葉がそれだろう。その一つの言葉に、今の子どもの在りようを見つけるからだ。

優里菜が祖母に話したことを三つ書いている。詩を読んでいくと、その中でも一番話したかったことは、最後にある「いやなこと」。詩を読みながら、「いやなこと」ってどんなことがあったのかなと気になった。「すっきりしたからだ」という題とは違う思いがあり、その気持ちを何とか乗り越えようとしているように思えた。

## 詩が伝えてくれた、子どもたちのあたたかさ

生活上の規律についての話は、毎日のようにする。ただ、私がいつも思っているのは、それは話したことが子どもの心にどれくらい残っているのだろうということだ。そんな思いもあって、私なりに「子どもの心に届くには、どう伝えたらいいのだろうか?」を考えた。そして、規律の「押し付け」はできる限りやめ、子どもたちの日常をふり返りながら、必要なことを具体的に伝えるようにした。詩は、子どもたちの心に小さくない影響を与えてくれた。

439　おみやげ　　稲田　直人　六年

ばあちゃんには、カステラを買った。
いつも親切にしてくれるバスケチームの分も。
習字の先生の分も。
姉には携帯のストラップを買ったし。
お母さんにはチーズケーキを買った。
よし！　完ぺき。
家に帰ったら、お母さんが
「あら、自分には何も買ってきとらんとね?」と。
あっ！　そうだ。
自分には何も買ってなかった。
まあ、いいや。
ぼくのおみやげは、
心の中にいっぱい思い出がつまっている。

修学旅行や見学の後も鉛筆を握る。こんな時に生まれる作品は大方、自分の行った所の羅列という作品が目に付く。そこで、子どもたちにはあれこれ書かないで「書くときは、ひとつまみ」という。NO439「おみやげ」と

いう詩は、なんといっても最後のひとことがキラリと光る。母親もうれしかっただろう。このプレゼントなら一生残る。

その数日前の昼休み。教室の片隅にある私の机の周りで、ワイワイ騒いでいた「せいじ君」。夜、教室でその日書いた詩ノートを読んでいると電話があった。「せいじ君の父親がたった今、救急車で運ばれた……」という連絡だった。気になりながら帰宅した。

数日後、悲しい報が届いた。「せいじ君の父親が亡くなった……」と。あの笑い顔のせいじ君を思うと言葉が無かった。

せいじ君が父親との別れをして久々に学校に顔を見せてくれた時、こう話した。「せいじ君、きつかったね。お父さんの分まで、しっかり生きんとね……」。そんな私の言葉にせいじ君が小さい笑みをこぼした。

悲しい出来事を乗り越え、二学期が終わる最後の日に、藤澤君がこんな詩を書いていた。

440　せいじ　　藤澤　成駿　六年

四年生のころ、
せいじと片山の家の庭でヤマモモの当てあいをした。
チームは、ぼくとせいじで、相手は片山兄弟。
まず、基地をさがして作る。
ヤマモモの木の近くに基地を作った。
ヤマモモを二百個ぐらいとった。
三、二、一、スタート。
椋太が突撃してきた。
ぼくはヤマモモを投げた。
椋太のチンに当たった。
赤いヤマモモの跡がくっきり残った。
ぼくとせいじは笑った。
あのときの笑顔がせいじにもどってきた。

「せいじ、元気を出せよ」とか、「がんばれ」という言葉はない。しかし、その気持ちは静かに伝わってきた。四年生のときヤマモモ投げをして遊んだ「せいじの笑顔」を思い出す藤澤君の詩から。

そして、二人が卒業する日。ひとりの保護者から手紙が届いた。手紙には、娘の卒業へのお礼の言葉に添えて、「二学期が終わろうとするとき目にした『せいじ』という詩に、とても心が動いた」と記されていた。

**詩で綴る季節**

子どもの詩を一年間通して読んでいると、詩で綴る歳時記ができる。それは日本中どこにもない、子どもたちの今を綴る歳時記。

441　春をつれてきた　大木　薫　六年

弟の入学式が終わった後のこと。
桜の花びらが散る中、家族や友だちと帰っていく。
校門を出てずっと歩いていくと、
目の前に花びらが見えた。
どんどん散っていく。
雪がピンクの色に変わったようだった。
「きれいね」と、みんなで話しながら帰った。
部屋で入学式の話をしている時、
お母さんが、「あっ！」と。
なんと、
お母さんのバックの中に桜の花びらが入っていた。
この日は、家に春を連れてきた。

弟が一年生になった日に生まれた詩。さくらの花びらは、春。その花びらが詩を書かせてくれる。書かせる源は、やはり感性。

442　ホタル　増田　徳大　六年

外に出た
川でホタルが遊んでいた
まるで、光が空中を泳いでいるみたいだった

ホタルが「遊んでいた」の表現。増田君にとってホタルは「友だち」。その「友だち」を光、と詩にする。

443　雲のレース　　　　　　楠本　大樹　六年

空を見ると
雲のレースカーが大きな空でレースをしていた
雲はいつものんびりしているけど
レースをしている雲はとてもはやい
ぬいたりぬかれたりを繰り返す
雲のレースは、スタートもゴールもない

秋の夕日と同じように、夏の空もよく詩の題材に登場する。最後の一行が何と言っても光る。スタートもゴールもない、限りない空を見ているようだ。

444　ザリガニ　　　　　　増田　徳大　六年

ザリガニはバンザイをすぐする
つかまえようとすると手をバンザイ
片手でバンザイしない
いつも、両手でバンザイ
つかむとはさまれる
「バンザイ、片手でやってみろ！」
といつも思う

観察力とユーモアの詩。思いっきり遊んでいないと生まれない。自然の中で遊ぶことは、子どもの心に幅を与えてくれるように思う。

445　カベチョロ　　　　　　増田　徳大　六年

窓に張り付いてえさをとる
ガやハエをねらって
スナイパーガンみたいなべろを出す
ペロッ　パクッ！　と、ひとのみ
ねらった虫は逃がさない
「スナイパーカベチョロ」
虫も生き残りをかけて必死だ

空から足元に目を移すと、こんな詩が生まれる。ザリガニやカベチョロと本気で向き合わないと生まれない詩。「子ども心」そのもの。

446　かかし　　　　　　近藤　和希　六年

田んぼを見ていた
かかしが立っていた
からすが飛んできた

かかしの近くに下りた
かかしを無視してエサとりをしていた
それを見てすずめも飛んできた
かかしは、鳥たちにばれていた

一年間の半分を終え、折り返しを過ぎる秋。例年、この頃文集は一〇〇号を迎える。節目の一枚でもあり、どの詩を載せようかなと毎年迷う。そんな時、目に付いたのがこの詩だった。一度読んで笑った。こんな詩に出会えるから子どもたちの詩から離れられないのかもしれない。

田んぼの中で繰り広げられるかかしと「鳥たち」とのやりとりを見て、「かかしは鳥たちにばれていた」と結んでいる。ただの鳥ではなく「鳥たち」と書いている。かかしはもちろん鳥たちにも特別な親近感を持てる心のゆとりが近藤君にはあるのだろう。

447
あけび　　片山　椋太　六年
川の上に枝から宙ぶらりん
あけびが八つ
口をパカッと、口の大きさくらべ

448
むかご　　片山　椋太　六年
地上のじゃがいも
小さなじゃがいも
つるに　大軍でなってにぎやかそう

あけび、むかご。今、どれくらいの子どもたちが知っているだろうか。「口をパカッと　口の大きさくらべ」、「地上のじゃがいも」、本物に出会わないと生まれない言葉。自然は詩の宝庫だ。

449
こおろぎ　　藤澤　成駿　六年
茶色が草のかげからモソモソと出てきた
近寄ってみると、こおろぎ
こおろぎは、秋の宅急便

生活に欠かせない宅急便。こんな形で詩に登場すると、季節の流れを短い言葉でぴったり表してくれる。

450
夕日　　三嶋　いつき　六年
窓の外を見た
もう少しで沈みそうな夕日

雲が、夕日に吸い込まれているようだ
空一面、真っ赤に染めて
山へ帰った

詩の表現としては後半の三行で十分。

451　先生からの年賀状　　　白石　誠　六年

年賀状が届いていた
数ある年賀状の中でも、一際目立つ
一目で先生だとわかった
すぐに手にとると、ねずみの絵柄や文字
文字はいつものプルプルふるえて汚らしい
けど、ぬくもりは確かに残っていた
ちょっとうれしくなる

452　はがき　　　近藤　和希　六年

先生から年賀状がきた
太い字で「近藤和希」と書いてあった
字がきたなくて
郵便屋さんも苦労したと思った
はがきがくるのは気持ちのいいことだと思った

パソコン年賀状が苦手だ。年の始めのあいさつはいちいち自分の手で書きたい。上手くはないが墨汁をたっぷりつけて筆を握る。宛名を書きながら「おめでとう」の気持ちは誰よりも込められる。

453　鍋　　　伊藤　由香子　六年

もつ鍋を食べた
外は真冬の寒さ
程よい熱さだ
おわんにもつと野菜を盛った
だしと野菜が合う
とうとう、もつと野菜が無くなった
しめは、ちゃんぽん
これもつるつるしこしこでうまい
あっという間に無くなったと同時に
からだと心にしみていった

博多名物もつ鍋。「しめは、ちゃんぽん」。歯切れがいい詩。

454
うぐいす　　　　　中島　一希　六年

裏の森でうぐいすが鳴いている
ホーホケキョ……
ぼくもまねした
なかなか難しかった

一度はしたことがある人いるのでは。あの鳴き声を耳にすると思わず真似したくなる。笑みがこぼれそうな詩。

455
めじろ　　　　　春日野　みずき　六年

紅い梅の花
きれいに咲いている
ふっと気づくと、小さな実が……
すばやく飛んできたかと思うと
すばやく飛び去る
実をほおばって

寒さが残る中、春の足音がジワリと聞こえる頃の詩。「ほおばる」という言葉がいい。それも、梅の枝先にとまっためじろの姿。こんな言葉を大切に読み合うのも今、必要なことと思う。

456
白魚　　　　　増田　徳大　六年

白魚を父が生きたまま買った
家に帰り
白魚を生きたまま、酢じょうゆを薄めた物に入れる
すると、バタバタバタと白魚はあばれる
そのまま口の中へ
口の中であばれる

次の日
白魚は、ちりめんみたいに白くなっていた

動と静。一連と二連の対比がいい。

## 生活の中から生まれる詩

今の子どもといえばゲーム遊びに携帯が増えている。でもこんな遊びもやっている。子どもたちの詩を読むと愉快な子どもの世界や家族との豊かなかかわりが読み取れる。

457
五円　　　　　井島　孝太　六年

「わらび〜もち〜」その声を聞いて、

ぼくは家に走って帰った。
七十円をポケットに入れて
自転車を猛スピードにしてわらびもちを買いに。
列に並ぶ。
長い間、待っていた。
すると、ぼくの手の中から五円玉がにげていった。
ぼくは五円玉をつかまえようとした。
しかし……遅かった。
「ポチャン！」五円玉は、溝に入った。

がっかりして帰ろうとしているとき、
わらびもちのおじちゃんが
「五円くらい、まけちゃるよ」と。
そして、大盛りのわらびもちをついでくれた。
そのわらびもちは、きなこたっぷりでまるで砂山。
おじちゃん、ありがとう！

私も子どもの頃はよく経験したこと。昔は水飴に紙芝居だった。詩の中にあるおじちゃんの言葉がいい。「五円くらい、まけちゃるよ」。その上大盛りのわらびもち。子どもはこんな「おじちゃん」と出会って、学校では学べないことを身につけていくように思う。

「いつまでも心の中に残っていること」というテーマで書いた時こんな詩が生まれた。

458 手紙　　大木　薫　六年

敬老の日
手紙を書いた
父が届けてくれる
母の実家と父の実家
感謝の気持ちをこめて手紙を書いた
母の実家
おじいちゃんもおばあちゃんも
とても喜んでいたそうだ
父の実家、おじいちゃんは喜んでいたそうだ
そして、おばあちゃん
お仏壇に開いてきれいに置いた
感謝の気持ちは伝わったかな……

人の思いは、こうして伝わるのではないだろうか。思いが深いからこそ生まれる詩。最後の二行に心が動く。「手紙」はいいと思う。気持ちのぬくもりまで天国にい

るおばあちゃんに届くから。電子メールではこうはいかない。

459　キャッチボール　村上　優太郎　六年
久しぶりにお父さんとキャッチボールをした。
外に出ると、お父さんがでかく見えた。
お父さんがビシッとなげた。
ぼくは、バシッととった。
ぼくは、本気でボールを投げた。
「パーン」ボールとグローブの音が響いた。
その音は、久しぶりに聞くいい音だった。

父親と久しぶりのキャッチボール。ただ「楽しかった」と締めくくることなく、父親の投げるボールを受けるグローブの音を言葉にする。久しぶりに対する父親の姿を「でかく」見えたと。

460　らくがき　福田　比奈子　六年
私の部屋。
小さいころ書いた落書きとシールがべたべた。
今、思うと、「私のバカッ」って思う。
何とか消せないか……と思って、
修正液を持ってかべをたどっていると、
角に私のあごより低い定規で引いたような線が。
その横に身長を測るしるし。
どうやら、
何年か前に自分の身長を測ったあとらしい。
「小さい……」
弟を呼んで「ねえ、わたしの身長はかってよ」
と言った。
なんだか測りたくなった。
小さいころの私の背のしるしの上に、
今の私の「線」が増えた。
私の成長を伝える「らくがき」だった。

姉弟で背くらべ。「柱のきずは、おととしの」の歌詞を思い出した。歌詞も懐しいが、姉弟で背くらべをする風景がいい。

461　学校　田中　沙穂　六年
火曜日なのに私にとっては月曜日。
ほとんどの人は学校二日目、でも私は一日目。

「きょうは火曜日」と思っても私にとっては月曜日。
教室に入る。一つ二つ席が空いている。
「私の席もこんなふうに……」と思いながら授業へ。
次の日も一つ二つと席が空いている。
いつになったらみんなそろうのかなあ。

学校を休んだ自分を空いた席を見てふり返る。そして「いつになったら」と休んでいる友だちを待つ思いを言葉にする。こんな日常を読み合うことで子どもたちの中にほっとするものが生まれていくように思う。

462　自分の名札　　大木　薫　六年

「石垣りん」の「表札」という詩
わたしは、なんとなく「石垣りん」という人は
「自分の中にちゃんと自分がいるな」と思った
人から言われたからといってふらふらしていない
柱のように立っている
自分の中に自分がいる
自分の名札をつけている
わたしもそんな人間になりたい

どこかで読んだことのある文章が最後に綴られている。宮沢賢治の「雨ニモ負ケズ」だ。詩を書いているとき浮かんだ言葉だろう。ただ、この言葉が出てきたのにはわけがある。

子どもたちは毎週一編の詩を暗誦する。これが一年続く。子どもの記憶はすごい。何度も何度も口に出して読み、何度もノートに書きほぼ完璧に覚える。これが子どもたちの詩のリズム、言葉の感覚を育てているのは間違いない。「雨ニモ負ケズ」も暗唱した。学ぶことは、「真似る」ことから始まるという。優れた詩や漢詩そして、愉快な詩を子どもたちと読み合う。これも詩の時間の一つの場面。そして、言葉のリズムだけでなく詩の中に流れる詩人の生き方に触れるのも学びだろう。

## 「教室」というところ

文集「ことばの原っぱ」の子どもたちが巣立つ最後の授業、「卒業式」でのこと。私は知らなかったことだが、その日の夕方、卒業を祝う会で同僚から聞いた。
「先生、ひろ君が証書を受け取って自分の席に戻る時、戸惑っていたんですよ。その時、近くの明人君や康夫君がひろ君を席に案内していましたよ。とってもいい姿で

した」と言う。一人ひとりの子どもたちの名前を読み、ステージに目線が集中していた私は、ステージを下りた後の子どもの座席近くでの、この「ドラマ」は知らなかった。

　ひろ君とは小学校三年間を過ごした。いつもは特別支援学級「ひまわり」で過ごし、いくつかの教科を私のクラスで学習した。特別にひろ君に何かをしたということはない。ただ、ひろ君ができないこと、気が付かないことは近くにいる人が支えようということ。

　あれは三年生のリレーだった。あまり速く走れないひろ君。チーム対抗の競争ということで、負けるチームのことを「配慮」しようと「一回戦だけは一緒に走って、二回戦は応援してもらおうか？」と言うと周りの子どもたちがけげんな顔をして「先生、それはおかしい……」とすぐに口にした。

　子どもたちは何度かクラス編成をして六年に。子どもたちのかかわりは同じように続く。

463
ひろ君　　　三嶋　いつき　六年

一番最初にバットを持ったひろ君。
正直、すぐ次の人にまわるだろう……と。
でも、そうじゃなかった。
同じチームの男子が一緒にバットを握っていた。
相手チームがボールを投げた。
そのボールは少しだけとんだ。
ひろ君のバットからとびだしたボールは
すぐにとられてしまった。
そんな中ひろ君の隣にはまた仲間たち。
私にとってはそこまで走るだけ、
そんな短い道のりをゆっくり走る。
そして、ひろ君はベースを踏んだ。
相手チームのひろ君だったのに
思わず、あやみと喜んでしまった。

464
傘　　　宇治野　遼太　六年

雨がふっていた。

くつ箱にひろ君がいた。

何をしているんだろうと見ると、傘をたたんでいた。

でも、傘がとじない……

いきなりぼくにこわれそうな傘を渡された。

ぼくはどうしようと思っていた時片山君がきた。

片山君に傘を渡すと、傘を直し始めた。

そして、ひろ君に渡した。
ひろ君は、ただ笑っていた。

465

## 小さなやさしさ　　春日野　みずき　六年

電車の中、二つ席が空いた。
「先生、すわりませんか?」とだれかが……
先生は首をふる。
そして、ひろ君がすわった。
ひろ君は後ろを向いたり動きまわったり。
隣のおじさんに足が当たっている。
「ひろ君、だめ」と言っても、聞いてくれない。
そのとき、宇治野君が隣にすわった。
「ひろ君、外見たい?」とたずねる。
それから、前を向かせて足が当たらないように……
ずっと、ひろ君の足を寄せていた。
ひろ君が笑うと、宇治野君も笑う。
宇治野君の小さなやさしさが私に伝わってきた。
だから、ひろ君にはもっと伝わってきたと思う。

六年も後半、秋の社会科見学地下鉄の車内でのこと。朝の通勤時間と重なり混んでいた。停車した駅で乗客が入れかわり二つ空席があった。その時のことを詩にした。

実は、この「小さなやさしさ」は、ひろ君と過ごした学年全体のものになっていた。入学した時からひろ君と過ごしてきた仲間たちは、特別なことをするわけではなかった。ごく自然に「必要」なかかわりをすることを学んでいた。

二列で街中を歩いている。ふり向くと、途中から列の間があいていた。「おーい、遅れるな!」と大きな声を出した。見ると、ひろ君と手をつなぎその歩きに合わせて歩いている姿が見えた。ひろ君のことを忘れていたことを私自身が何度反省したことか。

まだまだあった。二月の動植物園での送別遠足。集合時間を過ぎても集まらない一〇人ほどの男子グループ。「時間を守れ！」と怒っている私。時間が一〇分ほど過ぎた頃、見た顔がワイワイ走ってくる。その真ん中にひろ君がいた。そして、あの卒業式。

## 二〇〇八年「天までとどけ」 三年生

### 静かな教室から「静かな視線」

朝の教室。階段を上がり、右に曲がると窓越しに子どもたちが見える。じっと本を読んでいる。あまりの静けさに小さな声で「おはよう」と言いながら、空いた机がないことを確かめる。いつもの風景。程なく、子どもが前に立ち朝の会が始まる。元気な方がいいけど、あまり大声の挨拶は必要ない。ただ、子どもと向き合い、一日よろしくお願いします、という気持ちで頭を下げる。

子どもの表情は正直だ。いつもと違うときは分かる。「元気ないね……何かあったの」とこっそり声をかける。それだけで子どもは安心する。少し遅れてくる子にいきなり「どうして遅れたの」と言わない。それより「よく来たね」と話す。理由は後でゆっくり尋ねればいいこと。遅刻しながらも顔を見せたことを喜ぶ。

朝の話は、静かに話す。子どものいいところを一つ話す。そして、詩を読む。

466

夕日　　　有吉　優聖　三年

きのう夕日を見た。
西がわにあった。
夕日は太陽をつつんで、
なぜかこっちに落ちてきそうでした。
でも、夜になると、
夕日がしずんで、
こうたいしたかのように月が出ていた。

「夕日は太陽をつつんで」という表現の大きさに圧倒される。心がとぎ澄まされていないと生まれない詩だろう。みんなに、「光る言葉はどれかな」と、言い終わらないうちに手が挙がる。これは「静かな視線」の先にある感性を磨く時間。

同じく感性で捉えたこんな詩もある。大空に向かい立つ優太君の姿が浮かぶ。

467

雲と太陽　　　松木　優太　三年

太陽が雲に当たって
反しゃしていた。
こっちに向かってきた。

大きな太陽と雲が。
大きなものと大きなものが当たって
ぼくたちの方に向かって、
つっこんできた。

468
ちょう　　　清水　優斗　三年

チョウが死んでいた
顔だけあった
一年生が三人で見ていた
からだはどこにいったのかな
からだだけ天国にいったのかな

優斗君は一年生の後ろから、からだのないチョウを思う。静かな視線。

469
雪　　　山脇　拓海　三年

ドッジボールをしているとき雪が降ってきた
雲から降ってくる
だれかさんが氷を削って落としているのかな
すぐやんだ
氷がなくなったのかな

クリスマスの日は
サンタさんが雪をふらす当番なのかな

賑やかな休み時間の運動場。でも、拓海君の中には雪が降ってくる不思議さを、自分の世界で想像する、静かな詩があった。

470
水たまり　　　後藤　篤哉　三年

中休みに外に出た
水たまりがいっぱいあった
大きい水たまりで顔を見てみた
もう一人の自分がいた
にらめっこした
引き分けだった
なんだか水たまりっておもしろかった
ぼくは、雨の日がすきになった
だって、水たまりとあそべるんだもん

雨の日に生まれた詩「水たまり」。雪の降る日と違い、雨の日はしずんだ顔で運動場を窓越しに眺めている。でも、こんな詩を読むと思わず顔がゆるむ。

471
ありづか　　　　　　八谷　ゆうすけ　三年
学校から帰るとき、たまごのかけらが落ちていた。
よく見ると、ありがうじゃうじゃえさを運んでいた。
横を見ると、もっといた。
そのとき、学校の旗を持ったおじいさんがいた。
ぼくが「ありの観察ができる」と言うと、
おじいさんが「ありのすは、やわらかい岩をほって
作るんだよ」と言った。
二十ぴきぐらいで子どもありは小さくてかわいかった。
ぼくはありの列を見て、
えき体のにおいで歩くことを思い出した。
帰りながらちがう方向へ行っているありもいた。
冬が来るから、
えさを運んでいると思った。

「小さいことを書きなさい」声をかける。「詩のたねはそっと見るんだよ」とも。元気な子どもたち。でも、書かれた作品を読むと「ふと」した瞬間を言葉にする静の時間がある。

## ほめる

子どもの日常のことで、みんなに話したいと思ったことは、忘れないようにノートに書き留める。ほめられていやな気持ちになる人はいない。ただ、挨拶と同じで「心」がないと伝わらない。クラスのみんなをほめるときも、一人の子をほめるときも、静かな間をとってほめる。

472
日時計のところで　　　　　北島　ひろき　三年
ぼくは、中休み日時計の所へ行った。
日時計を見たら、二年生の子が日時計に上っていた。
ぼくは「あぶないよ」といった。
二年生の子が「なんで」といった。
ぼくは
「日時計から落ちたら、ほねをおるよ」といった。
その子は
「ごめんなさい」といって運動場に行った。

同じ所で骨折したひろき君。ふと、目にとまった二年生の子にかける言葉と返ってくる言葉の響きがいい。世に言う「いじめ」とは正反対の世界。

473　せみのぬけがら　　　　甲斐　岬　三年

せみのぬけがらがあった。
その横にせみがいた。
ぼくは、近くにある木にせみをのせて、
羽をさわった。
まだうまく飛べなかった。
せみの横に、
また、ぬけがらを置いてやった。

うまく飛べないせみの横に「ぬけがら」を置いてやる岬君の気持ちを読んだ。もう一度からに入るかもしれないせみのことを思う心をほめた。

474　ほうじ　　　　鮎川　沙希　三年

おばあちゃんのほうじがあった。
さきは、おきょうを読んだ。
そしたら、パパが、
「さき、もう読めるとね。おばあちゃん、喜ぼうね」
と言った。
家に帰るとき、
また、おまいりした。

親にしろ教師にしろ、大人の言葉かけが子どもを育てるように思う。

## 受け止める

教室の私の机の上に置いてある詩の箱から自分の詩ノートを取り出し、こっそり読んではまた箱にしまう光景がある。時折、「先生、私の詩読んだ?」と尋ね、「先生! 早く詩を書きたい」と言う。書くことが楽しみと言う。「だって、何でも書けるもん……」と。

何気ない子どもの言葉の中にうなずけることが隠されているように思う。「何でも書ける」のは何を書いてもいいんだな、という安心があるから。表現は自分の内面を伴うということを考えると、その安心感が書くことを支えているように思う。安心感は子どもの気持ちを「受け止めること」から生まれる。

475　お母さんの手　　　　中島　綾乃　三年

お母さんの手をさわると、
太陽が手をあたためている。
冷たい手でも、
ぎゅっと手をにぎっていると、

心の中と手が、
ぽっか　ぽか。

「お母さん大好きだよ」という自分の気持ちを言葉にする。「ぎゅっと手をにぎっていると」、「心の中」まで「ぽっか　ぽか」。よかったね、と直接話す。

476

かんびょう　　野上　舞　三年

お母さんが熱をだした。
土曜日だった。
ティシュを水にひたしてお母さんに。
「ねていいよ」とお母さんが言った。
すぐにはねむれなかった。
お母さん、だいじょうぶかなあ。

舞ちゃんに、朝いつもの元気がない。詩をよんでその秘密が分かった。
タンポポのわた毛を見てもお母さんを見つける。いつだって子どもの心にはお母さんがいる。

477

わた毛　　大畠　小波　三年

友だちがわた毛を見つけた。
さわってみたら「すうっ」と通り抜ける。
中にわた毛のお母さんがいた。
さわったら小さなクッションみたいだった。
じっと見ていたら、
まるで子どもがお母さんに、
一生けんめいしがみついているようだった。

478

ママの詩　　藤本　美結　三年

ママはときどき詩を書いている。
でも、「なかみは、ゆっちゃだめよ」と、
わたしいがいは、ひみつにしている。
その時、こんな言葉が書いてあった。
「おこったときのママは、自分もきらいです」って。

みんなに読んで欲しいと思い、墨で画用紙に書いて掲示板に張った。多くの親の気持ちだろう。

479

お手紙　　吉田　安佳里　三年

お手紙は、人と人の気持ちを分かりあえるもの

けんかをしたとき、お手紙をあげれば仲直り
お誕生日の日に、お手紙ありがとう
さよならするとき、お手紙をあげれば、ずっといっしょ
母の日、お手紙あげたら、ありがとう
父の日、お手紙あげれは、ありがとう
「おねがいします」のときも、お手紙
「ありがとう」のときも、お手紙
「ずーと、いようね」のときもお手紙
お礼するときも、お手紙
いろんなとき、お手紙
だって、お手紙あげればいい気持ち
お手紙はもらった人の宝物
お手紙あげた人もいい気持ち

「お手紙」という言葉からありったけのことを思い出すと、こんな詩が生まれる。電子メールより少し手間がかかるけど、その手間がいいところかもしれない。心をかすめた子どもの思いを受け止めることは、子どもを正面から認めること。

## 心の中にずっと残っていること

八歳の子どもたち。成長していく中で、忘れられないことが思い出として心に留まる。いつか鉛筆を持って、心を見つめたら生まれる詩もある。

480　あの音、あのはし　山下　あきな　三年
カラン！
あの音は、今すぐ、忘れたい
あのはしも、今すぐ、すててしまいたい
じいちゃんを食べ物みたいにつかんだあのはし
すててしまいたい

四歳の時に亡くなった祖父のことを書く。祖父と過ごした楽しい時間が思い出としてあるのだろう。

481　おじいちゃん　山下　耕平　三年
ぼくが保育園のとき、
おじいちゃんが死んでしまった。
そのとき、ぼくは年長だった。
おじいちゃんは、
「こう平としょうたろうが一年と三年になったら

一緒に魚釣りに行こうかね」
と言っていたのに……行けなかった。
おじいちゃんはガンで死んだ。
おじいちゃんが死んだとき、
みんな手をにぎっていた。
「何でだろう」と思った。
おじいちゃんの心ぞうがとまった。
悲しかった。
おばあちゃんが
「おじいちゃんのこと忘れたらだめよ」と言った。
ぼくたちは「うん」と言った。

特に課題を設定したわけではない。「いい詩が書けたね」と声をかけると、「詩を書こうとしたら思い浮かんだ」と話した。詩は忘れられない記憶を言葉にする。

**「息遣い」が聞こえる詩**

子どもの息遣いが聞こえる作品はいい。それは、子どもの生の声が届く。無理した詩はどこかに嘘が見え隠れする。くつ下という詩。「くつ下とくつのけんか」をイメージする感性がおもしろい。

482

くつ下　　陣駒　優一　三年

体いくの時間、くつをぬいだら
くつ下がやぶけていた。
ぼくは、
「くつ下がやぶれた！」といった。
そしたら、先生が「しのたね」といってくれた。
くつ下とくつがけんかしたのかな。

483

一番星　　森原　恵奈　三年

ばあちゃんと一緒に散歩した
いつも同じ場所に一番星がある
ばあちゃんに「あの一番星だれ？」ときいた
ばあちゃんは「ばあちゃんのお母さん」といった
だから、いつもこの道を散歩するのかなあと思った

484

金魚　　増田　恵大　三年

雨の日、金魚が死んだ
とってもないた雨の日

おばあちゃんとの散歩道。一番近い所にいるおばあちゃんと、一番遠い所にいるひいおばあちゃんの話。星を

見ながらこんな話ができるひと時がいい。そして、金魚。悲しい気持ちを「とってもないた雨の日」と真っすぐな気持ちで書く。雨の日と涙が重なる。

485　一番星　永田　結子　三年

夜、お出かけから帰って来た。
車をおりてドアを開けようとしたとき
一番星を見つけた。
金色に光っていた、
キラキラ光っていた。
ロケットで飛んでいったら、
一番星とれるかな。

同じ一番星でもこんな愉快な詩も生まれる。愉快と言えばこんな詩もある。

486　くも　有吉　寛人　三年

新聞を取りに行くとき、くもがいた。
新聞を入れる箱に巣をはっていた。
お母さんに「くもがおる！」というと、
「ほうきでとればー」といった。
巣はすぐにとれた。
でも、くもはとりにくかった。
くもをにがしてやった。
「くもさん、巣をはる場所をまちがえてるよ」
と思った。

「困ったぞ」と言う声が聞こえる。やっとのことでくも引っ越してくれた。その後のつぶやきを詩にする。

## 詩のたねは落ちている

初めて出会う子どもと詩を書き始めるときは、一際目を凝らす。詩を書くこととの出会いをことのほか大切にする。なぜなら、詩は心の内側から生まれる。「詩を書け！」と言う気持ちで子どもと向き合わない。

普段物事をすっと話さない八谷ゆうすけ君。なかなか筆が進まない。でも、心の内にある優しさを私は彼の目と物腰で感じた。

「ゆうすけ君、詩のたねを探しに行こう」と、声をかけた。

487

詩のたねを見つけたよ

八谷　ゆうすけ　三年

空を見たら、
ひこうき雲を見つけたよ。
ひこうき雲は、
　みみずみたいに長かったよ。

「ゆうすけ君、これが詩だよ」と言うと、はずかしそうに笑っていた。

488

詩のたね

梶原　洸輝　三年

先生は書くことを見つけたら「詩のたね」という。
詩のたねはどんなのだろう。
ナフコに行っても詩のたねは売っていない。
詩のたねは、落ちている。
もしかしたら、
お金で買うのじゃなく、
心で詩のたねを買うのかな。

いつだったか詩ノートに「先生、詩のたねがどうしても見つかりません」と書いた梶原君に赤ペンを入れた。「そんな時もありますよ。今度見つけた時書いたらいいですよ」と。子どもはほっとするのか、安心して詩を書く。そして、こんなつぶやきを詩にした。大切なことに自分で気がつく。お金で買うものだけではなく、「心で買う」ものがあるということを。

489

詩のたね

野上　舞　三年

詩のたねはどこにでもある。
ドライブに行かなくても、旅行に行かなくても、
外に出なくても、
どこに行かなくても見つかる。
でもね……
詩のたねは、かくれんぼしているよ！
花の中、石の中、土の中、机の中や下、いすの下、
ジャンパーの中、木の上、
あと、葉っぱの上で寝ているかもね。
見つける人が鬼なんだ。
「もういいかい！」

こんな愉快な気持ちで詩を書くことを楽しんでくれたらいい。ただ、この詩の中にはさりげなく「書く」こと

を教えてくれる。それは、書くことは「見つめること」ということを。

## 子どもの世界は「愉快」

一人ひとりの子どもたちの顔が違うように、生まれる詩も違う。ただ、愉快な詩には三年生の子ども特有のものがある。幼さがはっきり残る二年生でもなく、高学年に近づく四年生でもない詩。

490

鳥のたまご　　釘崎　夏彦　三年

ぼくのとなりの家に鳥のたまごがある。
ぼくには、さいしょ巣の中は見えなかった。
ぼくはどうしても巣の中が見たいから、
となりの家の人から、はしごみたいなもので見せてもらった。
見たら、たまごが一つあった。
次の日も見せてもらった。
そしたら、たまごが三個になっていた。
次は、弟が見た。
「何個あった?」と聞いたら、
「四つあった」と言った。
でも、親鳥はいない。
ぼくは、どうしていないのだろうと思う。

見つけた鳥のたまごを何とか見てみたいという思いから隣の人に「はしごみたいなもの」をお願いしている。その日だけではない。次の日も見せてもらうと不思議なことにたまごが三個になっている。夏彦君は自分が見つけたことを弟にも教える。そして、最後にさらに疑問がわく。表現に特別なものはないが、「あれっ?」という不思議さをを追い求める心根が夏彦君を表す。

491

ねことねこじゃらし　　松井　魁斗　三年

ぼくは、きのうねこと遊んだ。
ねこじゃらしを持ってチャラチャラすると、
ねこがねこじゃらしをとった。
上にあげると、ねこも上にとびあがった。
ねこじゃらしをぼくのひざの上にのせたら、
ねこはぼくのひざの上にのってねた。
そして、ぼくもいっしょにねた。
気持ちいいだろうな、と思った。思いっきりねこと遊んた後、ぐっすり眠る。

492　とんぼのめがね　　　　　　永田　結子　三年
とんぼを見つけた
とんぼが葉っぱの先っちょにとまった
近くに行って、じっと見た
とんぼはめがねみたいなものをかけていた
そのめがねの色は水色
風がとんぼをおどかした
そしたら、とんぼは空高く飛んでいった
もう一ぴきとんぼが飛んできた
二ひきのとんぼは家族に見えた

歌いたくなるような詩だ。もしかしたら、結子ちゃんは、空を見上げて口ずさんだかも。

シーンとした授業中。「ん！」。見ると運動場側の窓から入ってきた。子どもたちの目線がとんぼの行く方にスーと動く。その時、山脇君がつぶやいた。

493　とんぼ　　　　　　大江　拓斗　三年
五時間目にとんぼが入ってきた
山脇君が
「とんぼが授業参観に来たのかな」といった
先生が「そうやない」（そうだね）といった
とんぼは五時間目が終わりそうになると
外に出て行った
とんぼの授業参観は終わったのかなと思った

# 二五年の歩み

## 一枚文集をこう読み合っている

朝の会は文集を読み合う時間として大切にしている。毎日生まれる作品について、子どもたちが詩に込めた思いがさめないうちに、読み合いたい。

前の日に仕上げた原稿を朝一番に印刷する。出来たてほやほやの文集だ。時間になると、日直が前に立ち、朝の会を開く。挨拶と元気のいい朝の歌を終えると、文集を配る。その日の文集に取り上げたテーマによっては掲載した子どもにだけ最初に手渡しすることもある。「いい詩が生まれたね」という心ばかりのメッセージだ。

二〇〇八年の作品。NO472「日時計のところで」を書いたひろき君は、少し前同じ所で遊び骨折していた。白い包帯をした不自由な右手でこの詩を書いた。くねくねした字は読みにくかった。しかし、ひろき君の気持ちは伝わってきた。その「気持ち」をみんなに伝えたいという思いから、文集のテーマに「小さなことだけど……小さくない話」というタイトルを付けた。

一枚だけひろき君に手渡すとみるみる顔が変わる。ひろき君は何気ない自分の行動を言葉した。そのことをみんなの前で読んでもらえるということがうれしかったのだろう。この笑顔は「心の笑顔」と思っている。みんなに配り、教室が静まったことを見計らって、ゆっくり心を込めて読んでいく。子どもたちに「友だちにやさしくしなさい」とただ話しても伝わりにくい。友だちの身の回りのことを読み合うことで「やさしさ」の中身を伝えたい。

文集にはテーマ（ねらい）を決めている。そのテーマに沿って短い話し合いを持つ。作品を読むことや感想発表だけでは、子どもの物の見方や感じ方、考え方、人とのかかわり方を育てられないように思う。話し合いの内容はテーマにより多岐に及ぶ。子どもたちの愉快な発見をテーマとした時は、どこからともなく笑い声が聞こえてくる。豊かな感性を表現した言葉があるときは、その背景を共有する。思春期を迎える高学年の子どもの文章には、自分が今、向かい合う悩みを書いてくれることもある。そんなときは、悩みの根元のことをゆっくり話す。

## 詩を書くこと

詩を書くのも、朝がいい。頭が新鮮な方がいい。特に、感情（気持ち）を書くには労力がいるからだ。詩を書くのは毎日がいい。同僚から「先生、毎日だと書くことがなくなりませんか？」と聞かれたことがある。そこで、週に数回だけということも試したことがある。しかし、やはり違う。間を開けると、詩の題材が脳のファイルに「蓄積」されるように思ったが、それは違った。感情のことは、鮮度が命のようだ。もちろん、忘れられない記憶というものは別だが。つまり、書く癖をつける。「書く癖をつける」ということは、「題材を見つける癖をつける」こと。これは子どもだけではなく、大人にもいえる。「書くように見る」ということを習慣化したい。

ただ、毎日の学校生活の中で書く時間を見つけるのには苦労する。特に、高学年になればなおさらだ。やはり、朝自習の時間が一番いい。そこで終わらなければ、給食の待ち時間などを使うようにしている。

## 「詩の授業」の始まり

四月、新学期の担任発表の日。子どもたちは、校長先生から紹介される担任を前に「不安」な表情になる。以前卒業した子どもが、私と始めて出会った時のことを書いていた。「最初、先生を見たときは複雑な気持ちでした。私はあのヒゲの先生……こわい先生だったらどうしようと思っていました」と。

子どもの正直な気持ちだろう。だれもが、初めて出会う担任と生活を始めるとき、多かれ少なかれ同じ気持ちだろう。始業式の後、教室で対面する子どもの表情を見るとさらにはっきりする。前に立つ教師の顔をまじまじと見つめる子もいれば、不安なのか、じっと固まっている子、友だちとこそこそと何やら話をしている子……。

初めて四〇名近い子どもと出会い、一人ひとりとゆっくり話す時間はない。そこで、新しい「詩ノート」を配る。ここから、この日から「詩の授業」が始まる。詩ノートは、低学年では縦罫の一三行、それ以上の学年は一五行にしている。一年生の国語ノートには、ます目がある。一つの文字を丁寧に書くためだ。ただ、自分の思いを自由に書くにはこのます目がじゃまになる。そこで、詩を書くために詩ノートをもう一冊持たせる。

## 一枚文集の作り方

教室の風景。私の机にはいつも「詩の箱」がある。袖には蛍光灯。そして、その真上には裸電球が下がっている。夏には足元に蚊取り線香が登場する。夕方、仕事が一段落したら箱から詩ノートを取り出し、一冊ずつ読む。子どもの書いた作品は、その日のうちに読むようにしている。作品の温かみが残っているうちに。一日の中でも楽しみにしている時間だ。机の上には詩の箱とともに愛用のペン五本がある。文集を書き始めた頃は鉛筆だった。ただ、削る時間がかかるためにやめた。次に、シャープペンシルを使った。これも私の筆圧に絶えられずよく折れた。そして今、すっかり定着したのがユニボール○・五のボールペンだ。ペンの滑りとインクの出具合はこれが一番。もちろん、赤ペンも欠かせない。

ノートを読みながら、発行する文集のテーマを考える。テーマが決まったら、子どもたちに一番伝えたいことととして、太いマジックで一つの言葉にする。そして、テーマについての説明やエピソードを書く。次に、そのテーマに合わせて作品を載せていく。だから文集は通常「テーマ」「テーマの説明、エピソード」「作品」「作品へのコメント」という四つの視点で構成される。気を付けているることは、読み易い紙面の工夫だ。ぎっしり文字で埋めず少しのスペースと作品や季節に添う挿絵を置いている。紙面の右下には、発行年月日と発行NOを入れる。

一枚文集を書き始めるのは、テーマを思いついた時だ。詩ノートを読んでいると、ふとした瞬間にテーマが浮かんでくる。いい加減のようだが、そうではない。そして、テーマと重なる作品を載せていく。テーマが思い浮かばないまま一通り詩ノートを読み終えることもある。そんな時は、詩ノートをもう一度読み直す。テーマは、「今」の生活の中にあって、メッセージ性の高いものがいい。なぜなら、タイムリーに子どもたちに日常生活のことを伝えることができるから。ここに日刊の文集発行の意味があるように思う。テーマ見つけは私自身の学びでもある。子どもたちにどのように向き合うのかを問い直す時間でもある。

こうして発行する一枚文集は年間二〇〇号近くになる。毎年三月、学年の最後に配布した文集を製本し、一人ひとりに配る。

## 児童詩との出会い

忘れられない手紙がある。「……一生懸命努めているつもりですけど母親にはなれないようです。年代の差でしょうか。時折二冊に綴じた文集を取り出し目を通しますと、先生と子どもたちの心からのふれあいが目に浮かぶようです。先生があり、ふれあいがあり、楽しみ悲しみがあり、別れがありますが、何時迄も宝の文集として残しておきます」と記してあった。

教師になり間もないころに出会った子どものことだ。

二年間受け持った。その子は、祖母と二人で生活していた。母親以上にその子にかかわる祖母の姿に多くを教えられた。

ある時、近くのスーパーマーケットから連絡があった。出かけると、奥にある客室に通された。そこには、うつむいたままじっと座っている子どもがいた。原因は、心の中が満たされないことからの行動だった。家まで送る道々、「ばあちゃんが心配するやろ、しちゃいかんことは絶対せんとよ」と話すのをうなだれて聞いていた。毎日の生活の中で、子どもの気持ちをもう少し丁寧にみていたらと、私自身のその子へのかかわりの至らなさを悔いた。

福岡県筑豊地方在住の元小学校教師、本田文吉先生との出会いは、そんなことが心から離れないころだった。同僚から誘われるままに市民センターの会議室に腰を下ろした。それまで子どもが書いた詩について特に関心があったわけではない。児童詩の話を正面から聞くのも初めてのことだった。その時の話の内容を記録したレジュメが手元にある。すっかり柿色に変色した。しかし書かれてある詩が、四半世紀の間、児童詩教育を支える糧になった。
そのとき紹介された「先生はけがせんきいいな」という詩。炭坑で働く厳しさを二年生の子が綴っていた。石炭が主なエネルギー源であった頃の作品だ。坑内での事故に心を痛めながら学校に通う。子どもの前に立つ教師の姿を見ながら生まれた作品。

先生はけがせんきいいな　宮崎　さつき　二年

先生は、
けがを　せんき　いいな。
てるよちゃんの　おいちゃんは
こうないの　トロッコに　はねられ
足が　ぐちゃぐちゃになった。
てるよちゃんの　おいちゃんは
すぐに
山野びょういんへ　かつがれていったが
ちが　たりなくなった。
先生は
チョークで　こくばんに　字をかいたり
こくごの　本を　よんであげたり
一つも　けがせんき　いいな。

この詩は、私の中に残った。教師として子どもの前に立つことを考えるきっかけとなった。子どもに向き合うことは、子どもの今の生活と向き合うこと。文章に関心があったわけではなく、ましてや子どもの書く文章といえば遠足に行ったことの作文くらいしか知らない私には、大きな出会いになった。この時本田先生からいただいた一枚文集の形が、今でも毎日書いている一枚文集の原形となった。

## なぜ、「毎日」文集を発行するのか

私の楽しみというのが一番の理由だが、大きく三つのことがある。一つは、子どもとの対話だ。子どもたちの声をできるだけ受けとり、その声に応える。二つ目に、子どもたちの感性を伸ばすこと。三つ目は、日本語の表現力を伸ばすことだろう。

「言葉が生まれるには相手がいる。もちろん「ひとりごと」もあるが、それも自分という相手がある。教師が子どもの文章に何を見つけ、何を感じるとるのか。そして見つけたこと、感じとったことを、子どもに伝える言葉にする。子どもは、返ってくる言葉を待っている。毎日待っている。返す方法は様々ある。「文集に載せて返す言葉」もあれば、「子どもに話す言葉」、詩を書いてくれた子に「こっそり伝える言葉」もある。もちろん、詩ノートに「赤ペンで返す言葉」も。そこからまた、詩は生まれていくように思う。子どもは自分の詩を読み、言葉を返してくれる人を待っている。

返す言葉には、子どもが今考えていることを認める言葉もあれば、こう考えたらどうだろうと私の考えを伝える言葉、そして、その考えは違うよ、と私の考えを強く伝える言葉もある。

教室には四〇人近い子どもたちがいる。と同時に、四〇通りの生活がある。様々な環境の中で、子どもたちはいろいろな思いを巡らせながら生活をしている。その思いをみていきたい。

NO408「ねことぼく」を書いた古川君は、三人家族だ。多くを話さないが、物事を丁寧に見る子どもだった。学校の帰り道に出会うねこは、ただのねこではない。「いつも」のねこの家族。ねこの家族を見ながら、自分の家族と重ねる。はずかしがりやで静かな子、自分の伝えたいことに時間がかかった。私をじっと見て、何か言いたげにしている時、「何か話したいことあるやろ」と言っても、にっこりするだけ。詩はいいものだ。そんな子ど

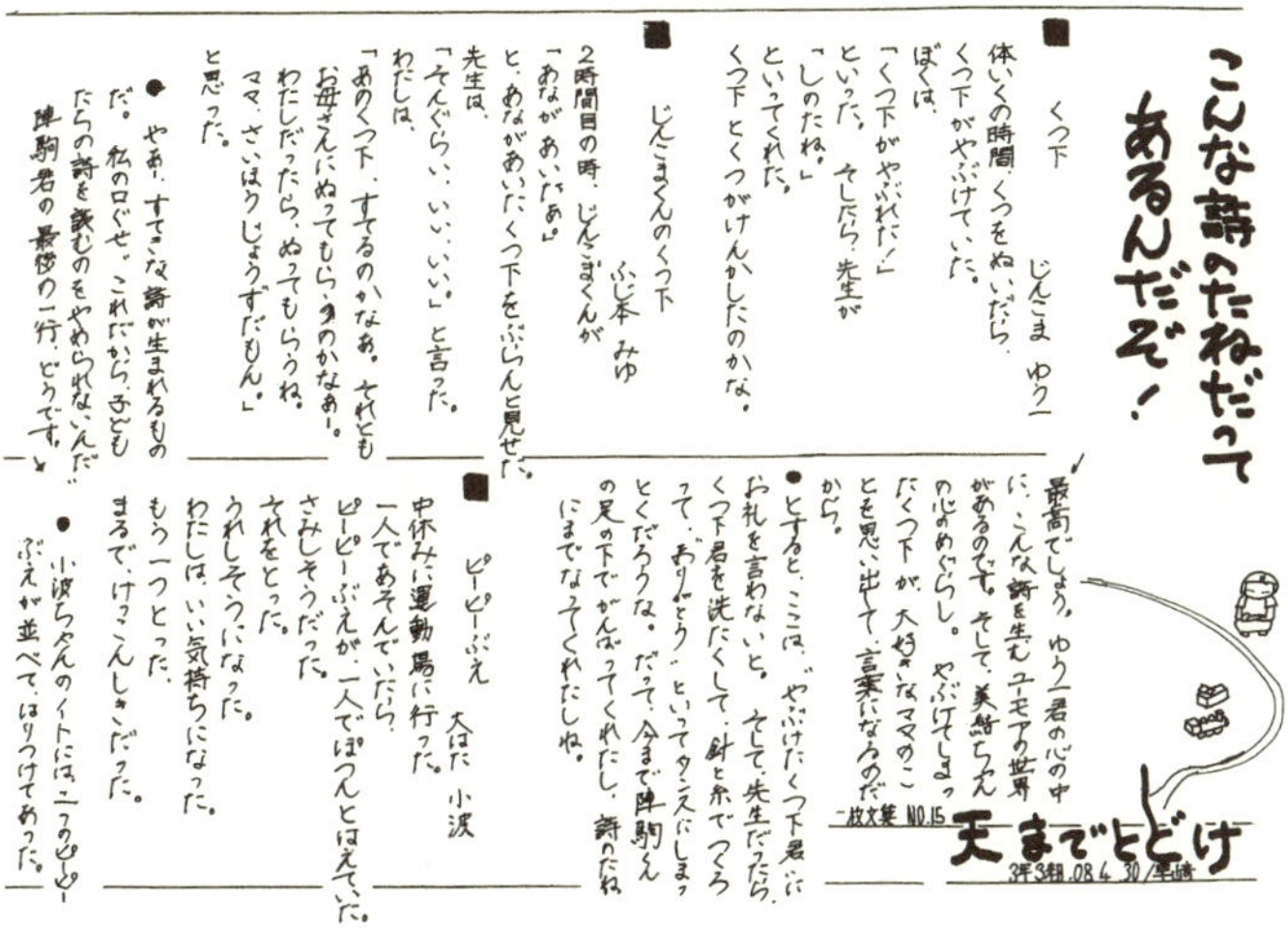
こんな詩のたねだってあるんだぞ！

■ くつ下　じんこま　ゆう一

体いくの時間、くつをぬいだら、
くつ下がやぶけていた。

ぼくは、

「くつ下がやぶれた！」

といった。そしたら、先生が
「しのたね。」

といってくれた。

くつ下とくつがけんかしたのかな。

■ じんこまくんのくつ下　ふじ本　みゆ

2時間目の時、じんこまくんが
「あながあいたあ。」
と、あながあいたくつ下をぶらんと見せた。
先生は、
「そんぐらい、いい、いい。」と言った。
わたしは、
「あのくつ下、すてるのかなあ。それとも
お母さんにぬってもらうのかなあー。
わたしだったら、ぬってもらうね。
ママ、さいほうじょうずだもん。」
と思った～

● やあ、すてきな詩が生まれるものだ。私の口ぐせ。これだから、子どもたちの詩を読むのをやめられないんだ。陣駒君の最後の一行、どうです。

最高でしょう。ゆう一君の心の中に、こんな詩を生むユーモアの世界があるのです。そして、美紗ちゃんの心のめぐらし。やぶけてしまったくつ下が、大好きなママのことを思い出して、言葉になるのだから。

● とすると、ここは、やぶけたくつ下君にお礼を言わないと。そして、先生だったらくつ下君を洗たくして、針と糸でつくろって、ありがとう、といってタンスにしまっとくだろうな。だって、今まで陣駒くんの足の下でがんばってくれたし、詩のたねにまでなってくれたしね。

■ ピーピーぶえ　大はた　小波

中休みに運動場に行った。
一人であそんでいたら、
ピーピーぶえが、一人でぽつんとはえていた。
さみしそうだった。
それをとった。
うれしそうになった。
わたしは、いい気持ちになった。
もう一つとった。
まるで、けっこんしきだった。

● 小波ちゃんのイトには二つのピーピーぶえが並べて、はりつけてあった。

一枚文集 NO.15
天までとどけ
3年3組 08.4.30／笙崎

もの気持ちを言葉にしてくれる。毎日、詩や文章を通して対話することは、子どもの気持ちやその変化に気づく機会になるように思う。

情報機器の発達は多くの情報を容易に得られるようにした。しかし、それは作られたものである。必要なのは子ども自身が自ら物事にはたらきかける能動的な力であり、その感性ではないだろうか。子どもの豊かな感性を育てるには、日々表現し、読み合うことは欠かせないように思う。たとえば、NO482「くつ下」。体育の時間、靴下を見たら穴があいていた。そのまま見過ごしてしまうことだろう。しかし、優一君は最後に「くつ下とくつがけんかしたのかな」と書き、次の日、その詩を読んだ別の子が「あのくつ下、捨てるのかなそれともお母さんに縫ってもらうのかな」と思いを巡らせる詩を書いていた。私は二つの詩を紹介しながら「こんな詩のたねだってあるんだぞ」というテーマで文集を書き、「やぶけたくつ下にお礼を言わないと。先生だったら、くつ下を洗濯して針と糸でつくろって、ありがとうっていうな。だって、詩のたねにまでなってくれたし」と書いた。

表現力を伸ばすには、まず言葉を知ることだろう。NO455「めじろ」に書かれた「ほおばる」という言葉。めじろが紅梅の実を口に入れた瞬間を捉えた詩だが、このような言葉を読み合うことは、子どもたちの表現の幅を広げていくように思う。

授業中のこと。身の回りには、空腹な思いをして生活している人もいるということを伝えるのに、「ひもじい」という言葉を使ったら、子どもが大笑いした。「先生、ひもじいって何ですか」と真顔で言う。驚いたのは私だ。子どもはそんな言葉は知らないという。「先生、おじいさんのことですか?」と。やおら、辞書を取り出し、

「ひもじい＝とても腹が減っている」と話した。これはほんの一例だ。子どもから豊かな日本語が抜け落ちている。理由はいくつか考えられるが、人とかかわる機会が少なくなってきたこと。さらに、テレビやパソコン、携帯など多くの情報機器の利用は一つの原因だろう。日々、文集を読み合うことは子どもたちが言葉を広げる場になる。

**詩は一歩ずつ書く**

初めて詩を書く時、子どもは戸惑う。何をどう書けばいいのか分からない。そこでいくつかの題材を紹介する。子どもに身近なものを、一つの場面にしぼって書くことを伝える。

たとえば、担任発表の日にその印象を書いてもらう。ただし「初めて出会った先生について書いて下さい」と言っても、身近だが書けない。そこで、「発表があった後、先生がみんなの前に立った時」とか「教室で話している時の先生」などと、「〜について」の内容を具体的に提示していく。

また、雨や雪が降るという、いつもと違う日常も題材になる。ただし、「雨の日のことについて書いてみよう」では書きにくい。これでは題材が大き過ぎて子どもは迷う。そこで「運動場に出て、水たまりを見てきてごらん」などと視点をしぼってやる。また「庭のアジサイの葉っぱを目の高さで見てきてごらん」と声をかける。書くことは日常の具体的なこと、小さいこと、を見つめ感じることの積み重ねということを伝えたい。

それでも鉛筆が動かない子どももいる。そんな時は、一緒に外を歩いて題材を見つける。詩ノートを配った日、その次の日も、じっと鉛筆を握ったまま上を向いているゆうすけ君。青い空に飛行機雲がくっきり浮かんでいた。「ゆうすけ、ほら、詩のたねが空に浮かんでるよ」と話すと、空を見上げて何やらつぶやいていた。運動場を歩いた後、教室に入ると鉛筆が動き始めた。

NO487「詩のたねを見つけたよ」は、ゆうすけ君が初めて書いた詩だ。次の日の文集に載せ、「ゆうすけ君！詩ってかんたんだろう」と文集のテーマになった。これから後、鉛筆は止まることなく詩が生まれていった。NO471の詩「ありづか」は、二学期後半、虫も土にもぐるころ生まれた。作品に添えてこう書いた。「通学路で見つけた日常の詩で、特別なものはありません。ただ、この詩の中には生活を見つめる地道さを読み取ります。帰り道、子どもたちの目に入るものは、これでもかとばかりに原色を施した看板に自動販売機、そして車。そんな帰り道にゆうすけ君は、おじいさんの言葉に耳を傾け、多くの発見をして思いを巡らして歩いているのです。最後の二行は季節の移ろいを感じさせます」と。

子どもは書けないのではない。書く「きっかけ」を知り、生まれた詩を受け止めてくれるという安心感があれば、書いていくのではないだろうか。

一般的に題材は身近なことから見つけ、同心円状に広げていく。親、兄弟→学校生活のこと→家、地域での生活→社会の出来事→自然、動植物→過去の思い出、将来のこと、という題材の円が考えられる。

課題を提示して書いていくことを紹介したが、書かれた作品を読むと、力のある作品は子どもが自ら見つけた題材にあるようだ。それは、「これを書きたい！」という思いの強さが作品に表れるからだろう。

どの学年でも学期始めに「五感って何だ？」の授業をする。黒板に「五感」と書くと「先生、ゴカンってなんですか？」という。そこで黒板に人の絵を書き、視覚、聴覚、臭覚、味覚、触覚を人の絵に書き入れる。そして、五感を通して感じ取ったことから詩が生まれることを伝える。たとえば、NO466有吉君の「夕日」。「夕日は太陽をつつむ」という表現は、見たことを自身の心で捉えなおし生まれた作品だ。

題材も明確な主題に支えられてこそ詩の素材になる。見方が深ければ深いほど、作品に深みが出てくる。たとえば、犬や猫などペットはよく取り上げられる題材だ。しかし、見方が表面的であれば、作品も当然表面的になる。つまり、書き手のペットにかかわる深さが作品に表れる。「はじめに」で紹介した陣駒優一君の作品について後日、母親からいただいた手紙にこう書かれていた。「この詩を読むまでは、優一の心の中に、こんなにも「ふく」がいたことを知りませんでした。たぶん、元気な頃→老い→死という姿を見せたのが、「ふく」だったからでしょう」と。優一君は、「ふく」の一生にかかわるという体験を通して、愛犬「ふく」への見方が深まり、作品として表現されたのだろう。

逆に、主題が明確であってもそれを支える素材が書かれていない場合は、単なる書き手の思い込みの強い作品となり、読み手の心に届かない。いわゆる、事実ではなく理屈だけの作品になる。

## 詩を評価する

詩ノートを読みながら赤ペンを入れる。一行一行をたどりながら短い言葉を書く。最後に、ヒット賞やホームラン賞と赤ペンを入れる。子どもたちはこの賞を楽しみにしている。なかなか「打てない」大ホームラン賞が出たときには、子どもの目は格別に大きくなる。

評価の視点は次の二つだ。一つは「表現」について。これは、比喩であったり、リフレインだったり、詩の表現上のことで、題材の捉え方も含む。もう一つは「行動」についてだ。物の見方、感じ方、さらにどのような行動をしたか。つまり感じるだけでなく、その子なりの「行動」がともなっているかという、具体的な子どもの姿を見ていく。

表現が稚拙であっても光を放つ作品がある。その、一人ひとりが放つ光を受け止めるには、教師が子どもの「今」をどのようにみているかが問われているように思う。毎日書くこと、そして読み合うことはここにも生きてくる。

一九八五年のNO10「かたたたき」。母親に対する思いの深さがそのまま言葉になる。母親の心の内を感じた後の、「かたたたき」という行動を評価した。和美ちゃんがこの詩を書いたのはもう二〇年以上前のこと。もしかしたら和美ちゃんはもうお母さんになっているのかもしれない。このような瞬間を詩として読み合うことは、表現が伸びるというより、生活の中で大切にしなければならないものを見直すきっかけになるように思う。

## 表現力をつける

大きく三つある。一つは、詩などの暗唱について。二つ目は詩の授業。三つ目は、他の教科学習に、書くことを取り入れている。

表現力の土台作りに週に一つの詩を暗唱する。週末、黒板に課題の詩を書く。子どもたちは詩を写す。その後みんなで声に出して読む。読みの区切りに黄色チョークで印を入れる。続けて子どもは自分のリズムで何回か読む。声に出して読むことで、短い作品ならその時間に覚えてしまう。その詩の中で大切な言葉に印をつける。さらに、主題にかかわる話をする。

課題にする作品を見つけるのは私の学びでもある。詩や漢詩、古文など様々だ。始めた頃は、「先生、それ無理だよ」と言う子どもたちが、「先生、次はどんな詩ですか」と楽しみにするようになる。五年生になると「平家物語」、「土佐日記」、「徒然草」などをおもしろいように覚えていく。年間で四〇に近い詩や漢詩を覚えていく。もちろん、学年の発達段階に合わせて課題を決める。子どもから生まれる作品の中には、暗唱した詩の形やリズムを時折見かける。

詩の授業についてはいくつか方法がある。子どもが書いた作品について、目の付け所のいいところを見つけたり、書かれた言葉の他にどのような表現が考えられるか意見を出し合ったりする。また、詩人の作品など学年に応じた参考作品を使う場合もある。一つの言葉について、どんなイメージを持つか、などを尋ねる。すぐれた詩は言葉に広がりを持っており、子どもの考えをたくさん引き出すことができる。さらに、内容を読んでその詩の題を考えるという授業もいい。多様な意見が授業を盛り上げる。

書くことはあらゆる教材の基本だ。国語、社会、道徳、算数、理科などで書く時間を設ける。たとえば、歴史学習では授業の後半に「学んだこと」を文章化する時間を持つ。その日学んだ歴史的事象について、自分なりの考えを文章にする。

文集に載せる作品には、道徳の授業から生まれたものも多い。たとえば、NO310「命の重さ」は死刑制度を題材にした時のものだ。

### 子どもの発達と詩〈低学年・中学年・高学年〉

発達段階によって表現の特徴は異なる。一年生は自分が感じたままを直感的に表現する。NO74「お母さん」という作品。最後に母親のにおいを「うすいにおいでした」と表現している。母親のやさしさを無心に書くとこんな言葉になるのだろう。

一年生は不思議だらけの子どもの世界。夕暮れ時、太陽と月が入れ替わることを「月はこっそり太陽に見つからないように、出ているのかもしれません」と表現する。ゆでた小さな卵の黄身を見つけて「ここからひよこがでてくるよ」と、大人が考えつかないことを言葉にする。特別な技巧はない。だから、五感で捉えたことを自分が持っている言葉で表現する。NO368「かみなり」という作品。かみなりの光と音がずれる場面を表現している。また、同じ年に生まれた作品NO375「赤ちゃん」では、赤ちゃんのほっぺをマシュマロみたいにやわらかかったと、ありったけの言葉を駆使して命の誕生を表現する。

中学年、三年生四年生はいわゆるわんぱくな時期だ。

子どもは周りの様子を愉快にとらえた詩を表現していく。二〇〇八年のNO483「一番星」、NO486「くも」など、思わず笑ってしまう。また、一九八六年NO51「みつ」という詩。さながら自分は「ミツバチ」になったようだと表現していく。さらに、エネルギーあふれる詩が生まれるのもこの時期だろう。一九八六年の作品NO38「今日」という作品にそれを見る。

低学年と違う成長を見せるのもこの時期だ。少しずつではあるが、自分の記憶をたどり、心の内側に留まっていることを表現していく。二〇〇八年のNO480の作品「あの音、このはし」にある「カラン!」という表現は拾った骨を骨壺に入れるときの音だ。社会の時間だった。福岡市の土地利用を学習していた。授業が終わった後「あきな、油山は、すかん(きらい)」と言う。わけを尋ねると、亡くなった祖父を火葬した所だからと話した。祖父を亡くしたのは、あきなちゃんが四歳の時。大好きな祖父のことを心の奥に留めているから生まれる詩だ。

さらに、家族の中でのことを、自分の心情を通して表すようになる。たとえば、一九八六年の作品NO41「お父さんの帰りが遅いこと」は父親を待つ気持ちが書かれている。

精神的な成長(変化)を見せるのは四年生後半から五年生以降にかけてだろう。特に、女の子の成長は著しい。外に向いていた目が、徐々に内に向くことが大きな特徴といえる。自我の目覚めといわれる時期だ。作品は、内面の成長として表現されることもあれば、自分とかかわる友だちや家族などの捉え方にも表れる。もちろん、社会の見方にも。二〇〇七年のNO431「心のすきま」など。身の回りの人に「気持ち」に目が向き始め、それが作品にも表れる。

また、親をはじめ家族へのかかわりにも変化を見せる。本当は大好きだけど話したくないとか、自分の部屋に入ってくる親にうっとうしさを感じる。二〇〇七年の作品NO433「おばあちゃん」という詩。雨の日に傘を届けてくれた祖母のやさしさに気づきながらも、その「やさしさ」を素直に受け入れられない自分。また、同年の作品NO436「大人」もそうだろう。親の言葉に反抗的な言葉や思いを書いていくようになる。

### 子どもは変わったのか

「先生は毎年詩を読んでいて子どもは変わったと思いますか」と尋ねられることがある。作品をふり返りながら考えてみた。

　子どもにとって一番の心の拠り所は、やはり親。その親を題材にした作品が多い。一九八六年、単身赴任して働く父親のことを綴った作品NO42の「お父さん」。「新幹線なれたかな」という書き出しに始まるわずか五行の詩。三年生の陽子ちゃんが父親のことを切に思い、待ちわびる気持ちが詩の中にまっすぐに書かれている。反対に、仕事に出かける父親を見送る場面を書いた作品は二〇〇六年作品NO430「友達と」。駅のホームに入る父親を見えなくなるまでだまって手を振る中に、父親への思いを読み取ることができる。

　さらに、子どもが小さな命と向き合う姿に目を向けてみた。夏になると、子どもたちが虫取り網を手に桜の木を見上げる姿を見かける。いつの時代も子どもたちにとって虫たちは興味深い「友だち」なのだろう。そんな虫たちを捉える子どもの目線から生まれる詩。いずれも虫の誕生にかかわる瞬間だ。一九八五年NO25「バッタのさんらん」は虫の自然の営みを見て、その表情を詩にする。自分がかかわる対象（虫）への命の不思議さと慈しみがないと生まれない。同じように、二〇〇八年作品NO473「せみのぬけがら」は殻から抜け出たばかりのせみに思いを寄せるばかりか、飛べないせみのために、せみの横にぬけ殻を置いてやるという行動はバッタのさんらんと同様、命への慈しみだろう。

　四半世紀の隔たりをおいた作品をこうして読み比べてみて、変わったといえば、子どもを取り巻く「環境」である。少子化、核家族化など人とかかわる環境であり、小川でドジョウが見られなくなったという自然環境であり、さらにパソコンや携帯電話の普及といった情報に関する環境である。この変化は、詩の題材にも変化を与えている。子どもはいつの時代でもその時に眼を凝らし、心を寄せて、言葉をつないでいるからである。

　しかし、子どもはいつの時代も変わらない。子どもの周りの様々な「環境」とともに変わったのは、子どもの瑞々しい「感性」を読み取る側の、私たち大人の生活ではないだろうか。たとえ環境に変化はあっても、子どもはそれを超えるしなやかさを心の奥に持ち合わせていることを、作品が伝えてくれているように思う。そして、そのしなやかな心を守り育てていくのが、私たち大人の役割ではないだろうか。

## あとがき

いつもよりセミの鳴き声がにぎやかな夏のこと。ふるさと鹿児島への墓参りの帰りだった。空を見ると、入道雲が折り重なるように出ている。ふと、子どもが書いた詩を思い出した。「ぼくは、雲に乗っているみたいだった」という夏彦君の詩の一節。運転しながら、子どもたちのことを考えた。今、教室にいる子どものことから、今まで出会った子どもたちのこと。年が巡るごとに確かに成長していく子どもたちだが、私の記憶の中の子どもたちは、出会った時のままでいる。今回、執筆にあたり、久しぶりに文集を読み返した。読み進めるに連れて、どの年の子どものことも、まるで昨日のことのように次々に思い出された。

毎日、子どもたちの詩を読み、原稿用紙に一人ひとりの詩を書いてきた。小学校に通う六年間、六歳から一二歳の子どもたちの詩を読むと、どの学年の子どもにも共通してみられることがある。それは、自分の感情（気持ち）を言葉にし、他の人の感情に思いを寄せて言葉にしていること。言葉の源になる感情。私は、その感情をこよなく大切にしたいと思いつつ原稿を書いている。

とどまることなく起きる事件を耳にしたとき、何ともやりきれない思いになる。と同時に、私は連鎖的にその人にも子ども時代があったことを思う。そして、それらの事件を犯したその人には、どんな生活があり、どんなことを考え、どんなことを友だちや母親そして父親に話していたのだろうかと。また、その人はどんな文章を書いていたのだろうか、ということが頭の中を巡る。

雨に日に「水たまり」をのぞいてにらめっこをしただろうか、夕暮れ時に空の色を変える夕焼けに気がついただろうか、そして、自分の寂しさを自分の心のことを言葉にする場所があっただろうか。どんなに便利になっても、どんなに情報機器が発達しても、変わらないのは人には心があるということ。その心を言葉にする場所があったのだろうか。人の痛みをほんの少し感じる心があったなら。

今、二六冊の文集が本棚に並ぶ。もちろん、子どもたちが書いてきた詩ノートはこの何倍もあり、詩はまたその何倍もあるだろう。この本を書き終えるにあたって、何よりも、私が出会った子どものことを思う。子どもたちの詩を毎日のように読みながら、多くを学んだのは私自身であり、心からありがとうと言いたい。懸命に働きながら思いもしない事故で天国にいった別府歩君には、「君の詩を載せた本ができたよ」と天に向かって大声で伝えたい。そして、児童詩と出会わせていただいた本田文吉先生はじめ、私の実践をいつもあたたかく見守ってくれた福岡県作文の会の諸先輩、さらに多くの同僚に心からお礼を申し上げたい。

さらに、西日本新聞の記事をきっかけに出会った弦書房の野村さんに心からお礼を申し上げたい。いつだったか学校の私の机の上に丁寧な字で書かれた封書が置かれていた。「二五年分の作品をまとめませんか」というお手紙だった。それまでいったい自分が何年文集を書いてきたか考えたことはなかった。気が付いたら二五年過ぎていた。「過ぎた」ではなく、「過ぎていた」というのが正直な気持ちだ。つたない実践をまとめるにあたり、何度も暑い教室を放課後訪ねてくださり、多くの助言をいただいた。

最後に、私の実践を陰ながら支えてくれた家族にもお礼を言いたい。

二〇〇九年三月

早﨑郁朗

## 作　品　一　覧

＊左側の太数字は作品NOを示す

### 一九八四年　三年生・四年生



### 一九八五年　三年生



### 一九八六年　四年生



### 一九八七年―一九八九年　特別支援学級　一年生・二年生

### 一九九〇年　一年生



### 一九九一年　五年生



### 一九九二年　六年生

## 一九九三年—一九九六年　一年生・二年生



## 一九九七年　六年生



## 一九九八年　五年生

## 二〇〇三年　六年生



## 二〇〇四年　三年生



## 二〇〇五年　一年生

## 二〇〇六年　五年生



## 二〇〇七年　六年生

## 二〇〇八年　三年生

〈著者略歴〉

早崎郁朗（はやさき・いくろう）

昭和二八年（一九五三）、鹿児島県屋久島生まれ。
西南学院大学法学部卒。福岡市の公立小学校教員。
四季を通して山歩きや沢歩きを楽しむ。
著書に、「小学校通信選集」（共著、福教社）。

とうさん、友だちできたかな
——児童詩25年間のノートから

二〇〇九年四月十日発行

著　者　早崎郁朗《はやさきいくろう》
発行者　小野静男
発行所　弦　書　房
（〒810・0041）
福岡市中央区大名二―二―四三
ELK大名ビル三〇一
電　話　〇九二・七二六・九八八五
FAX　〇九二・七二六・九八八六

印刷
製本　大村印刷株式会社

© Hayasaki Ikuro 2009
落丁・乱丁の本はお取り替えします。

ISBN978-4-86329-018-1　C0037

◆弦書房の本

## どーとく先生

八尋一郎

新聞記者、冠婚葬祭業から福岡県民間採用教師第一号に転じた著者の担当は、教科書のない高校の「道徳」。「援助交際を恥じよ」「なぜ人を殺してはいけないか」など豊富な社会体験をもとに熱血指導したユニークな授業の記録。

1785円

## 母への遺書　沖縄特攻　林市造

多田茂治

哀切極まる母への遺書を遺して南海に散った沖縄特攻学徒兵林市造（京都大学）。家族への愛と国家への忠誠のはざまで引き裂かれた思いを振り切るように出撃した林の23年の生涯をたどり、特攻の実態を描き、非戦を訴える。

1680円

## 花いちもんめ

石牟礼道子

ふるさともとめて花いちもんめ　篳篥長持　あの子がほしいこの子がほしい——幼年期、少女期の回想から鮮やかに蘇る昭和の風景と人々。独特の世界を紡ぎ続ける著者久々のエッセイ集。

1890円

## 仙厓の○△□
### 無法の禅画を楽しむ法

中山喜一朗

日本最初の禅寺、博多・聖福寺の住職で、博多の町人に愛された仙厓。禅画の達人でもあり、千点を超す作品を残した。その人と作品に魅せられた仙厓研究の第一人者が、ユーモラスな禅画に潜む数々の謎に挑む。

2100円

## ツバメのくらし百科

大田眞也

《越冬つばめ》が増えている?!　尾長のオスはなぜモテる？マイホーム事情は？　身近な野鳥でありながら意外と知らないツバメの生態を追った観察記。スズメ、カラスなどの野鳥の生活を著してきた著者の書き下ろし。

1890円

＊表示価格は税込